ROMEON
VERLAG

Memogate
1. Auflage, erschienen 4-2022

Umschlaggestaltung: Romeon Verlag
Text: Oliver Neumann
Layout: Romeon Verlag

ISBN: 978-3-96229-358-1

www.romeon-verlag.de

Bibliografische Information der Deutschen Nationalbibliothek:
Die Deutsche Nationalbibliothek verzeichnet diese Publikation in der Deutschen Nationalbibliografie; detaillierte bibliografische Daten sind im Internet über *http://dnb.dnb.de* abrufbar.

OLIVER NEUMANN

MEMOGATE

INHALT

HANDELNDE PERSONEN:

- Christian Gabriel, Unternehmer, Erfinder, Enkel des britischen Königs
- Jean-Claude Vitron, CEO Aralka S.A. Paris
- Dieter Poscher, Chef Kanzleramt Berlin, Koordinator deutsche Dienste
- Wolfgang Sacher, CEO Liemens AG München
- Hubertus von Stampfenhausen, Direktor BND, Pullach bei München
- Volker Bollinger, CDU, Ministerpräsident Hessen
- Gertrud Schreiber, MAD Wiesbaden I
- Dieter Meyers, Admiral Marine Bundeswehr, Bendlerblock Berlin
- Willi Pflaume, MAD Wiesbaden, Ex-Stasi
- Peter Myers, Admiral Royal Navy, Schottland
- Wes Roland, Major, Defence Intelligence Agency Pentagon, Washington D.C.
- David Leman, CIA Washington D.C.
- Marc Payne, CIA Washington D.C.
- Jeff Immerman, CEO General Electricity Inc. USA
- Gerald Musc, CEO Spacex Inc. (NASA), Tezla Motors Inc. USA
- Prinz Philipp, König Vereinigtes Königreich, London, Großvater von Gabriel
- Michel Amend, Jagdgehilfe von Gabriel, NSA, Lohr am Main
- Dr. Dieter Stock, Leiter Landesumweltamt Brandenburg, CIA
- Dr. Rashid Abbas, Landesumweltamt Brandenburg, CIA
- Maria Lopez, Havanna/Kuba, Stiefmutter und Kindesentführerin von Manolo

- Manolo Lopez, Havanna/Kuba, Zwillingsbruder von Gabriel, der Don von
- Kuba, Drogenkartell Kuba/Florida
- Bob Rektor, Geschäftspartner und ehemaliger Freund von Gabriel, MI5,
- Frankfurt/Main
- Clodette Rektor, Ehefrau und Mordopfer
- Türkischer Attentäter ohne Namen, Chef deutsche Zelle „Graue Wölfe",
- Amt für Verfassungsschutz, V-Mann
- Libanesischer Attentäter ohne Namen
- Arkadij Toslkij, sowjetische Luftwaffe, Ingenieur, Ex-KGB, CIA
- Dimitrie der Russe mit der 9 mm Beretta, CIA
- Anrufer US-Nazi-Loge ohne Namen
- Aaron Winterstein, Immobilienkaufmann, Vorsitzender Jüdische Gemeinde Frankfurt/Main
- Adnan Sapmaz, Chef der „Graue Wölfe" Istanbul/Türkei
- Oberst Muammar AI-Gaddafi, Tripolis/Lybien, Diktator
- Tad Richards, Mitarbeiter US-Botschaft Tripolis, CIA
- Gennadi Oleksei, Bruderschaft Mafija Bratwa, Moskau/Russland
- Leutnant Massudi, Jamahirya Garde, Tripolis/Lybien
- Ibrahim Salih Al-Adel, Führender Kopf der fünf Familien, Logenoberhaupt
- Sal ah Ad-Din Yusuf bin Ayyuub, Mitglied Führung Alkaida
- Michael Storm, geschäftsführender Gesellschafter Schmitz & Brackenberg GmbH, Düsseldorf
- Hans Krage, CEO (VV) Ebonik AG, Essen

- Hendrik Bennotat, CEO Europe Royal Dutch Snell SE, Amsterdam/Niederlande
- Prof. Dr. Martin Semmelrogge, Vorstandsvorsitzender VA AG (Volksauto), Wolfsburg
- Alfons Liech, Aufsichtsratvorsitzender VA AG, Salzburg
- Jürgen Seyfried, Chef Forschung und Entwicklung VA AG, Wolfsburg
- John Dillinger, Nazi-Loge NSA/CIA
- Jim Prekarius, General, Chef Army/CIA
- Mark Przybilla, Chefredakteur Süddeutsche Zeitung, München
- Jochen Christian, Richter am LG Marburg
- Helmuth Schön, Mithäftling VITOS und Mitarbeiter CIA
- Mel Croachie, European HQ NATO, Stuttgart
- John Mainard, Stabschef Weißes Haus, Washington D.C.
- Hans-Peter Diedrichs, Bundesinnenminister Berlin
- Moshe Jenava, CEO Rektor-Gruppe Israel, Schin Bet, Tel Aviv/Israel
- Peter Thompson, CEO Royal Dutch Snell Corp. London/UK
- Edward McMillan, Royal Navy, Schottland
- Gräfin Dorothe Bonhoff, Hamburg, Großmutter von Gabriel
- Jin Huang, Politbüro Peking, Journalistin, China
- Peter Wong, Bürgermeister ChongQuing, Politbüro Peking, China
- Peter Baumann, Botschafter der Bundesrepublik Deutschland, Abidjan, Elfenbeinküste
- Pierre Vouchon, Großgrundbesitzer Elfenbeinküste, Kakao-Exporteur
- Gaston, Wirt Hafenbistro Abidjan/Elfenbeinküste

- Klaus Scholtmann, BND, Pullach bei München
- Betreiber Bio-Ethanol-Anlage ohne Namen, Ex-Stasi, Amt für Verfassungsschutz
- Ann-Kristin Wasa, Sopo Agentin, Nichte des schwedischen Königs
- Peter Vischer, CEO Brosch Gruppe Stuttgart
- Kim, koreanischer Patriarch und Eigentümer Samtung, Partner von Brosch in Ghinseun
- Amanda Kim, Kochter von Kim, koreanischer Nachrichtendienst
- Leroy Merlin, Chemical Engineer, Verfahrenstechniker, Mitarbeiter von Gabriel, NSA
- Anna, Agentin des französischen Innenministeriums aus Liberia
- Queen Elisabeth II., Königin Vereinigtes Königreich
- Peter Townsend, Chef MI5 London/UK
- Diana Gabriel, Ehefrau von Gabriel, Nachfahrin von Graf Dracul (Ghika),
- Doppelspionin Securitate/NSA
- Hillary Printon, US-Außenministerin, Attentäterin, Washington D.C.
- James Leiden, US-Vizepräsident, Attentäter, Washington D.C.
- Selleck Olama, US-Präsident, Attentäter, Klon Schauspieler alias Gerry Miller, Washington D.C.
- Sara, Kopf der US-Nazi-Loge, NSA
- Chefberater der Queen ohne Namen
- Jane Austen, Chefin Militärischer Dienst Royal Navy, Gabriels Lehrerin in der Schweiz, London/UK
- Tami Lefrat, Leiterin Mossad, Jugendfreundin Gabriels

- Condoleezza Bice, Ex-US-Außenministerin, CIA, Washington D.C.
- Wladimir Grilenko, Agrar-Ingenieur, Ex-KGB, FSB, Moskau/Russland
- Don Esteban, Drogenkartell Südamerika, Partner von Manolo Lopez
- Don Felippe, Drogenkartell Mittelamerika, Ex-NSA
- Don Arthuro, Drogenkartell Brasilien, Partner von Manolo Lopez
- Angela Merkle, Bundeskanzlerin Deutschland, Berlin, Klon CIA/MI5
- Don Pedro e1 Basque, Anwalt des Kartells, Bogota/Kolumbien
- Il Ricurvo, Kopf und Vollstrecker des Kartells (Todesschwadron), Bogota/Kolumbien
- Paul Dahlhoff, CEO EUROSOLAR, Initiator WCRE (World Council of Renewable Energy)
- Manfred Krüger, Vorsitzender Sparkassenvereinigung Deutschland e.V., Bonn

KAPITEL 1

Rodgau 5. Mai 2004 um 4.20 Uhr

Die letzten 400 m fuhr er ohne Licht. Obwohl es noch fast stockfinster war, kannte er jedes Schlagloch und der schwere Geländewagen fand seinen Weg. Die Hunde winselten leise vor Aufregung, das Rumpeln auf dem Waldweg kannten sie zu gut und sie wussten, dass es gleich spannend wird. Er ließ den Wagen unter einer mächtigen Eibe ausrollen. Er war an seinem Parkplatz angelangt. Löschen der Innenbeleuchtung, geräusch- loses Öffnen und Schließen der Türen, Anleinen der Hunde liefen wie immer reflexartig.

Er fluchte innerlich über die Elektronik der modernen Geländewagen, die mittlerweile bei der Möglichkeit eines Kontaktes mit einer Brennnessel die merkwürdigsten Geräusche von sich gaben. Er schulterte Waffe, Rucksack und folgte zügigen Schrittes dem ausgetretenen Wildwechsel, der ihn zum Hochsitz führte. Obwohl es noch empfindlich frisch war, der Boden war mit Reif bedeckt, und der Morgentau im hohen Gras schon seine Knie oberhalb der Stiefel erreicht hatte, genoss er es wie immer, wenn er im Wald war. Er musste sich beeilen, es graute langsam. Die Hunde, ein kleiner Jack Russel Terrier für die Sau- und Fuchsjagd und sein edler Weimaraner waren unruhig, da sie Wildwitterung in der Nase hatten. Er wusste das, trotzdem ärgerte es ihn.

Er konnte mit den Hunden reden, und er konnte sie verstehen, was nicht unerheblich zu seinem überdurchschnittlichen Jagderfolg beitrug. Sein gezischter Fluch, begleitet von einem Tritt in den Allerwertesten des Weimaraners, blieb in seinen Lippen hängen, als sich keine 30 Schritt entfernt ein junger Keiler über den Wechsel Richtung Wiese schob. Alle drei Jäger erstarrten, die Hunde gingen automatisch in Down-Lage, die Rechte lag schon auf dem Sicherungsflügel, als er erkennen musste, dass dieser Keiler an diesem Morgen tabu war.

Trotz seiner höchstens drei Jahre brachte er ein Lebendgewicht von fast drei Zentnern auf die Waage, schätzte er. Ein beeindruckendes Bild an urwüchsiger Kraft, kein guter Gegner für seine Hunde. Mit aufgestellten Rückenborsten im Kamm trollte sich die Sau. Irgendwie schien auch sie die Anwesenheit ihrer Feinde zu spüren. Er musste schmunzeln, als sich der Keiler seinen Weg durch die Wiese pflügte, halb bedeckt von den Halmen.

Nach wenigen Metern war er an der alten Eiche angelangt, in die er einen luftigen Sitz gebaut hatte, der einen traumhaften Blick in die 400 m lange, aber nur 100 m breite Wiese bot, die von Wald und Buschwerk umsäumt war. Die Hunde waren am Fuße der Leiter abgelegt und zeigten ihm Wild in der Wiese an. Er hatte schon 4 graue Klumpen ausgemacht, Rehe, aber er genoss seinen Kaffee aus der mitgebrachten Thermoskanne und seine erste Zigarette an diesem Morgen.

Was für ein Kaffee, dachte er als ein Teil der Sonne zaghaft über die Bäume kroch. Er hatte in den letzten Wochen wenig Zeit für den Morgenansitz gehabt, zu sehr hatte ihn die Technologiefirma eingespannt, die er zusammen mit seinen Partnern erworben hatte.

Es ging im Wesentlichen um die Spaltung von Kohlenwasserstoffen zur Energie- und Treibstofferzeugung, was an sich kompliziert genug wäre, aber die Vorgesellschaft mit dem blumigen Namen „Spirit of Technology“ bestand aus einer bemerkenswerten Ansammlung von Schaumschlägern und Luftikussen sowie Betrügern, die er zur Zeit entsorgte. Hinzu kam, dass dieser Zirkus einen Haufen Schulden hinterlassen hatte, den er zurzeit, häufig verbunden mit Schmerzen der Gegenseite, abbaute, was natürlich zu zeitraubenden Rechtsstreitigkeiten führte.

In der Nacht der Vertragsunterzeichnung wurden bereits $ 1,6 Millionen an den Lizenzpartner, einem Spin-Off der US-Verwaltung, er vermutete korrupte CIA oder NSA, über einen Partneranwalt in Miami überwiesen. Und es deutete sich an, dass dieser Partner in Baltimore langsam aber stetig eine unerschöpfliche Gier entwickelte, da ihm allzu oft abstruse Forderungen auf den Tisch flatterten, immer verbunden mit Drohungen der Amerikaner, alle Vereinbarungen zu stornieren. Zwar amüsierte ihn dieser Basar auch, und er hatte im Rahmen seiner erfolgreichen Karriere das Motto seiner Großmutter beherzigt „ ... wer Macht hat, der droht nicht, sondern macht eben".

Und er war immer gut damit gefahren. Er war auch kein Droher oder Frager, er machte eben. Hinzu kam sein lokaler Geschäftspartner, dessen Grad der Grenzdebilität vom entsprechenden Konsum der verordneten Psychopharmaka abhing. Ein lebensunfähiger Taugenichts, der allerdings konsequent damit beschäftigt war, das geerbte, und nicht unerhebliche Vermögen unter die Leute zu bringen. Nebenbei brach seine Frau in Tränen aus, wenn ihr Pferd lahmte, und er dachte bei seiner zweiten Zigarette, ein paar Stunden ohne dieses Irrenhaus.

Er nahm das Glas an die Augen. Das Licht reichte, um auf 90 Schritt den schlecht veranlagten Jährling zu erkennen, der anmutig den Löwenzahn aus der Wiese zupfte. Er zog die feine Anschütz in die Schulter, das Absehen No. 4 saugte sich 4 Finger breit hinter dem Blatt fest und das kleine Kügelchen der Remington .222 tat seine Arbeit - und zwar gut, ohne viel Wildbret zu entwerten, wie es bei stärkeren Kalibern und schwereren Geschossen üblich ist. Das Böckchen machte einen Satz und war im Knall verendet, den letzten Löwenzahn halb im Äser.

Als der Schuss brutal die Morgenstille zerriss, schwiegen, wie auf ein unsichtbares Kommando, alle Vögel, 5 Sekunden lang. Ein Phänomen, dass er immer im Sommer, und auch nur morgens, wahrnahm. Die Hunde waren fast nicht zu halten und er schickte den Weimaraner, ein Muskelpaket von 40 kg, in die Wiese, um den Bock zu bringen. Stolz stampfte er mit dem Bock durch den Graben und fast die gesamte Strecke zurück zum Fahrzeug.

Eben hatte er mit dem Messer das Aufbrechen begonnen, als sein Handy im Auto schrillte. Die Nummer im Display war ihm unbekannt, die Vorwahl auch.

Das Irrenhaus hatte ihn wieder.

KAPITEL 2

Jean-Claude Vitron hatte es geschafft und so fühlte er sich auch, als er an diesem verregneten Mainachmittag seinen Blick aus dem 14. Stock, der Chefetage des Aralka Gebäudes des gleichnamigen Konzerns, über die Seine gleiten ließ. Aralka beschäftigte weltweit mehr als 300.000 Mitarbeiter in den Bereichen Anlagenbau, Energie- und Abfallwirtschaft sowie seinem persönlichen Steckenpferd der militärischen Forschung. Mit knapp 58 Milliarden Euro Umsatzerlösen zählte er somit zu den wichtigsten 50 Wirtschaftsbossen dieses Erdballs.

Im Wirtschaftsministerium in Paris lief nichts ohne seine Zustimmung und ihm gefiel die Vorstellung, dass Paris durch die Konzentration staatlicher Beteiligungen in allen wesentlichen Industriezweigen langsam auf dem Wege war, wieder zu alter Größe zurückzufinden. So wie unter seinem Vorbild de Gaulle. Ganz besonders gefiel ihm, dass er in besonderen oder prekären Situationen nahezu unbeschränkten Zugriff auf den militärischen Geheimdienst der Republique hatte. Ein Lächeln huschte über sein ansonsten ausdrucksloses Gesicht, als er an den letzten Coup dachte, bei dem aus unerklärlichen Gründen ein deutsches Wissenschaftler Paar auf seinem alljährlichen Segeltörn mitten in der Ägäis, am helllichten Tag und bei mäßigem Wetter, samt Boot verschwunden war.

Er mochte die Boches nicht besonders und seine gute Laune verflog, als sein Kalender ihn durch das dezente Piepen an seinen Konferenzcall mit den Boches erinnerte. Er drückte die interne Rufleitung zu seiner Sekretärin. „Marie-Claire, Sind Sie so gut, erst Berlin, dann versuchen Sie bitte München in die Leitung zu bekommen!“

„Toute Suite“, flötete es von nebenan und die Davidoff No. 6 war soeben ihrer edlen Verpackung entnommen, beschnitten und in Brand gesetzt, als er die schnarrende Stimme von Dieter Poscher,

Staatsminister in Berlin und zuständig für die Koordination der unterschiedlichen Dienste in Deutschland, in seiner Freisprechanlage vernahm.

„Jean-Claude, habt Ihr auch so beschissenes Wetter in Paris?"

Er war erleichtert, dass heute kein Bild zugeschaltet war. Er konnte diesen Dieter Poscher kaum ertragen. Selbst seine Stimme ging ihm auf die Nerven. Er hielt ihn für einen dieser schleimigen Opportunisten, wie sie mittlerweile die politische Klasse oder besser Kaste repräsentierten. Überall. Wehmütig dachte er an seinen General.

„Dieter, genauso trüb wie bei Euch, der Sommer lässt noch auf sich warten, unsere Pariserinnen tragen noch ihre Herbstkollektion, aus dem letzten Jahr, auf. Ungewöhnlich!"

Es entstand eine Pause im Gespräch, da der Deutsche mit dieser Antwort nichts anfangen konnte. Jean-Claude Vitron, CEO von Aralka, einem der wichtigsten Energie-Konzerne mit bestimmtem Schwerpunkt im militärischen Bereich weltweit, genoss es sichtlich, den wichtigsten Mann im Kanzleramt für die Geheimdienste vor sich herzutreiben.

Er dachte daran, als er bei den letzten offiziellen Feierlichkeiten zum Sieg der Alliierten über Nazi-Deutschland kurz die Frau von Dieter Poscher kennengelernt hatte und war sich ziemlich sicher, dass Hildegard, er schauderte als wenn ein Schmerz seinen Körper durchzuckte, mit diesem Begriff (Kollektion) auch nichts anzufangen wusste. Er zog genüsslich an seiner Kubanerin, schaltete auf Moll."Was macht unser Jäger?"

Poscher sprudelte los, erleichtert dass er endlich erzählen konnte, „den haben wir im Griff. Unsere sozialistischen Brüder aus dem ehemaligen Arbeiter- und Bauernstaat haben ihn in Manndeckung."

Der Franzose kringelte seine No. 6 und schnaubte verächtlich. Poscher war nicht zu beneiden, musste er widerstrebend eingestehen. Die Deutschen hatten in jedem Bundesland eine eigene

Gestapo, fast 20. Dazu noch diverse Bundesämter, auch noch nach geographischen Kriterien ausgerichtet. Die Deutschen konnten einem leidtun. Vitron konnte es nur recht sein. Da war die Tricolore etwas besser ausgestattet dachte er.

"Und wie Sie wissen, dass Aralka nahezu alle Gewerke für die erste Anlage erbringen wird."

Er bemühte sich um eine gewisse Beiläufigkeit, was ihm allerdings nicht ganz gelang.

„Und damit haben wir das Know-How!"

„Sind die Verträge schon unterschrieben?", entgegnete Poscher hörbar genervt.

„Nein, aber unsere Leute sind auf Tuchfühlung mit allen Mitarbeitern der Firma SPOT, so gut wie unterschrieben."

„Ich kann zwar den Jäger nicht ausstehen, aber unterschätzen Sie ihn nicht, ein ziemlich ausgeschlafenes Kerlchen und hervorragend ausgebildet. Meine Kollegen aus dem Osten kommen immer mit ihren russischen Weisheiten, eine davon passt, „das Fell des Bären verteilt man nach der Jagd".

Vitron paffte schweigend an seiner No. 6 und wurde langsam neugierig auf diesen Jäger. Wilde Geschichten hatte er schon gehört, teilweise beängstigend. Er beschloss, dass seine ultimative Geheimwaffe, Alice, genauso schön wie klug und durchtrieben sich gleich morgen um diesen deutschen Jäger kümmern sollte. Streng genommen war sie nicht seine oder Aralka Angestellte, sondern sie arbeitete für eine Spezialabteilung des französischen Innenministeriums und wurde aufgrund ihrer militärischen Ausbildung immer dann eingesetzt, wenn es um militärische, also nationale, Interessen Frankreichs ging. Und diese verdammte Anlage von diesem verdammten Jäger war eine nationale Angelegenheit.

Ein Anflug von Wut ließ ihn die Asche der No. 6 neben den Aschenbecher, einem mit Harz ausgegossenen Huf eines kapitalen Kafferbüffelbullen, den er auf der letzten Safari in Zimbabwe geschossen hatte, schnippen. Vitron war es nicht gewohnt zu verlieren. Diese Angelegenheit beunruhigte ihn.

Angeblich hatte dieser Jäger außergewöhnliche Fähigkeiten. „Dummes Zeug", dachte er, „Er hat einen Schwanz, ist nicht schwul und wird Alice treffen". Aber die No. 6 schmeckte nicht mehr so gut, die Sache beunruhigte ihn irgendwie. Poscher bekam wieder Oberwasser, weil er merkte dass der Franzose verunsichert war.

„Wir sollten München dazu schalten" schnarrte er, weniger aus Professionalität, sondern schlicht in der Tatsache begründet, dass er nichts mehr zu sagen hatte.

„Daccord", tönte es aus der Pariser Leitung und nach zwei tiefen Zügen an der No. 6 meldete sich Wolfgang Sacher, CEO vpn Liemens AG, dem größten deutschen Staatskonzern. Zusammen mit den Amerikanern von GE und Mitsubishi aus Japan Weltmarktführer, ebenfalls wie sein französischer Gesprächspartner mit einem Schwerpunkt im militärischen Bereich und der Atomenergie. Sacher und Vitron kannten sich von anderen gemeinsamen Geschäften gut bis sehr gut und bei beiden kamen die Wörter „Korruption" und „Geldwäsche" in ihrem Vokabular nicht vor.

„Wolfgang, Salut, wie seid Ihr nur an den Auftrag für das deutsche Mautsystem für das gesamte deutsche Aufbahnnetz gekommen? Ihr müsst einen Super-Vertrieb haben, verkauft ein Produkt, das Ihr nicht habt zum fünffachen Preis der Konkurrenz. Wie geht das?"

„Jean-Claude, wir arbeiten wie Ihr nur für den Staat - Bahn, Telekom, Energie sowieso und sind nach wie vor öffentliche Hand. Und in einem Punkt muss ich Dich korrigieren. Am Ende werden wir den 10- bis 15- fachen Preis des ursprünglich angebotenen abrechnen, Du weißt doch, immer diese unvorhersehbaren Preissteigerungen bei den Rohstoffen ... ".

Und wie auf Kommando prusteten beide los, infantile Brüder im schwachen Geiste.

„Brauchen wir den BND?", kam es aus München.

„Allors, von mir aus bestimmt nicht", die No. 6 schmeckte wieder deutlich besser.

„Also, Herr Direktor von Stampfenhausen ist im Bilde und sobald der Jäger einen Fuß ins Ausland setzt, sind die Pullacher dran."

„Ils sont foux, les Alemannes", dachte Vitron, aber es war ihm nur recht, da der BND einen deutlich besseren Ruf als die anderen „Karnevalstruppen~ wie sie intern in Paris genannt wurden, hatte.

„Den BND haben wir übrigens komplett im Griff, die Datenbanken kommen von uns".

Jetzt war kein Halten mehr, Vitron und Sacher brauchten nahezu 3 volle Minuten, bis sie sich wieder beruhigt hatten. Marie-Claire hatte beunruhigt ihren Chef gefragt, ob er Tee wolle. So impertinent hatte sie sein Lachen empfunden.

„Wusste gar nicht, dass Ihr Spezialist für Datenbanken seid".

„Ich auch nicht", entgegnete Sacher. Vitron hatte Mühe, sich zu verabschieden.

„A bientot, es war wie immer ein Vergnügen mit Dir, Wolfgang, meine Empfehlungen an Kunigunde. Dieter, wir sind auch durch, Au Revoir".

Jean-Claude Vitron stand an der Glasfront seines Chefbüros im 14. Stock des Aralka Gebäudes, starrte gedankenverloren über die Seine und dachte darüber nach, wie wichtig diese Technologie für Frankreichs Wirtschaft sein könnte. Keine Ölimporte mehr, selbst seine geliebte Atomkraft könnte man erheblich reduzieren. Frankreich würde wieder zu alter Größe finden. Die Deutschen würde er mit 1/3 beteiligen. Er brauchte jetzt Alice. Er wählte eigenhändig ihr Nummer und hinterließ auf ihrer Mailbox eine Nachricht mit der Bitte um Rückruf.

KAPITEL 3

Volker Bollinger, ein grobschlächtiger Mann und Ministerpräsident von Hessen, hielt nicht viel vom militärischen Abschirmdienst MAD, von seiner eigenen Gestapo noch weniger, und das hatte seine Gründe.

„Bei Adolf war es noch anders gewesen", räsonierte er vor sich hin, „irgendwann schien Quantität vor Qualität als Einstellungsmaxime gegolten zu haben, vermutlich als Ergebnis der Wiedervereinigung mit der für andere Länder unvorstellbaren Gestapo-Schwemme, da jede Gemeinde in der Kolonie ihren eigenen Geheimdienst pflegte".

Aber auf Gertrud ließ er nichts kommen. Er schätzte sie auf Ende vierzig, aber vermutlich war sie älter, was aber aufgrund ihrer bühnenreifen Verwandlungen, und er war immer wieder überrascht von ihren Künsten, ohnehin gleichgültig war. Wenn sie wollte, konnte sie umwerfend aussehen, sprach 7 Sprachen perfekt, konnte bühnenreif Schauspielern und Singen und beherrschte zwei Instrumente - ebenfalls konzertreif. Nebenbei war sie noch blitzgescheit, vielleicht manchmal mit für seinen Geschmack zu starkem Hang zur Besserwisserei, aber sie würde den Jäger schon knacken. Dessen war er sich ganz sicher.

Was Volker Bollinger nicht wusste, war die Tatsache, dass Gertrud Schreiber nicht nur für den MAD in Wiesbaden arbeitete, den auch sie für einen braunen Trottelclub hielt, sondern unter anderem unter dem Codenamen „Alice" für das französische Innenministerium, teilweise ganz offiziell auch mit Zuständigkeiten für"Bocheland", basierend auf der durch Mitterand und Bundeskanzler Helmut Schmidt begründeten Deutsch-Französischen Freundschaft, die auch als Gegenpol zur atlantischen Achse USA/UK gedacht war, arbeitete.

Admiral Meyers war wenige Wochen vor seinem Ruhestand, aber er fühlte sich überhaupt nicht wie ein Rentner, im Gegenteil. Seine krummen Geschäfte mit Waffen, im Bundeswehrjargon wurde lediglich von Materialverschiebung geredet, hatten ihm ein erkleckliches Zusatzeinkommen verschafft. Ein deutscher Rüstungskonzern, Thresen-Knapp, hatte sich immer sehr großzügig gezeigt. Seine Parteifreunde und er, von der nationalen Front, hatten nahezu alle Schlüsselpositionen im Militär und den entsprechenden Diensten, der Polizei und der Justiz besetzt.

Er musste bei der Vorstellung grinsen, dass man in Südamerika und anderswo wohl von einem Militärputsch reden würde. Aber nicht in Deutschland. Nach dem Abzug der Aliierten war freie Bahn gewesen. Und mit den Russen konnte man sich, nicht zuletzt durch die zigtausend „integrierten" Stasi-Agenten, hervorragend arrangieren. Jedenfalls klappte es bei seinen Waffengeschäften, zuletzt angereichertes Plutonium für den Iran.

Er fühlte sich blendend. Insgeheim hegte er die nicht unberechtigte Hoffnung, dass im Rahmen der nächsten Regierung, wobei das Wort „Militärrat", er hasste den abgedroschenen Begriff „Diktatur", wohl der passendere war, ein Posten für ihn frei werde. Außenminister von Groß-Deutschland, einschließlich Österreich, Ungarn und den Nieder- landen, würde ihm schon gefallen. Eigentlich fühlte er sich schon so. Hatte regelmäßig die Royal Navy mit höchst vertraulichen Informationen versorgt und sich so das Wohlwollen in London gekauft. Wie die meisten Nazis interessierte ihn die Meinung des Kanzleramtes in keinster Weise. Und jetzt hatte er auch noch diesen verdammten Jäger in der Falle und konnte sich endlich diese Technologie zur Energieerzeugung einverleiben. Vielleicht würden die Russen auch ein schönes Sümmchen locker machen. Starkes Interesse hatten sie, und irgendwie gehörte diese Technologie nach Peenemünde, heim ins Reich gewissermaßen. Die Amis hatten es nach dem Kriege nur geklaut, war er der Auffassung, da die Triebwerke der V2- Rakete, mit der der geliebte Führer beinahe noch den Krieg gewonnen hätte, Pate für die Brennertechnologie standen. Und der Jäger hatte einfach nur Glück gehabt.

Wie die meisten Soldaten war er gewohnt zu Gehorchen und zu Befehlen, mit dem Denken hatte auch er so seine Schwierigkeiten. Sonst hätte er gewusst, dass die Brennertechnologie für das Verfahrenspatent des Jägers vollkommen irrelevant war. 10 Jahre lang hatte er diesen Mistkerl beschatten lassen, von allen Diensten dieses Landes, und immer wieder war er ihnen entwischt. Aber jetzt glaubte er, würde die Falle zuschnappen.

Ein Vermögen hatte das den deutschen Steuerzahler gekostet, das Nachbargrundstück wurde gekauft und mit MAD-Agenten, getarnt als Familie, be- setzt. In Brandenburg wurden mehr als 20 Millionen Euro in das marode STEAG-Kraftwerk gesteckt, um den Jäger an seiner Expansion zu hindern. Und dann die vielen Schmiergelder an Ex-Stasi Leute, das Personal in der Firma des Jägers, Mieter im selben Bürogebäude der Firma. Er schätzte die Gesamtkosten für die Beschattung und das Mobbing des Jägers auf über 60 Millionen Euro. Für den Betrag hätten sie vor ein paar Jahren dreimal kaufen können, aber Denken war wie gesagt nicht seine Stärke.

Und mit der Technologie würden Milliarden sprudeln, das neue Reich würde zu alter Stärke finden, so dachte er. Er wusste nicht, dass ein Jäger jagt um Beute zu machen - und nicht weil irgendjemand etwas aufgetragen oder befohlen bekommen hat.

„Vermutlich waren es deutlich mehr als 60 Millionen Euro. auch egal,“ dachte der Admiral, „Soldaten dürfen Alles“, so war er immer gut gefahren, war in der alten DDR auch nicht anders gewesen. Er hatte schon früher mit Willi Pflaume zusammengearbeitet, als er noch für die Stasi tätig war. Ein zuverlässiger Kettenhund, ohne Moral und Skrupel, nicht sonderlich intelligent, dafür umso durchtriebener.

Er würde den verdammten Jäger schon in die Falle locken. Sogar die CIA war von seiner Hinterhältigkeit beeindruckt, und das wollte schon was heißen. Die Ex-Stasi-Truppe betrieb zusammen mit den Agenturisten ein Psycho-Lager irgendwo in den hessischen Bergen. Dorthin würden sie den Jäger verschleppen und weich kochen. Und dann hatte er den Hebel für das Rohstoffmonopol auf synthetischen Treibstoff in seinen Händen. So dachte er und zündete sich genüsslich eine selbst gedrehte Zigarette, eine alte Gewohnheit aus Soldatenzeiten, an. Was er nicht wusste, war, dass der Jäger kein normaler Jäger und ihm, wie in den 10 Jahren vorher, wieder zwei Schritte voraus war.

Der Jäger war als Jugendlicher 5 Jahre lang auf der besten und teuersten Privatschule Europas ausgebildet worden und beherrschte bereits mit 16 Jahren das Gedankenlesen nahezu perfekt, über jede Entfernung.

Peter Myers, Admiral der Royal Navy, stationiert im letzten Jahr vor dem Ruhestand in Schottland, dem U-Boot Stützpunkt der Navy, hatte Zugriff auf den deutschen Inlandsgeheimdienst, der sich irrsinnigerweise Verfassungsschutz nannte. Ein Relikt aus der Regentschaft der Alliierten als Ergebnis des verlorenen zweiten Weltkrieges. Er musste bei der Vorstellung syphisant grinsen, dass die deutschen Agenten aus Ost- und Westdeutschland nach seiner Pfeife tanzen mussten. Lediglich beim BND klappte das nicht so. Aber da waren ja auch die US-Boys an Bord.

Und gehorchen das konnten die Deutschen. Das hatten sie irgendwie im Blut. Die Deutschen mussten ihren eigenen Landsmann boykottieren, zum Wohle der Krone und zu seinem eigenen persönlichen Vorteil.

Und der war in den letzten Jahren nicht unerheblich gewesen. Zwei Millionen britische Pfund hatte er jährlich aus seinen krummen Geschäften , zuletzt angereichertes Uran/Plutonium für den Iran, gezogen.

BSA, der große britische Rüstungskonzern und Ausstatter der US-Army hatte sich immer als sehr großzügig erwiesen. Diese Technologie gehörte zum Empire. Er grinste gehässig bei der Vorstellung, was seine Leute in diesem Konzentrationslager mit dem verdammten Jäger anstellen würden, und da gab es einige perverse Psychopathen als Folterknechte.

Als Soldat - und als Verbrecher - war er von Natur aus nicht sonderlich wohlwollend mit geistigen Fähigkeiten bedacht worden, sonst wäre ihm aufgefallen, dass der Jäger ihn und seine Agenten seit langer Zeit manipulierte. Der Jäger spielte Katz und Maus mit ihnen und hatte Vorkehrungen getroffen, dass niemand unbefugt über die Technologie würde verfügen können. Und Myers war definitiv nicht befugt.

Abgesehen davon war der Jäger durch seine besonderen Begabungen ein absolut unbezwingbarer Gegner im Kampf, bewacht von einem Höllenhund. Myers schauderte bei dem Gedanken an die Geschichten, die er über den Jäger gehört hatte und steckte sich nervös eine Navy Cut an. Leichte Panik kam in ihm auf. Klang alles unglaublich. Und der Hund hatte schon über zwei Dutzend Angreifern einfach die Kehle durchgebissen. Es gab Gerüchte, dass der Jäger seine Hunde an Leichen trainiere, denen er vorher Bratwurst mit Anis versetzt in den Kehlkopf spritze. Er zuckte, da die Navy Cut die fingerfreundliche Zone längst verlassen hatte, „dummes Geschwätz“, entweder wird er bei dem Überfall getötet oder die Gestapo macht ihn in dem Lager irre, beruhigte er sich. Aber die Sache gefiel ihm irgendwie nicht, selbst die Russen hatten ihn vor dem Jäger gewarnt, und die waren unbestritten die No. 1 in der Branche. Der Instinkt von Myers war vermutlich das Beste an ihm.

KAPITEL 4

Zur selben Zeit als Admiral Peter Myers in Schottland mit sich und der Welt zufrieden war, schenkte sich Major Wes Roland von der Defence Intelligence Agency (DIA), Pentagon, in Washington den ersten seiner vermutlich deutlich zweistelligen Kaffees, wenn man diese dünne Brühe so nennen wollte, ein und bereute, dass er das Rauchen aufgegeben hatte. Zutiefst. Er hatte Sorgen und es wurde ihm zu hektisch um ihn herum. Was ihm überhaupt nicht gefiel.

Das Oval Office hatte ihm schon den ersten „Reminder" in dieser Sache mit dem verdammten Deutschen und seinen Wasserstoffbomben geschickt, die Nazis von der NSA nervten ihn, die Skulls Leman und Payne vom örtlichen Büro der CIA ebenso und wollten sich in Deutschland um die „Sache kümmern", und er sollte die Kosten dafür absegnen. Und jetzt auch noch» diese unverschämte Mail von Jeff Immerman, CEO von General Electricity Inc., einem der mächtigsten Industriekonzerne in den Bereichen Energie, Atomkraft, Rüstung, und daher bestens mit dem Militär und den Diensten verzahnt.

Als wenn das nicht gereicht hätte, war dieser Jeff Immerman mit seiner großen Klappe auch noch der persönliche Berater des amerikanischen Präsidenten für jegliche Form von Technologiefragen. Da wo er aufgewachsen war, nannte man das Korruption, in Washington war das normal.

General Electricity Inc. brauchte unbedingt die Patente des Deutschen und drängte den Major, das Taiwan-Modell anzuwenden. Das Gewäsch der Nazis, die offensichtlich zur Zeit mal wieder an einer Weltverschwörung bastelten, NWO, war schon schwer zu ertragen, aber die Navy nervte ihn mittlerweile. Angeblich ging es um „Nationale Sicherheit", die durch das Know-How des Deutschen gefährdet sein soll. In Wirklichkeit hatten die Navy und ihre Partner in der Nato die Hosen voll, dass die Waffenschiebereien, und damit höchst lukrative „Nebeneinkünfte", auffliegen würden bzw. empfindlich abnehmen. Sein alter Freund Stallberg vom BND in Pullach war mit seinem „Beluga-Handel" mit der russischen Mafia offensichtlich zu weit gegangen und stand jetzt mit allen Details und Fotos in „Der Spiegel", dem größten deutschen Nachrichtenmagazin.

Und da erzählten ihm die Nazis mit ihrer Weltverschwörung immer, sie hätten alles im Griff und alle Positionen in Justiz, Diensten, Militär, Presse, Polizei mit ihren Leuten besetzt, die wichtigsten Positionen jedenfalls. Den Deutschen hatten sie nicht im Griff, soviel stand fest, und das gefiel ihm irgendwie, auch ohne Zigarette.

Der Mossad machte Druck und hatte eigene Aktionen angekündigt. Die türkische Mafia stocherte über die Nato bereits in Hessen herum, die NASA kreischte und faselte etwas von Apollo-Programm, der Nachfolger Spacex mit seinem texanischen Milliardär Musc und seinen Batterie-Autos von Tezla Motors Inc. dito, eigentlich ein Australier, stieß ins selbe Horn. Die CIA meldete verstärkte chinesische Aktivitäten und der Ex-KGB Truppe in Offenbach, die sich sinnigerweise ohne Gegenwehr der deutschen Lemminge bei den größten Energieversorgern des Landes, A.ON und Liemens, einquartiert hatten.

Die US-Waffenlobby, allen voran Northrop, Lockhead und Raytheon riefen mehrfach in der Woche ihre Gefolgsleute im Weissen Haus zusammen, GM und ihre deutsche Automobiltochter Apel malten den Teufel an die Wand und die Ölgesellschaften, Standard Benzin, English Petroleum und Snell prognostizierten den Weltuntergang, wenn man nichts dagegen unternehme. Die Royal Navy hatte bereits mit den Ost-Deutschen und der Ex-Stasi Truppe (Amt und MAD) in Helgoland den Geist von Peenemünde wiederaufleben lassen, basierend auf der Technologie des Deutschen.

Alles etwas suspekt und für das Pentagon eigentlich nicht von erster Priorität. Primär liefen die Kontakte über die braune Schiene der NSA und dem deutschen Amt, einer Mischung aus Karnevalsverein und Versorgungspool untalentierter Schauspieler sowie Köche und Behörde, was ihn hinsichtlich der Ergebnisse nicht sonderlich zuversichtlich stimmte.

Hinzu kam, dass dieses Amt und der Abschirmdienst mit dem treffenden Namen MAD von Alt-Kommunisten und Kriminellen sowie Söldnern nach der Wiedervereinigung der beiden Teilgebiete überschwemmt worden war. Bei der NSA war es nicht viel besser, viele Nazis und die Generation der Cyberspione, durchgeknallte Hacker, amoralische Technokraten.

Er beschloss, sich einen Latte Macchiato bringen zu lassen. Und dann gab es noch einen Verräter in den eigenen Reihen, einen Doppelspion, der bereits den Russen aus der Ukraine vertrauliches Material des Deutschen angeboten haben soll. Das interessierte ihn, er hasste Verräter. Intern nannten sie ihn „Schakal". Er hatte bereits einen begründeten Verdacht.

Die Morgensonne spiegelte sich in seinem Aschenbecher, der aus alter Gewohnheit auf seinem Schreibtisch stand. Den Schakal fangen und ausschalten, das machte für ihn Sinn. Den Rest nahm er nicht so richtig ernst. Die NSA hielt er für einen debilen Haufen brauner Psychopathen, die Deutschen nahm er überhaupt nicht ernst und die Korruption bei CIA, Army, Navy schien ins Uferlose zu eskalieren. Beruhigend war für ihn, dass selbst die internationale Mafia vom Deutschen aufgemischt wurde, da auch das Medellin-Kartell aus Kolumbien seine heißesten Schlampen nach Hessen schickte, die sich an der Hose des Deutschen zu schaffen machten.

Er musste grinsen, als ihm einige der jüngsten Berichte durch den Kopf gingen. Fest stand, dass der Deutsche alle vor sich her trieb und es ihm offensichtlich großen Spaß bereitete. Für ihn war er eher ein Kandidat für den Nobelpreis und er konnte die Hexenjagd nur auf die Gier und das Unvermögen der Neider zurückführen. Wäre er, der Jäger, Amerikaner gewesen, hätten sie ihn gefeiert und beschützt, als Deutscher war er Freiwild. Das sahen die Verbündeten in der Nato genauso.

Major Roland war kein Techniker, aber das was er in West-Point gelernt hatte, erlaubte ihm, zusammen mit dem gesunden Menschenverstand, zu beurteilen, dass das verlogene Geschwätz der Armee, der Waffenlobby, den Texanern, GE und den anderen lediglich den Zweck verfolgte, die eigenen Motive zu vertuschen. Wasserstoff war in jedem Glas Wasser, diese Trottel, verladen lassen würde er sich nicht. Die Ergebnisse des Deutschen waren bahnbrechend und hatten neu fortschrittliche Dimensionen im energetischen Bereich eröffnet, was die hoch bezahlten Schmarotzer in Los Alamos, Paolo Alto und sonst wo nicht herausgefunden hatten. Der prozessorientierte Denkansatz des Deutschen war revolutionär, jedenfalls für die Einfaltspinsel beim Militär und in der Energiebranche. Er setzte effiziente Technologie wie Drallrohre und Low-Speed-Engines erstmalig ein und hatte durch die Spaltung von Kohlenwasserstoffen, chemisch, auch das neu, niederkettige Treibstoffverbindungen bis hin zu gummiartigen Substanzen entwickelt. Er konnte darin beim besten Willen kein Verbrechen erkennen. Der Major seufzte. Schon der alte Diesel, dessen Name an jeder Zapfsäule auf diesem Planeten millionenfach prangte, war feige und heimtückisch von der US-Ölindustrie und dem kaiserlichen Geheim- dienst aus Berlin gemeuchelt worden, in den Ärmelkanal geworfen, als er sich auf dem Schiffswege zu einer Konferenz nach London befand.

Der Major war froh, dass er kein Erfinder war. Aber den Schakal, den würde er sich holen. Er angelte nach dem Telefonhörer.

KAPITEL 5

Zufrieden brabbelte der gechipte 4 Liter Turbodiesel, als er ihn mit 160 km/h die Steigung im Spessart hochtrieb, die normalen Fahrzeugen ohne Tuning bestenfalls mit einem Drittel der Geschwindigkeit - bergauf - vorbehalten blieb. Er war früh morgens auf dem Weg zum Schießstand seines Clubs unterwegs und wollte einige Runden Trap mit seiner alten Krupp-Flinte absolvieren, die er aufwendig hatte aufarbeiten lassen, da sie bereits fast 100 Jahre „auf dem Schaft" hatte und noch aus dem Besitz seines Großvaters, dem späteren König von England, stammte. Er genoss es, wenn er mit der schlanken 16er Querflinte die Wettkampfschützen mit ihrem schweren Gerät in Verlegenheit brachte.

Seine gute Laune war jedoch verflogen, da sein inneres Radar ihm meldete, dass man ihn verfolgte. Er vermutete Handypeilung, da sein Geländewagen, schon von der Werkstatt, total verwanzt war. Seine zuständigen Mechaniker waren, welche Überraschung, „Türken". Er wollte wissen, wer die Frechheit an diesem Sonntagmorgen besaß. Zudem sollte ein Mittelsmann der „Iraner" zu ihm Kontakt aufnehmen, auf dem Schießstand. Da konnte er keine Verfolger gebrauchen.

Auf dem höchsten Punkt der Steigung bremste er abrupt ab, stieß rückwärts in einen verschlammten Waldweg, sodass sein Fahrzeug von der Landstraße nicht einsehbar war, betätigte den Fensteröffner für die Fahrerseite, stellte den Motor aus, zündete eine Reval an und wartete.

Die Hunde hoben verwundert die Köpfe, da sie wussten, dass der Halt ungeplant war. Gedanklich gab er ihnen Erläuterungen und sie schliefen weiter.

Die Filterlose war fast zu Ende geraucht, da sah er ihn kommen. Ein brauner UPS-Transporter kämpfte mit der Steigung und schob sich beinahe im Schritttempo an ihm vorbei. Das gab ihm die Möglichkeit, den Fahrer eingehend zu betrachten. Um die 30, militärischer Haarschnitt, hektischer Blick, da er offensichtlich etwas suchte, was er nicht zu finden schien. Er wartete noch eine Zigarettenlänge, aber die Bühne blieb leer. Dann gab er dem Turbo die Sporen, um die letzten 15 km zu seinem Schießclub zurückzulegen. Die Einfahrt zum Parkplatz des Standes musste er im Schritttempo passieren, da ein großer brauner UPS-Transporter rücksichtslos die Zufahrt behinderte.

Die erste Serie absolvierte er mit 12 von 15 Tauben, mit 18 Schuss, und er war zufrieden mit dem Flintchen. Der linke Lauf hielt schön zusammen. Er ließ die Flinte auskühlen und holte sich von Jimmy ein Bier. Er musterte die Runde, viele Fremde, ungewöhnlich, Leute die mit SIG Sauer 9 mm schießen, hier mitten in der Pampa. Den Kindersoldaten kann er nicht entdecken. „Tolle Flinte", flötet das sensationelle Paar Beine neben ihm. Die Transe von der Lufthansa, sonst unnahbar, mit merkwürdigem Anschlag und entsprechenden Schießresultaten.

Nach weiteren zwei Runden, einer Steigerung auf 13 von 15 Tauben, verabschiedet er sich von Michel vorsorglich zum Füttern (der Wildschweine). Mittlerweile sind ihm alle Protheseträger suspekt.

Den mit Maggi und Anis getränkten Mais zur Kirrung der Sauen hat er bereits im Auto. Beim Öffnen des Waffenkoffers, um das elegante Flintchen zu verstauen, findet er den Hinweis: „Alte Eiche". Na, die Perser machen es ja spannend, dachte er. Irgendwie kam ihm seine afghanische Prinzessin aus der Khan-Dynastie in den Sinn. Er hatte sie auf dem Eliteinternat entjungfert, wenig romantisch. Gemeint sein konnte nur der Rastplatz auf dem Weg zur Autobahn A3, ungefähr 10 km vor dem Treffen mit dem „Paketboten" auf der Landstraße.

Sollte das afghanische Drogenkartell hinter den „Persern" stecken? Wenn er doch nur damals romantischer gewesen wäre, dachte er, als der Wagen ausrollte. Bis auf einen schlafenden Lkw-Fahrer auf dem Fußboden keine Spur von Besuch, während sein Freund Würdi mit der Nymphomanin das Sofa belegt hatte. Immer noch keiner. Er öffnete die Hecktür und ließ die Hunde laufen. Im Endeffekt war es ihm egal, von wem die $ 900 Millionen kommen, er war die trottligen Kindersoldaten, Pseudospione, Psychopathen aus Stuttgart, die genauso merkwürdigen Mafiosi, insbesondere die jüdischen und türkischen grundsätzlich leid. Am schlimmsten waren die Nazis vom Militär, NSA, Amt, wegen ihrer kaum vorstellbaren Dämlichkeit.

Der Terrier fand es, in einer Tüte mit zwei Würsten. Der Weimaraner apportierte brav die EDEKA-Einkaufstüte. Sein Radar meldete keine Gefahr und er gab jedem Hund eine Wurst, die beide gierig verschlangen. Was ihn amüsierte, auch er hatte Hunger. Das Tontaubenschießen machte Appetit.

Ein Blick auf den Parkplatz ließ keine unliebsamen Besucher erkennen und er entnahm der Tüte die Kopie eines Kontoauszuges seiner für diese Transaktion eingerichteten Bankverbindung, bei einer kleinen unbedeutenden Bank in Hongkong, was er während seines letzten Moskaubesuches auf abenteuerliche Weise in die Wege geleitet hatte. Über einen Ex-KGB Kontakt, der dafür 10 der avisierten Summe kassiert hatte, was für $ 30 Millionen kein schlechter Stundensatz war.

Auf dem Kontoauszug nahm er zufrieden die Credit Note in Höhe von $ 300 Millionen und die Abbuchung der Russenprovision in Höhe von $ 30 Millionen wahr. Auf der Rückseite war handschriftlich mit unverkennbar weiblicher Note das Wort „Prepayment“ notiert worden, das Zeichen für ihn, dass die „Iraner“ Wort hielten und die restlichen $ 600 Millionen bei Vertragserfüllung liefern werden.

Bevor er das Papier seinem Zipo übergab, inhalierte er den Geruch des Papiers und ein unvorbereiteter Beobachter hätte sich sehr gewundert über einen lachenden Mann mit Schießweste auf einem verlassenen Park- platz im Spessart mit einem brennenden Blatt Papier in der Hand, betrachtet von einem großen und kleinen Hund. Er hatte ihr unverwechselbar schweres, leicht süßliches Parfüm erkannt.

Der Wagen fand seinen Rückweg aus Gewohnheit über die vertraute Strecke fast von selbst.

KAPITEL 6

„Sie meinen also, Sie brauchen keine Genehmigung nach BImSchG (Bundes- immissionenschutzgesetz) für ihre Anlage in Brandenburg?“ bellte Dr. Stock, ein unsympathisches kahl geschorenes Ex-Stasi Fettel aus der Abfallwirtschaft, also der Mafia, und Leiter des staatlichen Landesumweltamtes in Brandenburg, in die Runde und unterbrach jäh den Laptop gestützten Vortrag des Jägers.

Seine Mitarbeiter Leroy Merlin und Kersting schauten indigniert. „Du korruptes Nazischwein“, dachte der Jäger, lächelte kalt und dozierte ungerührt, auch weil er diesen Staatsdienern wenig Respekt entgegenbrachte, da sie, vollkommen korrumpiert, als Info-Beschaffer vertraulicher Unternehmens- und Technologiedaten für RWA, A.ON, Gazcrom oder die Naziorganisation NSA der Amerikaner, und damit General Electricity Inc., auftraten. Je nach dem wer mehr bot, was dazu führte, dass der Jäger sich einen Sport daraus gemacht hatte, zusammen mit seinen Ingenieuren, das Umweltamt gepflegt auf die Rolle zu nehmen und alle relevanten Daten zu verfälschen.

„Aber Herr Dr. Stock, wir leben nicht mehr im Arbeiter- und Bauernstaat, sondern mitten in Europa. Es handelt sich bei unserem Verfahren nicht um Pyrolyse, sondern um Vergasung, was von der gesetzlichen Regelung BImSchG nicht abgedeckt wird. Eine Gesetzeslücke, wenn Sie so wollen. Es werden auch keine Abfälle verarbeitet, was selbstverständlich dann eine Genehmigungspflicht implizieren würde, da wir unsere „Power Greenies“ , auch eine Erfindung von uns, ein energetisches Produkt, auch verwendet als Futtermittel für Rinder, Pferde etc., im Reformer mittels Dampf- und Wärme zufuhr chemisch spalten. Somit erhalten wir das mittelkalorische Synthesegas, sehr Wasserstoff haltig.

Der EUGH (Europäische Gerichtshof) vertritt hierzu dieselbe Auffassung wie ich, in Brüssel, also keine Genehmigungspflicht der Anlage.“

„Det is mir ejal, wir sind nich in Brüssel, sondern in Brandenburg,“ proletete das Stasi-Fettel, der als Bademeister hätte durchgehen können und nicht als Amtsleiter einer deutschen Behörde.

Der Jäger schlug demonstrativ seinen Kalender zu, als Aufbruchsignal für seine Kollegen, als Dr. Abbas, in Wiklichkeit Obaid Obaid Masud und gelegentlich für die Terrororganisation URE tätig, ein Mitarbeiter jordanischen Ursprungs des Umweltamtes, der in Leipzig, damals DDR, studiert hatte, einlenkte, denn er war an Informationen über die Technologie interessiert, was dieser Trottel Stock zu vergessen schien.

„Und wenn Sie auf freiwilliger Basis uns Unterlagen einreichen, bis sich rechtlich Alles geklärt hat?“ Der Jäger nickte und man verabschiedete sich. Im Auto sinierte Gabriel über die Frage, stumm, da er seinen Mitarbeitern auch nicht trauen konnte, ob dieser Stock nur Stasi oder US- Gestapo war, weil Stasi normalerweise nicht so frech auftrat. Auch egal, dachte er, eben ein Idiot, von deren Güte er noch einige kennenlernen sollte, auch im Lager.

KAPITEL 7

Direktor von Stampfenhausen, ein drahtiger Mitfünfziger legte auch den Telefonhörer auf, in seinem Büro im Westflügel des Hauptgebäudes des BND in Pullach und strich sich nachdenklich über seinen gepflegten Oberlippenbart.

„Von wegen - im Griff", dachte er, davon konnte sogar der Leiter, eine politische, korrupte Marionette mit dem Parteibuch der SPD, des deutschen Auslandsgeheimdienstes nur träumen. Allerdings teilte von Stampfenhausen die Auffassung der beiden „geheimen" Gesprächsteilnehmer, dass die Inlandsdienste, verteilt auf unzählige Behörden, eine reine Zumutung und der Ausbund an Unprofessionalität waren.

Er war Perfektionist und hasste Dilettanten, jedenfalls beruflich. Nur offiziell aussprechen konnte er diese auch unter seinen Kollegen unstrittige Tatsache nicht, bei Poscher schon überhaupt nicht, der gehörte ja dazu. Nach der sogenannten Wiedervereinigung mit dem kommunistischen Osten der Republik hatten die sicherlich über 2.000.000 Mitglieder der Stasi, der Gestapo des ehemaligen Arbeiter- und Bauernstaates, die westdeutschen Behörden geflutet und Militär sowie Dienste, Zoll und andere systemrelevante Behörden waren seitdem schlicht versaut.

Das nervte ihn, zumal das Arbeiten mit den „Kollegen" äußerst mühsam war. Der Spaßfaktor war ohnehin weg und bei einigen der Ex-Stasi Leute verlief die Grenze zwischen Kommunistischem Rot und nationalsozialistischem Braun sehr fließend. Wenn er ehrlich war, waren es doch mehr als „einige" und dabei hatten sie doch ewig gebraucht, bis sie den BND halbwegs stubenrein hatten.

Und jetzt auch noch die Franzosen. Die Cowboys hatten ihn schon wegen dieser Firma genervt, die Russen waren sowieso immer mit am Tisch, wenn einer von der Ex-Stasi mit dabei war, und das war ja seit 1989 immer der Fall. Manchmal sehnte er die alten Zeiten zurück. Vor dem Mauerfall war für die

Geheimdienste die Welt noch in Ordnung gewesen, aber jetzt? Auch die Brits hatten ihre liebe Mühe mit den Stasi/KGB Leuten, was ihn gelegentlich amüsierte. Und jetzt auch noch dieser impertinente, primitive Sacher von Liemens, der zu seinem Leidwesen auf das Engste mit der seit 70 Jahren herrschenden Staatspartei in Bayern, CSU, verbandelt war. Ihm waren die Hände gebunden und er wollte plangemäß in Pension gehen und nicht die letzten Jahre auf einem verlorenen Außenposten verbringen.

Es gab andere Methoden, sich um das Schwein Sacher, und das noch größere Schwein Vitron zu kümmern, das schwor er sich an diesem verregneten späten Nachmittag in

Pullach bei München. Und er war neugierig geworden, er wollte jetzt auch wissen, was es mit dieser Technologie und diesem Gabriel auf sich hatte. Es gefiel ihm, dass endlich mal was „Dickes“ in Deutschland lief, die Hektik der Texaner hatte ihn schon sensibilisiert.

KAPITEL 8

Der Brief war ihm sofort aufgefallen, in der tristen Büropost vor allen Dingen. Mittlerweile verirrte sich im Büro in Offenbach auch mal ein Exot aus fernen Ländern. Der Tribut für die weltweite Popularität Gabriels und seiner Firma SPOT, nicht zuletzt dank der revolutionären Veröffentlichungen im web. Meistens bewegten sich die „Hits" auf seiner website zwischen 35.000 und 45.000 im Monat, Rekord waren eines Monats 85.000 Treffer gewesen. Kein schlechtes Ergebnis für eine Ein-Mann-Technologie Plattform.

Der Brief wirkte aufgrund seiner vielen Briefmarken ausgesprochen bunt, adressiert an ihn persönlich mit Titel wie auf der website angegeben, in einer schnörkligen weiblichen Schrift eines älteren Menschen. Abgestempelt war der Brief in Habana, also Kuba. Heute morgen war die Übersetzung aus dem Übersetzerbüro in Stuttgart gekommen, um die er gebeten hatte, da seine rudimentären Spanisch-Kenntnisse ihn bei dem Verständnis des Textes verwirrt hatten.

Doch jetzt stand es schwarz auf weiß, er hatte sich nicht geirrt. Er hatte einen Zwillingsbruder, von dem er in seinem ganzen Leben bisher nie etwas gehört hatte, bis zu der Ankunft dieses Schreibens aus Havanna. Geschrieben war es offenbar von der „Mutter" oder der, die sich als solche ausgab, einer gewissen Maria Lopez. Als junge Krankenschwester in der Neugeborenenstation im St. Margarethen Krankenhaus in Düsseldorf hatte sie einfach seinen Bruder entführt und mit nach Kuba genommen, nach dem Ablauf ihres Praktikums in einer deutschen Klinik. Ungeheuerlich. Auch seine Mutter hatte nie etwas von einem verschwundenen Zwilling erzählt.

Fragen konnte er sie nicht mehr, da sie bereits vor Jahren verstorben war. Es ginge ihr gut mit ihren 80 Jahren und sie lebe mit „ihrem" Sohn zusammen, seinem leiblichen Bruder, der ihrer Einschätzung nach es zu etwas gebracht hätte und auf Kuba ein angesehener Geschäftsmann sei.

Er habe auch eine Tabakfarm im Südosten Kubas, nahe Camagüey mit eigener Start- und Landebahn für kleine Maschinen. Sie freue sich wahnsinnig ihren zweiten Sohn bald kennenzulernen, in Kuba. Auf dem Briefbogen aus hochwertigen Papier waren Privat- und Geschäftsadresse angegeben:

Privat
Habana dei Este
Castillo dei Moro 4

Geschäftlich
Habana Centro
Centro Paseo dei Prado

Unter Post Scripturn hatte sie angefügt, dass sich beide Brüder nicht auf den ersten Blick ähnlich sähen, da sie beide zweieiige Zwillinge seien. Lediglich die Zahnlücken seien gleich.

Gabriel lehnte sich zufrieden zurück und ließ das Schreiben auf sich wirken. Ein Bruder aus dem Nichts, vermögend und auf Kuba! Hätte schlimmer kommen können. Manolo hieß er und genau genommen auch ein Lord der Krone. Er würde ihn kontaktieren, nur jetzt noch nicht. Priorität hatte die Technologie, die Patente und das Projekt in Afrika. Später ließe sich bestimmt auch etwas auf Kuba arrangieren, mit seinem Bruder. Keine schlechte Perspektive.

KAPITEL 9

Clodette Rektor war von der Natur leider mit einem unglücklichen Körper bedacht worden und hatte es aber trotz dieses Handycaps verstanden, sich durch die strategisch gezielte Heirat mit Robert Rektor eines der größten jüdischen Vermögen in Deutschland zu sichern. Sie war nicht sonderlich intelligent, dafür umso durchtriebener und bauernschlau. Rektor und sie hatten seit Jahren getrennte Schlafzimmer, was über den Zustand der Ehe genug aussagte.

Sie ließ ihren Mann überwachen, der seit Jahren eine feste Beziehung mit seiner Freundin pflegte und war über jeden seiner Schritte, auch geschäftlich, gut informiert. Kaltblütig wie sie war, duldete sie seine Liäson, um den Schein zu wahren und nach außen hin als Frau Rektor gesellschaftlich in Erscheinung zu treten. Durch geschickte Eheverträge, noch vor der Trauung mit Rektors Vater ausgehandelt, hatte sie einen Betrag im deutlich zweistelligen Millionenbereich, Apanagen für die zukünftigen Kinder, erhalten. Rektor war zu schwach für sie, sie kontrollierte sein Leben in jeder Hinsicht.

Über die Jahre hatte sie durch konservatives Management ihr eigenes Vermögen beträchtlich vermehrt. Jetzt war sie zum Lunch mit Rektor im Operncafe am Opernplatz in Frankfurt/Main verabredet, um ihn in der Sache Gabriel zu bearbeiten.

Die Kellnerin, eine kokette Italienerin, verwieß vielleicht ein Spur zu lässig auf das Tagesmenü, was bei Clodette im Falle von koketten Frauen schon für einen Wutausbruch reichte.

„Wissen Sie nicht wer ich bin?“, herrschte sie die verschreckte Südländerin an, „gleich lasse ich mir den Geschäftsführer kommen“, zischte sie. „Ach Schatzilein, lass mal gut sein“, versuchte er abzuwiegeln.

„Wir müssen endlich Gabriel und Eure verdammte SPOT loswerden, es schadet uns. Die Loge hat sich bei meiner Mutter gemeldet, Euer Wasserstoff und synthetischer Treibstoff sind nicht gern gesehen. Wir müssen da raus“.

„Er steht aber momentan ziemlich gut da, war ja selber bei seinem Vortrag in der Botschaft der Elfenbeinküste in Berlin dabei. Seine Reisen nach Abidjan, Moskau und St. Petersburg waren ein voller Erfolg. Sein erstes Angebot läuft über 130 Millionen Euro, Gesamtvolumen 2 Milliarden Euro, und mehr. Eigentlich Schade."

„Wir müssen ihn stoppen", giftete sie, „werde mich auch an Bollinger wenden. Er schuldet mir noch einen Gefallen. Nicht umsonst habe ich letztes Jahr eine überaus großzügige Parteispende an die CDU abgedrückt. Wir lassen Gabriel irgendwie festnehmen. Er hat Dich doch bedroht, Schatzilein, oder?", grinste sie diabolisch.

Er entgegnete Nichts, dachte aber bei sich, dass Clodettes Uhr irgendwann abgelaufen sei. Er behielt aber seine Gedanken für sich, weil er ein notorischer Feigling und infolge dessen harmoniesüchtig war. Er war auf das Geld seiner Frau angewiesen. Er selbst war so gut wie pleite und musste jede Ausgabe mit ihr besprechen. Das nervte. Und zwar ungemein.

KAPITEL 10

Er fluchte auf einen deutschen Ingenieur namens Helmholz, der vor 100 Jahren das Resonanzrohr erfunden hatte. Die Druckverhältnisse in der Anlage waren zum aus der Haut fahren. Durch den Boykott von Sacher, Vitron & Friends mussten sie die Anlage mit Unmengen von Propangas anfahren, das mit Tanklastzügen von SNELL geliefert wurde. Was ihn besonders ärgerte. Verdammte Holländer!

Sie hatten ein Verfahren entwickelt, bei dem sie Kohlenwasserstoffe, in den Versuchen waren es pelletierte Hopfendolden aus der Brauereiindustrie, die als ergänzendes Viehfutter Verwendung fanden, chemisch durch die Zugabe von Energie (Wärme) und Wasserdampf in ihre Bestandteile CO, CO2, H2 und CH4 spalteten. Das Wirbelbett wurde hierzu von einem gewaltigen Gebläse von Caterpillar fluidisiert, da 50 Tonnen Quarzsand angehoben werden mussten. Zu diesem Zweck war ein spezieller Düsenrost entwickelt worden.

Die Abgabe der Wärme erfolgte durch riesige Brenner, die mit ihren 252 Heat Pipes, eigenen kleinen Brennern, die Wärme an das Wirbelbett abgaben. Das Fluidisierungsmedium, der Quarzsand, hatten sie sich aus dem Osten aus einem ausgewählten Steinbruch liefern lassen. Der benötigte Dampf wurde extern in einem Kessel erzeugt, obwohl aus der Kühlung der beiden Brenner eine Menge Sattdampf anfiel, der jedoch aufgrund der niedrigen Temperatur bestenfalls an das angeschlossene Kraftwerk abgegeben werden konnte. Außer dem Gebläse für das Wirbelbett arbeiteten in der Anlage weitere Blower, um die Druckverhältnisse von bis zu 2 bar in den Heat Pipes zu regulieren. Jeder Brenner war mit zwei Pilotbrennern ausgestattet, quasi als Zündkerze, die auch von SPOT entwickelt und in die Brenner integriert worden waren.

Die Temperatur im Reformer oder Kessel bewegt sich um 800° Celsius, was für den Rohstoffeintrag der Pellets nicht unproblematisch war, der über Förderschnecken erfolgte. Um Brände in den Förderstraßen zu vermeiden, musste ein aufwendiges Schleusensystem entwickelt werden, um die Pellets gegen den bestehenden Druck und der Hitze im Reformer in diesen einzubringen. Die Taktung der Schleusentür war anspruchsvoll, da mit Pressluft das Durchtrennen der Fördermasse sichergestellt sein musste. In der Anfangsphase entstanden Schwelbrände.

Zur Gaswäsche wurde Stickstoff erzeugt, neben dem Einsatz von Filtern, sogenannte Trockenwäsche. Die über 400 Armaturen, Klappen und Ventile wurden extern mit Druckluft gesteuert, die mit gemieteten Generatoren erzeugt wurde. Ebenfalls ein aufwendiger Prozess, da diese Generatoren permanent mit Diesel betankt werden mussten. Die Klappen und Ventile wiesen häufig Fehlfunktionen auf, der entsprechende Instandhaltungsaufwand war erheblich. Der Ascheaustrag konnte nicht überzeugen. Das erzeugte Gas wurde über eine Fackel abgebrannt.

Die Gasregelstation befand sich außerhalb des Kesselhauses und wurde gelegentlich von der Stasi manipuliert. Insofern war der Betrieb der Gasstation nicht ohne Risiko, insbesondere nachts im Dunkeln. Außer ihm konnte - oder wollte - niemand aus der Mannschaft gab, umso stärker musste der Druck mit C02-Flaschen auf das Propangas erhöht werden. Leider nicht proportional und aufwendig mit Spezialwerkzeug, um ungewollte Gasaustritte, und somit mögliche Explosionen, auszuschließen. Ein ziemliches Gefummel, denn wenn der Druck zu hoch eingestellt wurde, erlöschten die beiden Zündfeuer der Pilotbrenner und das Procedere begann wieder bei Null.

Es war drei Uhr morgens. Er hatte zwei Tage keine Stunde geschlafen und stand nur zum 9. Mal in dieser Nacht vor der verfluchten Gasstation. Er blinzelte in den aufkommenden Mond, steckte sich eine Reval an, was seine Mitarbeiter immer zu panischer Flucht veranlasste. Aber er war allein, bis auf seinen treuen Begleiter, dem Weimaraner. Zweimal war der Hund bereits auf der Baustelle vergiftet worden und er ging regelmäßig den Grenzzaun ab, um die vergifteten Köder, meistens halbierte Mettwürste mit Schneckenkorn oder Rattengift präpariert, einzusammeln. Gift war für ihn wie das Hinterlassen einer Visitenkarte. Er inhalierte genüsslich den ersten Zug, als er aus dem Augenwinkel eine Bewegung wahrnahm. Instinktiv duckte er sich weg und der Schlag, der seinem Kopf gegolten hatte, zischte um Haaresbreite vorbei. Er meinte, eine großkalibrige Pistole erkannt zu haben, aber die Außenbeleuchtung war mehr als dürftig.

Da der heftige Schlag ins Leere ging, verlor der Angreifer das Gleichgewicht und prallte mit seinem gesamten Körper gegen die Backsteinwand des Kesselhauses, offensichtlich schmerzhaft. Gleichzeitig bellte die 9 mm einmal und das Projektil surrte als Querschläger von der Giebelwand in den Nachthimmel. Dann war Schluss für den Angreifer, da der Hund, 40 kg Muskeln, Sehnen und ein Wolfsgebiss mit unglaublicher Kraft sich mit einem Hechtsprung dem Angreifer entgegen geworfen hatte, ihn am Oberschenkel gepackt und zu Boden gerissen hatte. Aus der klaffenden Wunde im Oberschenkel trat jede Menge Blut aus. Mittlerweile war der Hund an der Schulter angekommen, sein Objekt der Begierde lag noch etwas höher. Der Angreifer, ein Mann mittleren Alters in der Uniform eines Wachmannes, wimmerte nur noch. Gabriel nahm die am Boden liegende Waffe auf, mit Arbeitshandschuhen, hielt sie den Angreifer seitlich ans Ohr und die 9 mm bellte ein zweites Mal.

Er rief den Hund ab, der nun taube Angreifer kam wankend auf die Beine. Wortlos schleuderte er die Waffe, gesichert, über den Grenzzaun. Der Angreifer verschwand auffallend schnell in der Dunkelheit. Den Hund musste er energisch anrüden, da er partout nicht einsehen wollte, dass sein neuer Spielkamerad so einfach davonkommen sollte.

Dann stellte er den Gasdruck auf 7,3 bar. Am nächsten Morgen war die Waffe verschwunden. Trotz regelmäßiger und gewissenhafter Kontrollen hat er nie wieder Giftköder in der Anlage finden müssen. Der Hund, der ihn sicherlich mehr als ein Dutzend Mal vor Schlimmerem bewahrt hat, wurde Jahre später während eines Überfalls auf ihn nachts im Treppenhaus vor seinem Büro in Offenbach von kriminellen Kindersoldaten erschossen, kurioserweise ohne den geringsten Anlass dafür gegeben zu haben.

Es war sein bester Hund, gefallen im Kampf - ohne Kampf - feige aus dem Hinterhalt erschossen. Der Jäger hat den Mordversuch schwer verletzt ~ überlebt. Es darf als selbstverständlich vorausgesetzt werden, dass alle in diese Sauerei verwickelten kriminellen Elemente ihrer gerechten Strafe zugeführt wurden. Hilfreich war die lückenlosen Kameraüberwachung im Gebäude des Jägers und die bekannte Grenzdebilität der Attentäter.

KAPITEL 11

Der Mercedes Sprinter sah auf den ersten Blick nach Schrottplatz aus, nur dem kundigen Betrachter wäre vielleicht aufgefallen, dass die Reifen und Felgen neuwertig aus dem oberen Preissegment stammten. Der Teil der Federbeine, die durch den Radkasten eingesehen werden konnten, wenn man sich die Mühe machte, in die Knie zu gehen, stammten aus dem Rennsport und waren dementsprechend hochwertig. Das Sahnestück war allerdings die Maschine. Ein generalüberholter V8 5 Liter Daimler Motor, mit aufgebohrten Zylinderköpfen mit stattlichen 380 PS. Er machte den Sprinter, auch im beladenen Zustand, zu einem Geschoss.

Beide Fahrer sahen wenig vertrauenerweckend aus. Der Wagenlenker stammte aus einem kleinen Ort 10 km nördlich von Alexandria in der Türkei, nahe der griechischen Grenze. Er bekleidete den Rang eines Generals bei den „Grauen Wölfen", einer Verbindung von türkischer Mafia und nationalsozialistischen Gruppierungen in der Türkei sowie im Ausland. Er war verantwortlich für die deutsche Zelle und hatte zudem das Kunststück fertiggebracht, als V-Mann für die Naziorganisation innerhalb des deutschen Inlandsgeheimdienstes zu arbeiten, der sich sinnigerweise „Verfassungsschutz" nannte.

Er jagte den Sprinter auf der linken Spur der A3 von Offenbach Richtung Wiesbaden. Sein Ziel war der Flughafen Rhein/Main. In dem dichten Berufsverkehr würde er für die knapp 30 km weniger als eine halbe Stunde benötigen.

„Du machst noch einen Unfall", knurrte sein Beifahrer, ein untersetzter, stämmiger orientalisch aussehender Mann. Soweit man wusste, lybanesisch-syrischen Ursprungs. Genau genommen, wusste man relativ wenig über ihn, außer dass er für verschiedene Terrororganisationen arbeitete - und zwar meistens als Killer.

„Woher kommt der Flieger, Özdemir?"

„Berlin", antwortete der Türke und steckte sich die vierte Zigarette an.

„Mein Verbindungsmann hat mir mitgeteilt, dass sie pünktlich aus Tegel weg sind".

„Ist er bewaffnet?"

„Nein, wie denn, kommt doch direkt aus dem Flieger." Der Libanese grunzte zufrieden.

„Nicht dass es mich interessiert, aber was hat er verbrochen?"
„Geschäftlich, er will nicht mit uns bzw. den Itziks zusammenarbeiten und er stänkert zuviel. Ist ein Linker."

Der Libanese schob das Magazin in die .22er Automatik, ließ den Schlitten zurückgleiten und schob die erste Patrone mit Hohlspitzgeschoss in die Kammer des Matchlaufes. Es war sein Lieblingsspielzeug, er hasste grosskalibrige Waffen. Kein Lärm und dafür viel präziser. Meistens schoss er den Opfern ins rechte Auge. Und Linke mochte er schon überhaupt nicht.

Die Maschine war pünktlich gelandet. Allerdings auf A32, was einer Außenposition gleichkam und eine Zeit von 30 Minuten in Anspruch nehmen würde, bis er in seinen Geländewagen im Parkhaus steigen könnte. Gabriel fluchte auf die Lufthansa und seine Laune wurde durch den Marathon nicht besser. Schon mit der Frühmaschine war er zu einem dieser sinnlosen Meetings im Wirtschaftsministerium der Region Brandenburg Berlin aufgebrochen. Wirtschaft lernen die Ossis nie, dachte er im Stillen bei sich, als er seine AMEX-Karte in den Parkautomaten schob.

Nur wenn man sich seine „Freunde" aus dem kriminellen Netzwerk um Liemens näher betrachtete - Anlagenbau, Energie- und Militärversorgung war das auch Planwirtschaft in Reinkultur. Aber die Ossis wussten Nichts, keinen blassen Dunst von einer Investition und dieses fruchtlose Gefasel. Wenn Hitler nicht England angegriffen hätte, wären wir alle so, dachte er. Und diese Schuhe!

Heute war es besonders schlimm gewesen, da zusätzlich zwei Ingenieure von Braunhofer dabei gewesen waren, der Versorgungskasse für abgehalfterte Geheimdienstleute in München. Er schwor sich, kein weiteres Treffen in Potsdam. Es wurde Zeit, dass er das

Land der Fahrradhelmträger verlasse, es war nicht mehr das Land seines Vaters.

Auf der Höhe des Frankfurter Kreuzes fiel ihm im Rückspiegel das erste Mal der ungepflegte Transporter Marke Sprinter auf, mit Offenbacher Kennzeichen und der verwitterten Aufschrift. Leserlich war nur noch „Früchte Import“. Das Drehmoment seines Turbodiesels und zusätzlichen 100 PS per Chip halfen nichts, der Sprinter klebte an seinem Heck. Und das Drehmoment seines Japaners reichte normalerweise für jeden Sportwagen. Die Instinkte des Jägers signalisierten ihm Gefahr. In krassen Fällen zwickte dann der Bauch. Sein Bauch zwickte.

Er trat auf die Bremse und ließ den Sprinter links vorbeiziehen. Er war gerade damit beschäftigt, einen Radiosender in Hessen zu finden, der keine Idioten als Moderatoren beschäftigt, als er direkt vor sich die vertraute Aufschrift „Früchte Import“ bemerkte. In dem rechten Flügel der Hecktüre war eine kleine Klappe ungefähr 10 cm x 10 cm geöffnet worden, die ihm vorher gar nicht aufgefallen war. Irgend etwas Schwarzes lag in dieser Öffnung.

Der Bauch zwickte wie wild. Er sah einen kleinen orangefarbenen Blitz in der Klappe, als wenn jemand ein Feuerzeug vergeblich zünden wollte, und im selben Moment vernahm er trotz der überlauten Musik aus der hervorragenden Anlage ein metallisches „Klack“ - zu laut und zu metallisch für einen Steinschlag.

In Höhe seines rechten Auges war ein Loch in der Frontscheibe seines Mitsubishi. Das Sicherheitsglas des hochwertigen Fahrzeugs hatte gehalten. Ansonsten war die Scheibe unversehrt. Er war gedanklich immer noch bei den Ossis, als das zweite kleine Blitzehen das nächste „Klack“ ankündigte, dieses Mal in Höhe seines Kehlkopfes ein weiteres Loch in der Frontscheibe. „Die Schweine schießen auf mich“, durchzuckte es ihn, „und die Seitenscheiben sind normales Glas“.

Der Libanese fluchte so gotterbärmlich in seinem Kauderwelsch, dass der Jäger ihn eigentlich hätte hören müssen.

„Wieso im Auto?“, brüllte er, „dafür habe ich das falsche Werkzeug.“

Er hörte einen ohrenbetäubenden Knall und verlor das Bewusstsein, als er wie in einem Milchshaker umher geschleudert wurde. Sein Schicksal war bestimmt, dass er nicht mehr aufwachen sollte.

Auf der Rückbank lag vom Wochenende noch sein Jagdrucksack mit den üblichen Hundeutensilien, der Schweisshalsung, einem Zweitmesser und einer sehr speziellen Verteidigungswaffe für den Nahkampf in den Dornen mit den Sauen. Eine uralte einläufige 16er Russenflinte mit abgesägtem Lauf und Hahnspannung, um mit einer Gesamtlänge von unter 80 cm im Schwarzdorn, häufig auf dem Bach kriechend, überhaupt eine gewisse Bewegungsfreiheit zu gewährleisten. In der Regel fing er die Sauen, wenn die Hunde sie hielten, mit einem beidseitig geschliffenen Bajonett - ebenfalls russisch - ab. Aus Sicherheitsgründen war die Flinte in ihre Bestandteile zerlegt.

Er zog den Wagen auf die Mittelspur und ließ sich hinter einen Lkw fallen. Der Sprinter schien unschlüssig zu sein und verblieb auf der rechten Spur. Er fingerte erst den Lauf aus dem Rucksack, Vorderschaft und System folgten, hatte alle Bestandteile innerhalb von Sekunden zusammengelegt und schob eine Patrone mit 8 mm Posten in den Lauf.

„Genau die richtige Medizin für den Früchte-Import“, dachte er. Beim Kick-Down schnellte der Japaner nach vorne und blieb für einen kurzen Moment links versetzt vom Sprinter. Gleichzeitig hatte er elektrisch die rechte Seitenscheibe heruntergelassen, beugte sich kurz vor und traf einhändig das anvisierte Ziel. Die 32 Gramm Bleiladung zerfetzte den linken Vorderreifen des Sprinter in dem Moment als die 380 Pferdestärken gerade voll beschleunigten.

Wie von Geisterhand brach der Sprinter nach rechts aus, ruckartig zuckend, drehte sich um die eigene Achse, touchierte die Leitplanke und überschlug sich seitwärts, als wenn er akrobatische

Übungen wie ein Turmspringer machen wollte. Daraufhin wurde er frontal von einem Lkw aus den Niederlanden, der 24 Tonnen Blumenzwiebeln geladen hatte, in voller Fahrt erfasst.

Die Auswertung ergab später, dass der kroatische Lkw-Fahrer sich nicht an die Richtgeschwindigkeit gehalten hatte und ungebremst bei 97 km/h mit dem Sprinter kollidiert war. Der Lkw war verhältnismäßig gering beschädigt, der Sprinter war explodiert und als Fahrzeug nicht mehr zu erkennen. Der Fahrer konnte erst mit Hilfe der Gerichtsmedizin identifiziert werden. Im Laderaum fand die Autobahnpolizei eine weitere Leiche bzw. Überreste, deren Herkunft nie geklärt werden konnte.

Ein halbes Jahr später wurde bei Mäharbeiten an der A3 auf der Höhe des Offenbacher Kreuzes von Mitarbeitern der Autobahnstraßenmeisterei eine geladene Pistole Kaliber .22 Marke Beretta gefunden.

KAPITEL 12

Die LOT-Maschine startete auf der West-Bahn von Berlin-Tegel durch und glitt in den Abendhimmel Richtung Warschau. „Wie Lufthansa", dachte er, „nur die Stewardessen sind hübscher". Er bedauerte, dass er in den letzten Jahren mehrere Jagdeinladungen nach Polen nicht wahrgenommen hatte. Im Moment ganz besonders, als zwei ausgesprochen gut geformte Beine neben ihm auftauchten und sich ein viel versprechendes Dekolte weit über ihn beugte und seinen Nachbarn fragte:

„Sie wünschen, mein Herr?"

Dieser bellte auf Russisch irgendetwas was er nicht verstand. Die Beine verschwanden augenblicklich, mit einem leicht verstörten Gesichtsausdruck.

„Müsst Ihr immer noch in Euren alten Bruderstaaten die Zarennummer abziehen?" Pflaumte er verärgert seinen Nachbarn und Geschäftspartner an.

Dieser griff wortlos in seine Aktentasche, zog eine Johnny Walker Black in Packpapier heraus, grinste und entgegnete:

„Ja, denn sonst hätte sie uns in Economy nicht bedient."

Die Beine waren wieder da und stellten eine Schale mit Eis, zwei Kristallgläser und eine Flasche Soda auf die beiden Klapptische. Sie wich seinem entschuldigendem Blick aus. Wahrscheinlich hielt sie ihn auch für einen verdammten Russen.

Der Russe füllte die Gläser. „Auf unser Projekt in Polen," und leerte sein Glas in einem Zug. Es war 18.00 Uhr Ortszeit und langsam Zeit für sein tägliches Pensum. Seine beste Zeit war definitiv vorbei. Als Techniker und Ingenieur der russischen Luftwaffe war er nicht unwesentlich beteiligt an der Entwicklung der Turbinen für die gigantischen Transportmaschinen und Langstreckenbomber gewesen, aber Afghanistan war längst

vorbei und die finanzielle Situation des russischen Militärs war mehr als traurig. Seit 30 Jahren hielt er Moskaus Flagge hoch, mit einem in letzter Zeit immer kleiner werdenden Büro in Berlin, da auch der KGB und seine Nachfolgeorganisationen zunehmend direkt über den mächtigen staatlichen Energie- und Gaskonzern Gazcrom agierte.

Zu allem Überfluss hatte er sich mit seinen 62 Jahren zum dritten Mal mit einer Moskowiterin verheiratet, die fast 40 Jahre jünger als er war.

Neben allen anderen Problemen war damit seine finanzielle Lage mehr als angespannt. Um sich über Wasser zu halten, arbeitete er gelegentlich für die russische Mafia Bratwa (Bruderschaft), von Zeit zu Zeit für den Mossad, selten für den BND und manchmal sogar für den alten Klassenfeind, die CIA. Und jetzt hatte ihm der Himmel diesen Deutschen mit seiner vollkommen neuartigen Gastechnologie geschickt. Als Jude glaubte er nicht unbedingt an den christlichen Himmel, aber diese Chance würde sich Arkadij nicht durch die Lappen gehen lassen. Gazcrom mit seinen Hundertschaften von Ex-KGB Agenten hatte in Zusammenarbeit mit der Abfallwirtschaft, die sich bekanntlich weltweit in festen Händen der Mafia befand, das morgige Treffen mit dem polnischen Energieminister und einigen Strippenziehern arrangiert. Ein Standort für die Anlage war auch schon vorbereitet und seine Turbinen kämen auch zum Einsatz. Und dann hätten sie die Technologie. Aber nicht so wie Gazcrom sich das vorstellte. Die Israelis hatten ihm $ 10 Millionen für den Technologietransfer geboten und dann würde er dort bleiben. Scheiss auf KGB und auf Olga. Und mit dem Jäger würde er schon fertigwerden. Eine von seinen Kolleginnen saß schon seit drei Jahren als seine Sekretärin im Vorzimmer des Jägers. Er war über jeden seiner Schritte im Bilde, dachte er.

Die Flasche war schon wieder leer. Dass der Jäger eine besondere Wahrnehmung hatte, wusste er nicht. Sie wurden schon erwartet. Da sie nur Handgepäck dabei hatten, wartete der schwarze Van in der zweiten Reihe vor der Arrival-Leuchtschrift. Arkadij stellte ihm die bei den Männer mittleren Alters als Mitarbeiter der polnischen Gazcrom vor, Visitenkarten wurden ausgetauscht.

Einer von beiden nannte sich Dimitrie und hätte vom Aussehen her ohne weiteres eine Rolle als Leibwächter von Don Corleone bekommen - wenn Hollywood einen 4. Teil des Paten gedreht hätte. Er trug den rechten Unterschenkel in einem Gehgips, was seiner Art der Fortbewegung etwas Diabolisches verlieh. Gabriel lokalisierte ihn sofort als den Gefährlichsten der drei Russen und prägte sich ein, ihn nicht aus den Augen zu lassen. Der Van wurde geschickt durch den Berufsverkehr von der Ehefrau des Diabolischen gelenkt und sie ließ sie zum Einchecken am MARIOTT raus, 20 Minuten später wurden die Männer in einem der zahlreichen Spezialitätenrestaurants abgesetzt, die Warschau zu bieten hat, mit dem sinnigen Namen auf polnisch. „Burger King". Aber das Essen war sehr gut, zwar mächtig wie üblich im Ostblock. Die Bortsch als Vorspeise wie zwei Hauptgänge, serviert in einem eingebackenen riesigen kugelrunden Brotlaib, konnten sich sehen lassen. Die Russen hatten zum Essen nur Wodka bestellt und kippten ihn wie Weißwein in sich hinein. Der Diabolische gab vor, schlecht Englisch zu sprechen, was Arkadijs Dolmetscherqualitäten beanspruchte. Gerade als die 4. Flasche Wodka beim Nachschenken geleert war, lag die Beretta 9 mm auf dem Tisch.

Der Diabolische deutete auf die Wandlampen, die an der Kopfseite des Restaurants in etwa 15 m Entfernung oberhalb geschmackvoller Repliken alter Stiche über das Warschau im 18. Jahrhundert angebracht waren.

Verblüfft signalisierte der Jäger um Unterstützung an Arkadij, der jedoch damit beschäftigt war, die Teilnehmer des Abendessens nach ihrer bevorzugten Haarfarbe zu befragen und die entsprechenden Bestellungen mit dem Handy weiterzugeben, was offensichtlich bei ihm größte Erheiterung auslöste. Und hatte sich soeben auf eine Rothaarige mit Gademaß für den Jäger festgelegt, als unvermittelt der Diabolische das Feuer mit der Beretta auf die

Wandleuchten an der besagten Stelle des Restaurants eröffnete und mit 6 Schuss 5 Lampen „löschte“.

Die Glassplitter und die Knallerei veranlasste die verbliebenen Gäste zu panikartiger Flucht, denen Gabriel sich anschloss und eines der wartenden Taxis zum Hotel nahm. Zum Frühstück holten die Russen ihn ab, zwar rotäugig, aber mit sauberem Hemd und Krawatte, um pünktlich im „Wirtschaftsministerium“ in Warschau einzutreffen, wo sie bereits der Dolmetscher erwartete, der seinen 2-stündigen Vortrag aus dem Deutschen ins Polnische übersetzte.

Ihm kamen Zweifel, ob es sich tatsächlich um Polen handelte, da er wusste, dass sein russischer „Freund“ aus Geldnot gelegentlich für die Mafia oder korrupte Agenturen arbeitete. Was ihm aber gleichgültig war, da ohne ihn die Technologie wertlos sei. Es ging jedenfalls wieder mal um Abfall, die untrügliche Handschrift der Dummen, Mafia und Atomlobby. Arkadij war zu intelligent um auf dieses bekannte Niveau der Mülltüten zu sinken, aber er musste den FSB in Moskau überzeugen und brauchte Geld.

Die Fragen waren dünn und er machte sich seine Gedanken über die Korruption innerhalb der Geheimdienste. Beim Verlassen des Gebäudes, dürftig gesichert, nahm er zuviele Störfaktoren wahr, die für ihn das Thema Polen ad acta legten. Auf dem Rückflug nach Frankfurt machte er sich zum wiederholten Male Gedanken über die Dämlichkeit seiner Gegner. Immer wieder dasselbe Unvermögen, schlichte Unfähigkeit in der krassesten Form, die ihn in den kommenden Jahren begleiten sollte.

Die Flugbegleiterin, zu Neudeutsch „Purser“, schenkte ihm Chardonnay nach und er kam zu dem Ergebnis, dass die Süßen weltweit Dienste und Militär übernehmen müssen. Und zwar bald, da diese Dämlichkeit der Landser und Möchte-Gern-Spione nicht zu ertragen war, auch auf die Gefahr hin, dass ab und zu eine Hexe dabei war.

Aber lieber eine Hexe, als diese infantilen Schaumschläger mit ihren beschrifteten Hemdchen, den Sandalen, dem Gepfeife und Geplapper und ihrer Harmlosigkeit. Er verachtete diese Scharlatane und erwog ernsthaft, eine Mafia zu gründen, eine mit Hirn und Herz. Die Spionbranche schied mangels Attraktivität aus. Wie einfach müsste es erst für eine Truppe von Top-Leuten sein, diesem Abschaum das Fürchten zu lehren?

Er beschloss für sich in 30.000 Fuß Höhe über Braunschweig bei einem bestens gekühlten Chardonnay aus Süd-Afrika im ersten Schritt seine eigene Technologie Transfer GmbH zu gründen und die Schmarotzer auf Trab zu bringen. Von denen würde er sich nicht aus der Ruhe bringen lassen, die würden sich noch wundern. Cretins.

KAPITEL 13

„Christian Gabriel?" schnarrte die Stimme aus dem Handy. Instinktiv wollte er auflegen, zumal seine Hände nach dem flüchtigen Reinigen im Morgentau des Grases noch den Geruch frischen Rehblutes verströmten.

„Wer will das wissen?" antwortete der Jäger widerwillig, „und dann um diese Uhrzeit ."

„Ach Ja, Waidmannsheil sagt man bei Ihnen, glaube ich, guter Schuss" antwortete das Handy. Der Jäger schwieg leicht irritiert.

„Mein Name tut nichts zur Sache, nennen Sie mich einfach Jim" tönte die Stimme. „Wir sind die führende Organisation weltweit, in der Hand von 5 Familien, kontrollieren die meisten Regierungen auf diesem Planeten, das Militär sowieso über sein Spielzeug, den Waffenhandel, und die Russische, italienische, jüdische, türkische und Sonst-Wer-Mafia tanzen nach unserer Pfeife. Betrachten Sie es als große Ehre, dass ich Sie persönlich in Ihrem Wald angerufen habe. Gefällt Ihnen das?"

Der Jäger antwortete nicht und bereute insgeheim, dass er sein Handy mit auf die Jagd genommen hatte, entgegen seiner Gewohnheit. Seine gute Laune war verflogen.

„Was hat das mit mir zu tun?"

„Das will ich Ihnen sagen, mein Bester, über unsere Freunde von der Camorra kontrollieren wir weite Teile, oder um präzise zu sein 80, des internationalen Müllgeschäfts, Atommüll eingeschlossen, und haben somit kein Interesse an Technologie wie der Ihren, wo Sie laut unseren Experten aus Abfällen nicht nur Strom, sondern auch synthetischen Treibstoff erzeugen sollen. Unsere durchgeknallten Soldaten, ohnehin nicht für ihr Köpfchen berühmt, haben Angst um ihr Lieblingsspielzeug, den nuklearen Kernwaffen. Können Sie mir folgen?"

Der Jäger versuchte seine telepathischen Kräfte einzusetzen, aber er scheiterte. Entweder war er zu müde oder die Stimme war künstlich verzerrt. Kein Akzent. Er meinte, eine Spur Norddeutsch durchzuhören, so wie man es in Hamburg oder Bremen spricht, aber kaum wahrnehmbar.

„Bedingt, Mafia und Landser sitzen bei Bilderbergs am Lagerfeuer und trinken Blutsbrüderschaft? Klingt nicht sehr überzeugend."

„Naja, manchmal ist auch einer dabei, der nicht korrupt ist, aber dann schnappen wir uns einen Chef. Soldaten sind wie Schafe, müssen immer gehorchen und nicht Denken, leicht zu steuern für die Mafia."

„Wollen Sie kaufen?" entgegnete der Jäger sichtlich genervt. Ein kurzes Zögern, mehrfaches Knacken in der Leitung zeigte dem Jäger, dass sie Zuhörer hatten, was sein Gesprächspartner offensichtlich wusste, dem Tonfall nach zu urteilen.

„Haben schon, kaufen weniger." tönte die Stimme aus dem Nokia.

„Ist schon spät hier in Texas, werde beim Schlummertrunk darüber nach-

denken!"

„Vermutlich ein Russe", dachte der Jäger, „oder doch ein Cowboy? Egal, aber nicht zu lange nachdenken, die Liste ist lang, die Chinesen, die Russen, die Japaner, die Franzosen ... und noch einige. Sogar die Eidgenossen aus der kleinen Schweiz, Ach, und nicht die Mongolen zu vergessen."

„Und Sie glauben, die Chinesen oder Russen wollen kaufen? Haben sicherlich, doch die sind genauso Gauner wie wir. Wir haben schon über Euro 60 Millionen in die „Beobachtung", nettes Word, oder, investiert."

Die Laune des Jägers stieg, „lass die Leute reden, sie quatschen dann wie Kanarienvögel", dachte er für sich.

„London hat heute morgen jedenfalls BP 50 Millionen geboten."

„Kinderkram", schnarrte die Stimme, „wir wollen eine weltweite Abfalllösung, die wir über unsere Holding ca. 220 nationalen Gesellschaften zur Verfügung stellen, gegen saftige Royalties, per annum, versteht sich. Damit kontrollieren wir jede Mülltonne oder jeden Müllsack auf diesem Planeten und verhindern gleichzeitig, dass irgendetwas unserer Atomenergie in die Quere kommt."

Das selbstgefällige Grunzen der Stimme war nicht zu überhören. Der Jäger überlegte. Währenddessen verfütterte er das dampfende Herz des Rehbockes an die Hunde, indem er es geschickt zwischen den Kammern in zwei Hälften geteilt hatte, reinigte das Messer in einer Wasserlache auf dem Waldboden, steckte sich eine kleine Cohiba an und zog die ersten Züge genussvoll in die Lungen.

„Sind Sie noch in der Leitung?" hörte er verzerrt die Stimme aus Übersee. Wobei ihm durchaus klar war, dass der Anrufer auch keine 5 km entfernt sein konnte. Er hatte zuviel gesehen in seinem Jägerleben, Chinesen die keine Chinesen, Russen die keine Russen waren, nur die Deutschen benutzte niemand als falsche Identität. Demnach konnten sich die Russen wirklich darauf etwas einbilden. Jeder Amateur-Ganove oder -Spion, für ihn dasselbe, spielte den Russen. Der Anrufer ging ihm auf die Nerven.

Christian Gabriel, der Jäger, fühlte sich in seiner Privatsphäre, in seiner ganz speziellen, der Jagd, gestört. Zudem verachtete er diesen Logen-Hokuspokus ala Bilderberg. Mit einer der fünf Familien war er auch noch entfernt verwand, obwohl er protestantisch getauft war.

Er wusste jedenfalls, dass er anderes Blut als die meisten seiner Mitmenschen in den Adern hatte, über einige außergewöhnliche Fähigkeiten verfügte, die ihn sein Leben lang immer, ausnahmslos, mit außergewöhnlichen Frauen zusammengebracht haben. Als positiver Nebeneffekt, resümierte er, wobei dieser sogenannte Nebeneffekt in den letzten Jahren für ihn immer wichtiger geworden war.

Geld interessierte ihn nicht wirklich, Macht über andere hatte er, wenn er wollte mehr als ausreichend. Ungerechtigkeit konnte sein

Blut in Wallung bringen. Die Vorstellung über die Barbareien der Nazis, dem Verladen von Frauen und Kindern in Viehwagons der Bahn für Transporte in die Lager, konnte ihm die Tränen in die Augen treiben. Und für korrupte Militärs oder Gestapo empfand er nichts als Abscheu, Ungeziefer für ihn.

Der Irrsinn der Loge war, dass neben radikalen Palästinensern von der HAMAS und Islamisten säkulare Juden aus den Siedlerverbänden und dem Likud-Block kämpften und die besetzten Gebiete wie Ghaza, West-Jordanland und Jerusalem für sich allein beanspruchten. Zwei Premierminister, Rabin und Scharon, waren von den eigenen Extremisten ermordet worden, da ihnen die geplante Rückgabe der besetzten Gebiete ihr 3.000 Jahre altes Weltbild durcheinander brachte.

„Ungefähr so. als wenn Köln an Rom zurückfiele, da Colonia Agrippina vor 2.000 Jahren eine römische Siedlung war," dachte er. Auch sein Partner Rektor war immer mehr unter den Einfluss eines säkularen Rabbiners in Frankfurt geraten, der ihm den Talmud näher brachte. Als Druckmittel dienten die halbfertigen Siedlungen von Rektor in den Grenzgebieten in Israel. Auch der Schin Bet war durch die Loge unterwandert, ähnlich wie in den USA, als Geheimdienste den JFK-Mord nicht verhindert haben und die CIA ihre „Privatkriege" auf Kosten des Steuerzahlers in Vietnam und Laos in den 60ern führten.

Zu allem Überfluss werkelte London ebenfalls mit, was ihm spätestens nach Rektors Viert-Fahrzeug, einem Aston Martin zum Preis eines teuren Einfamilienhauses, klar wurde. Made for Robert Rektor, in Messing, auf jeder Fußleiste, Na, wenn das keine Visitenkarte war. Bei diesem Beziehungsgeflecht taten ihm seine Verräter fast schon wieder leid. Jedenfalls hatte die Loge zum Höchstpreis gekauft. Warum alles so kompliziert abgewickelt wurde, war ihm nicht klar und lag vermutlich an den zahlreichen Idioten unterschiedlicher Splitter-Gruppierungen, die sich, und das war mehr als offensichtlich, anscheinend nicht grün waren, akademisch ausgedrückt.

In dem vollständig korrumpierten System in Europa, in Deutschland durch die historischen Versäumnisse am ausgeprägtesten, hatte jeder halbwegs gebildete Bürger oder Geschäftsmann tiefe Abscheu vor jeglicher Form staatlicher Aktivität. Wenn es ihm nach gegangen wäre, hätte er den öffentlichen Dienst unisono pelletiert und zu Wasserstoff verarbeitet.

Er dachte voller Wehmut an die Zeit, als er noch richtiger Head-Hunter war. Gedankenverloren streifte sein Blick die .222 Remington. Er mochte das kleine Kaliber, schoss sich weich und der Mensch brauchte nicht viel. Ein Reh oder Wildschwein waren wesentlich härter und konnten selbst beste Treffer „verdauen". Aber kein Vergleich zu afrikanischem Wild. Antilopen übertrafen an Härte alles Europäische Wild, geschweige denn der Gefährlichste der Big Five, der Kaffernbüffel. 1.000 kg Kraft und Bosheit pur, der Rottweiler im Busch.

Nur mit dem stärksten Großwild Kaliber hatte man überhaupt eine Chance.

Aber für die Kaschpies reichte streng genommen die .22 Long. Sicher über 1.000 Kaschpies hatte er schon erlegt, aber erst 3 Büffel. Der Laie meint immer, die Grosskatzen seien gefährlich. Der Büffel hat etwas satanisches und übertrifft sie bei weitem. Der männliche Löwe ist doof, faul und weich und für ihn reicht die .308 Winchester vollkommen.

Die Löwinnen sind wesentlich gefährlicher und jagen gerne im Rudel. Wenn sie Junge haben, ist höchste Vorsicht angebracht, auch für den männlichen Löwen, der sich gerne an dem Nachwuchs vergreift. Aber ein vernünftiger Jäger tötet keine Löwin, es sei denn, er muss sich verteidigen.

Der Leopard, viel zu edel für die Jagd, greift nur in Bedrängnis an und wird bei Problemfällen nachts am Luder (arme kleine Ziege) mehr oder weniger kunstlos totgeschossen. Aber nichts ist so einfach wie Kaschpies jagen, schaffen auch Sonntagsjäger.

Rund um die Uhr, also auch bei bestem Sonnenlicht, als Köder ein paar Zigaretten und 5-Euro-Scheine an die Kirrung gebracht und schon geht das Scheibenschießen los. Kaschpies sind laut, stinken, treten immer hordenweise auf, sind extrem grobmotorig, verfressen, triebhaft, nicht sonderlich schlau oder gebildet,

reden wenig und wenn konfuses Zeug. Sind allerdings extrem verschlagen, hinterhältig, weil feige. Sind auch leicht an ihrer Kleidung, insbesondere den Schuhen, zu erkennen. Eignen sich hervorragend für die Weiterverarbeitung zu BKP (BIO-Kaschpie-Pellets), wobei es in jüngster Zeit Probleme mit der Klassifizierung „BIO“ gab, da es sich streng nach Gesetz eigentlich um Sondermüll handelt.

Früher hatte man ihm noch die Munition für die Kaschpies und eine Kopfprämie von 10 Cent gezahlt, doch nach der Kaschpie-Schwemme hatte die Regierung das Programm eingestellt, wohl auch weil es einige Kaschpies auf den Ministerstuhl geschafft hatten. Seitdem nahm er nur noch gelegentlich einen Kaschpie aus der Bahn, wenn er ihn für die Hundeausbildung benötigte.

Die Hunde blinzelten zufrieden und müde von der Anspannung in die warme aufgehende Sonne. Sein Sinn stand nach seiner Espresso-Maschine in seiner Küche und nicht nach dem Gefasel des Logen-Corleone auf seinem Handy.

„Die Chinesen haben mir $ 300 Millionen geboten, in Burma kann ich die Königstochter heiraten und bei den Russen erhalte ich lebenslanges Jagdrecht auf Hirsch, Wolf und Bär“, kam es nach der Denkpause vom Fahrersitz des Jeeps.

„Also Bären können wir auch bieten, wenn auch kleinere, wir sollten uns sehen.“

„Das sehe ich auch so.“

„Gut, bin nächste Woche in Europa und sollte am Mittwoch in Amsterdam sein. Was ist mit Mittwochabend, zu einem 400 Gramm Steak im Murray‘s in Frankfurt?“

Der Jäger war kein besonderer Freund vom Murray‘s, da es unverschämt teuer war und saumäßige Weine zu Fabelpreisen auf der Karte hatte.

Und es wimmelte von jüdischer Mafia, mit Namensschildern in Kupfer der Stammgäste. Aber die Steaks waren erstklassig und die überbackenen Escargots auch.

„Ja, aber nur wegen der Schnecken!“

„Gut“, dröhnte es aus Texas, „erwarte Sie um 20.30 Uhr“, knackte es zum letzten Mal aus dem Empfänger. Nachdenklich gab er stumm den Hunden das Kommando zum Einsteigen und schloss die Hecktür des Jeeps. Was würde der Mittwochabend bringen? Reden hat noch nie geschadet, dachte er. Er sollte sich irren.

KAPITEL 15

Der Rappe schnaubte vor Wohlbehagen, als er sie mit zwei Äpfeln und zwei Mohrrüben kommen sah. Die Springstunde war zu ihrer Zufriedenheit verlaufen und wenn es so weiterginge, hätten sie eine reelle Chance auf eine Platzierung auf dem vereinseigenen Turnier der Kategorien Mund S auf der eigenen Anlage mit viel lokaler Prominenz. Sie tätschelte den schweißnassen Hals des Russen, einem Budjoni, einer Rasse, die aufgrund ihres starken Trakehner Einschlags passable Springpferde und früher widerstandsfähige Militärpferde hervorgebracht hatte.

Sie hing an ihrem Zhagat, was auf Russisch soviel wie „Morgenröte“ hieß. Die Ironie des Schicksals war, dass Gabriels adlige Großmutter, die Gräfin Bonhoff, ebenfalls in die Trakehner vernarrt gewesen war und auf der Flucht aus Ostpreussen, heute Polen, vor den anrückenden russischen Streitkräften im Winter 1945 die ganze Strecke von 1.500 km nach Hamburg unversehrt mit ihrer Wunderstute zurückgelegt hatte. Auf ihrem Husarenritt überquerte sie mehrfach die feindlichen Linien, ohne ernsthaftere Zwischenfälle.

Aber das konnte sie beim besten Willen nicht wissen. Ansonsten gab es wenig Gemeinsamkeiten zwischen ihr und der Gräfin, höflich ausgedrückt. Sie war 1952 in Ploczdi 100 km südlich von Bukarest als Ghika, einem verarmten Adelsgeschlecht aus den Karpaten, das auf Graf Dracul zurückging, geboren worden. Dieser Vorfahre wiederum diente als Romanvorlage für den Fürst der Finsternis Graf Dracula. Jener Graf Dracul, der für seine Grausamkeiten berüchtigt war, liess in den Türkenkriegen mehr als 10.000 seiner Gefangenen bei lebendigem Leib phählen.

Dann wurde sie im Alter von 5 Jahren zusammen mit ihren drei Schwestern, ihrer Mutter, einer Deutsch-Rumänin, offiziell Schweizerin, nach Corfu in Griechenland eingeschleust und zwar von der Securitate, dem rumänischen Geheimdienst. Diese~ wiederum kooperierte mit der National SA in den USA und sie wurde ein Jahr lang im Alter von 16 bis 17 in North Dakota von den Amerikanern ausgebildet, im Logencamp. Mit 17 wurde sie in die Schweiz geschickt, nach Fribourg, wo sie Jahre später Gabriel kennenlernen sollte. Sie war 5 Jahre älter als er.

Gewissermaßen als Schläfer war sie wieder aktiviert worden. Zunächst von den Amis als auch von der Securitate. Insofern hatte sie 4 „Herren", denen sie diente: in erster Linie sich selbst und ihrem nicht unterentwickelten Ego, dann kam die jüdische Mafia mit Rektor, der bis zur Geschäftsübernahme durch seine Frau Clodette unter ihrem Einfluss stand.

Dann kam der rumänische Geheimdienst Securitate, wobei hier ihre Familienbande die entscheidende Rolle spielten. Die Rumänen hatten geschickt diese Karte gespielt.

Am Ende kam die Nazi-Loge der Amis, deren Geflecht aus Unvermögen und Unprofessionalität eine strategische Linie vermissen ließ. Sehr zu ihrem Vorteil, denn sonst hätte man jemanden eingeschleust, der als Gesprächspartner für Gabriel geeigneter gewesen wäre. So war sie am Ball, obwohl sie gar nicht wusste, wie ein solcher aussah. Sie war genauso ein Blender wie die anderen Scharlatane der Agenturen. Pferdedecken interessierten sie mehr als Synthesegas.

Sie gab dem Rappen noch eine Möhre und musste schmunzeln, als er in seiner Gier ihr fast in die Hand gebissen hätte. Sie liebte eben ihr Pferdchen. Gabriel auch, soweit sie eben einen Mann lieben konnte. Ihr Verhältnis zu Männern war, mit Ausnahme von Gabriel, durch den Missbrauch von ihrem eigenen Vater bestimmt, weshalb sie bis zum Alter von 14 Jahren häufige Bettnässerin gewesen war.

Sie genoss es auch, dass ihr Pferdestall , den sie aufgrund von Streitereien häufig zu wechseln pflegte, zu einer Art Kontaktplattform mutierte, seitdem sie als wichtigster Kontakt zu Gabriel, ihrem Ehemann, galt.

Wie gesagt „galt", denn eigentlich hatte sie keinen Schimmer, was er beruflich trieb. Und mit der Technologie hatte sie überhaupt nichts am Hut.

Da war zunächst ihr Hufschmied, erst ein Franzose, dann ein Russe.

Boris, der wie häufig bei „Russen", ein Ami war. Dann gab es ihren Reitlehrer Elliot, der mit ihr von Stall zu Stall zog und vorgab, Engländer zu sein. Auch möglich, jedenfalls ein unglaublicher Prolet und Dummkopf. Dann gab es Ernst, den Sohn des ehemaligen Eigentümers des Stalls in Hanau-Wilhelmsbad, von Beruf Sohn und ein ebensolcher Taugenichts wie die anderen Agenturisten von der National SA. Und dann gab es die israelische Fakultät, mit Karen, die wöchentlich aus Tel Aviv eingeflogen wurde, um ihre 4 Pferde zu bewegen. Hinzu kamen noch ettliche „normale" Reiter aus der Deutschen Ecke.

Ein bisschen viel Rummel für einen kleinen Provinzstall in Hessen. Aber es gefiel ihr, im Mittelpunkt zu stehen, auch wenn der ganze Firlefanz für die Loge nichts brachte. Von Gabriel wurden sie nicht ernst genommen. Er schüttelte nur noch den Kopf, wenn er im Stall war, meistens bei seinem Lieblingsitaliener, den er auch mit Wild und Steinpilzen belieferte. Aber auch sie wunderte sich über die Präsenz der Scharlatane. Was für eine Ressourcenverschwendung. Denn eigentlich saß ihr Kontakt mit ihrer Freundin Anka in der Schweiz, deren Mann Pierre Auberjonois ebenso für die Amis arbeitete, angeblich mit russischem Vater. Sie amüsierte sich immer über Gabriels Bemerkung über den Etikettenschwindel der Amis: Russe steht drauf und Ami ist drin. Keine Nationalität wurde sooft kopiert, schlecht kopiert.

Jetzt sollte sie ihren Mann bespitzeln, was sie ohnehin tat und am Ende würde sie dreifach abkassieren, mit Rektor sowieso. Zufrieden gab sie Zhagat noch einen Apfel, zur Feier des Tages.

KAPITEL 16

Verstohlen senkte er den Blick, als der Kellner mit zwei Espressi Richtung Oberdeck ihm zu nahe kam. Er wollte keine Zeugen. Nervös fummelte er drei Captagon aus der silbernen Tablettendose, die zu seinem Entsetzen schon wieder leer war. Nasenpuder oder anderes war auf diesem verdammten Kreuzfahrtschiff schwierig zu beschaffen. Er brauchte das Zeug. Stress konnte er ohne die kleinen chemischen Helfer nicht ertragen. Und den hatte er im Moment.

Während er auf den angeheuerten Killer wartete, starrten seine kalten Fischaugen Richtung Milchstrasse und der Rest seines Hirns, das nicht durch Drogen und Chemie unwiderruflich zerstört war, überlegte krampfhaft, wie er in diese Situation hatte kommen können. Aber ohne Chemie war das Überlegen schwierig. Er hatte mal eines der größten jüdischen Vermögen geerbt, alles zusammen über $ 1.000 Millionen und jetzt hatte er Mühe, die $ 20.000 für den Killer seiner Frau aufzubringen.

Clodette musste weg, denn seitdem er auch noch finanziell in jeder Hinsicht von seiner Frau abhängig war, machte das Leben keinen Spaß mehr.

„Die Schlampe", dachte er. Seine Freundin Sybille hatte ihn auch verlassen, was er jedoch nicht mit dem Versiegen seiner Geldquellen in Verbindung brachte. Er nicht, Sybille schon. Angefangen hatte es, glaubte er, mit seiner Firma, die er seinen Geschäftspartnern aus der Mafia in Israel und der Türkei „versprechen" musste. Sie hatten ihn in der Hand, keine 7 Jahre hatte das gewaltige Vermögen seines Vaters gehalten.

Warum musste der Jäger, sein ehemaliger Partner auch so stur sein. Irgendwie bewunderte er ihn, aber er war ihm und seinen Partnern von der Camorra definitiv im Weg. Und dann die Jungs vom Mossad, alles war so kompliziert geworden durch den sturen Höllenhund. Er musste weg. Der Mordanschlag oder besser gesagt über ein Dutzend, die Türken, die Italiener, die Ukrainer, keiner hatte den verdammten Jäger ausschalten können - und von den teuren Killern sind auch nicht alle wieder aufgetaucht. Wie machte er das?

Ein Schaudern ließ seinen von den Drogen ausgezehrten Körper erzittern, er hatte mittlerweile regelrecht Panik vor Gabriel. Auch weil er sich verantwortlich fühlte für seinen momentanen Aufenthaltsort, der Gefängnispsychiatrie. Mit Hilfe der jüdischen Mafia aus Frankfurt, einiger korrupter Agenturisten, der geldgeilen Frau des Jägers, die auch für die Securitate arbeitete, und seiner Wenigkeit hatten sie den Jäger in die Falle gelockt, in der er nun schon seit beinahe 9 Jahren saß.

Ihn fröstelte bei der Vorstellung, dass Gabriel eines Tages bei ihm auftauchen würde. Er hatte es selber mit eigenen Augen gesehen, wie der Jäger nachts in einer üblen Spelunke, ihn betrunken und auf dem Tisch tanzend, vor zwei Messerstechern beschützt hatte, die beide nach wenigen Handgriffen auf dem Boden schwer verletzt liegen blieben. Es gab Gerüchte, er sei mit dem Teufel im Bunde. Blödsinn. Jetzt musste er sich noch seiner Frau entledigen und er konnte Giuseppe einen Teil seiner Schulden zurückzahlen.

„Da bist Du ja, Schatzilein", flötete Clodette, als sie unbeholfen, wegen der konischen Form ihrer Beine, die glücklicherweise durch amerikanische Suplima-Baumwolle in dunkelblau und in Übergröße 44 verborgen waren, die Gangway zum Oberdeck hinunterstolperte. Bevor er antworten konnte, lösten sich die beiden Spanier als Schatten aus der Dunkelheit auf, hakten auf jeder Seite Clodette unter und beförderten sie genauso zügig wie brutal in den freien Fall über die Reling.

Kurz vor dem Aufschlag auf der Wasseroberfläche hätte man einen schrillen hysterischen Frauenschrei hören können, doch täuschten Wellenschlag, Fahrtwind und das Brummen der Low-Speed-Engines die wenigen Besucher des Oberdecks über die

Herkunft der menschlichen Lärmquelle. Im selben Moment hatte die Dunkelheit die beiden spanischen Auftragsmörder wieder verschluckt. Als Rektor über die Reling schaute, konnte er in der Dunkelheit nichts mehr von seiner Frau erkennen.

KAPITEL 17

„Madame, haben sie noch mehr Gepäck?“ fragte der Air France Purser am Check-In-Schalter am Flughafen Charles de Gaulle in Paris.

„Nein“, erwiderte kühl die aparte zierliche Frau mit der Bordkarte auf den Namen Alvarez lautend, alias Alice.

„Sie werden voraussichtlich pünktlich in Berlin landen!“ hörte sie noch, als sie schon Richtung Gate unterwegs war. Sie trug eine große schwarze Hornbrille, die ihrem hübschen Gesicht etwas professorenhaftes verleihend, sie deutlich unattraktiver als in Wirklichkeit erscheinen ließ. Gewollt, da sie heute als in Buenos Aires geborene, spanischen Ursprungs und in Paris lebende Wissenschaftlerin unterwegs zu einer Bio-Energie-Konferenz bei Berlin, in Potsdam, unterwegs war.

Dort sollte sie Gabriel treffen. Vitron hatte ihr Euro 3 Millionen zugesagt, wenn sie die entsprechenden Pläne vom Jäger besorgen sollte.

Auf jeden Fall hatte sie offiziell, als Agentin des französischen Innenministeriums, den Auftrag, zu verhindern, dass der Jäger mit den Amerikanern oder den Briten zusammenarbeitet. Um jeden Preis, was sie nicht gerne, aber gelegentlich miterledigen musste. Streng genommen gingen ihr Männer generell auf die Nerven, wenn sie sabbernd ihre Hormone nicht in den Griff bekamen, was bei ihrer Erscheinung nichts Ungewöhnliches war.

Sie hatte sehr gute Freundinnen, die Männer hatten sich häufig sehr schnell als Irrtum erwiesen, was auch ein bisschen an ihrer Gutgläubigkeit, nur auf diesem Gebiet, lag. Trotzdem war sie nicht lesbisch, spielte aber gelegentlich mit dem Gedanken. Das Alleinsein ging ihr auf die Nerven. Jedenfalls liquidierte sie lieber Männer als Frauen. Hinzu kam ein Missbrauch als 7-järige durch den Bruder ihrer Mutter, der ihr Männerbild nach wie vor gelegentlich negativ beeinflusste. Der Onkel hatte dann auf einer Geburtstagsfeier überraschend einen Herzinfarkt erlitten, nachdem sie ihm liebevoll, noch als Schülerin, einen Darjeeling Tee zubereitet hatte.

Sie sprach 7 Sprachen perfekt und benutzte zur Zeit 11 Identitäten, was ihr früher eindeutig mehr Vergnügen bereitet hatte. Mit dem Geld von Vitron bestand vielleicht die Möglichkeit, ein paar Dinge in ihrem Leben grundlegend zu ändern.

Der Flughafen Berlin-Tegel war provinziell und die Wege entsprechend kurz. Nach 30 Minuten Taxifahrt war sie im Schloss Sansouci in Potsdam angekommen und meldete sich am Empfang für die Bio-Konferenz an. Auf dem Tisch lag noch das Namensschild des Jägers. Sie war früh, dachte sie, er würde schon kommen.

Er war spät~ dran. Der Kaffee mit den Russen in der Lufthansa Lounge in Tegel hatte länger gedauert als geplant, immerhin ohne den obligaten Vodka. Arkadij hatte geblutet wie ein Schwein, da er direkt von seiner Blutegel-Therapie gekommen war. Er musste wieder lachen, als er sein Namensschild ansteckte. Mit den Jungs war immer was geboten, aber mit ihm kein Abfallprojekt. Sicher nicht.

Sie fiel ihm sofort auf, als er geräuschlos einen der wenigen freien Plätze in der letzten Reihe des Konferenzsaales ansteuerte. Der alte Fritz hat schon gewusst wie, dachte er, als er die Stuckarbeiten an der Decke betrachtete und mit geschultem Seitenblick die aparte Erscheinung drei Reihen vor ihm sondierte. Fritz, der Preussenkönig passte auch zum Thema, da er definitiv die Windenergie in Deutschland eingeführt hatte.

Er ließ überall Windmühlen errichten, allerdings um die drögen Brandenburger mit Mehl zu versorgen. Und die Mühlen damals waren deutlich schöner als die heutigen Spargel.

Sie hatte offensichtlich seinen Blick bemerkt, da sie eine Spur zu kokett ihren schmalen langen Hals reckte. Eine Gazelle, dachte er, und der Bauch zwickte schwach. Wieso trägt sie diese hässliche Brille?

Die Antwort bekam er von ihren Schuhen, handgemachte Designerstiefelchen aus feinstem Schlangenleder, was im Verhältnis zu den übrigen Öko-Tanten, Marke Oberstudienrätin, angenehm auffiel. Die Uhr passte wieder nicht, da es ein billiger Chronometer war, immerhin eine Swatch von den Eidgenossen. Jedenfalls keine Turnschuhe, dachte er. Und den obligaten Rucksack der Prollo-Spione konnte er auch nicht entdecken, was zwischen den Stuhlreihen durchschimmerte sah nach einer monströsen, teuren Handtasche aus.

Der Vortrag schien sie genauso zu langweilen wie ihn, was ebenfalls ein gutes Zeichen war. Die Art wie sie ihre wohl geformten, jedoch nicht überlangen, Beine übereinanderschlug, ließ ihn auf eine Südländerin tippen. Auch passte ihr dunkler Teint zu dieser Einschätzung. Der Redner von Solarworld, einem der korrupten Produzenten von Solarzellen dieses Landes, gegründet von der Öko-Partei „Die Grünen“ (Aspeck) als Werbemaßnahme der Atomlobby und der internationalen Ölindustrie, quälte sich durch seinen Laptop unterstützten Vortrag und versuchte den Zuhörern weiß zu machen, in der typischen farblosen Ausgestaltung dieser

Apparatschiks, dass die Energiewende ohne Solarstrom nicht funktionieren

würde.

Das Trauerspiel neigte sich dem Ende entgegen und der auf Fragen aus dem Auditorium wartende Referent, mit der Hoffnung, dass diese wie üblich entfielen, hatte den nicht unerheblich ausgebildeten Hang zur Renitenz Gabriels geweckt und auch im Hinblick auf den Gazellenhals beschloss er, sich zu melden.

„Gabriel, wie Sie vermutlich meinen Veröffentlichungen entnommen haben, gehen wir von einer Effizienz, also einem Wirkungsgrad, der Solarenergie in der Größenordnung von bestenfalls 25% aus, je nach Standort. Damit scheidet eine wirtschaftliche Betrachtung der Solarkraft aus. Wie erklären Sie ihren Aktionären den Totalverlust?“

Für einen Moment hätte man eine Stecknadel fallen hören. Der Jäger grinste und dem alten Fritz hätte das dumme Gesicht des Redners aus der Atomlobby auch nicht gefallen. Ihr schon.

„Die Windenergie hat auch nicht mehr“, stammelte er leicht errötend.

„Wir sind heute in der Lage, die Energie zu speichern und die Sonne schickt uns keine Rechnung.“

Der Jäger lachte bitter. „Ja eben, die Windkraft ist genauso unwirtschaftlich. Die Speicherung geht an der Kernfrage vorbei, unabhängig davon, ob diese (Speicherung) überhaupt sinnvoll und technisch möglich ist. Sie müssen viermal soviel Kapazität schaffen, wie bei herkömmlicher Energieerzeugung, wenn wir von 25% Auslastung ausgehen. Das verteuert jede Investition mit dem Faktor vier. Ein Unding! Fragen Sie mal einen Taxiunternehmer, dessen Auto 6 Stunden am Tag läuft, wie es ihm wirtschaftlich geht.“

Schweigen. Der Veranstalter unterbrach zur Kaffeepause und rein zufällig fand er sich in der Warteschlange hinter einer weiteren Teilnehmerin der Veranstaltung wieder, deren dezente Chanel-No.5-Fahne ihn auf andere Gedanken brachte. Ihr Duft vermischt mit No. 5 kam ihm bekannt vor. Auch die Art wie sie die Tasse hielt, rief in ihm Erinnerung wach. Er hatte Mühe, ihren Gazellenhals nicht berühren zu müssen. Das Zwicken war weg.

„Ganz schön frech“, grinste sie galant.

„Nein, nur ehrlich, zugegebenerweise eine seltene Eigenschaft in der Energiebranche, in der es von Ganoven, Scharlatanen und Schmarotzern nur so wimmelt, einschließlich der involvierten Militärs und Vertreter der organisierten Kriminalität“, entgegnete er um Sachlichkeit bemüht, ihre blitzenden Rehaugen ignorierend, die ihm auch bekannt vorkamen.

„Was haben die Soldaten mit Energie zu tun?“ fragte sie nicht ohne Hintergedanken, aber auch aus Neugier.

„Die Turbinenhersteller, vorneweg GE, verkaufen den Landsern ein vollkommen ungeeignetes Produkt, die hochsensiblen Turbinen. Paris/Dakar fahren Sie auch nicht mit einem Formel 1 Boliden, oder?“

Die Tagung ging weiter und sie verabredeten die gemeinsame Rückfahrt zum Flughafen Berlin-Tegel, da beide die jeweiligen Abendmaschinen gebucht hatten.

KAPITEL 18

Der Rhabbiner blickte leicht verärgert auf, als Rektor auf seinem Weg zu Aaron Winterstein zu den Bänken in der Mitte der Synagoge mit lautem Gepolter einen abgestellten Regenschirm umrannte. Aaron Winterstein war erfolgreicher Unternehmer der Abfallwirtschaft, was in Deutschland mit der Mafia gleichzusetzen ist, in dem Fall der jüdischen, erfolgreicher Unternehmer der Immobilienwirtschaft, was in Deutschland ebenfalls mit der Mafia gleichzusetzen ist, und Vorsitzender der jüdischen Gemeinde in Frankfurt am Main, was ebenfalls mit der Mafia gleichzusetzen ist.

„Nu, Robertsche, wo brennts?"

„Brauche Deinen Rat, Aaron", zischte Rektor in der Art wie tolpatschige Leute zu flüstern pflegen und ihre Umgebung quasi zum Mithören zwingen und Rektor war extrem tolpatschig.

„Muss meinen Geschäftspartner, den Goi, irgendwie loswerden, da die Itakas ihr Geld wollen, das ich mir geliehen habe, die Nazis der Loge (NSA/ Amt) haben auch ihre braunen Finger im Spiel."

„Für die Nazis können wir den Mossad holen, aber was hat der Goi damit zu tun? Wir sind doch auch an Eurer Abfallvariante interessiert, sehr sogar. „

„Die Türken leider auch", winselte Rektor.

„Moment, Du hast der ‚Ndrangheta dasselbe versprochen wie den Türken und Dir dafür Geld geben lassen? Weiß der Goi davon?"

„Nein, der hat keine Ahnung. Der will für Euro 300 Millionen an irgendwelche Iraner verkaufen."

„Was? Das heißt Regierung. Bist Du sicher?"

„Nicht so richtig, getroffen habe ich keinen, schriftlich Fehlanzeige."

„Wem gehört die Firma?"

„60% mir, 30% dem Goi, 10% sind im Streubesitz von über 70 Aktionären - quer durch Europa."

„Und die Firma hat die Patente und das Know-How?“

„Ehrlich gesagt, blicke ich nicht alles. Der Goi macht alles und hat auch die meiste Ahnung.“

„Klingt nicht gut, Du hast die Kameltreiber und Italos an der Backe, weil Du ihnen etwas verkauft hast, was Du nicht hast und nur Dein Partner liefern kann, den Du aber verraten und betrogen hast. Liege ich falsch?“

„Nein, so ungefähr!“

„Und die Scheiss Nazis wollen auch ran?“

„Ja! „

„Dann hetz den Abschaum auf den Goi, die Italos rücken dir sonst empfindlich auf die Pelle.“

„Und wie?“

„Bausch die Ayatollah-Nummer auf, erzähl den Trotteln, der Goi leitet eine kommunistische Zelle, irgend etwas , auf das die Deppen abfahren.

Nazis zu verarschen, ist leicht und es pfeifen die Spatzen von den Dächern, dass die NSA/Amt mit ihren Kindersoldaten und durchgeknallten Psychopathen am Ende sind.“

Aaron Winterstein hatte von einem befreundeten Agenten des FSB in Moskau bereits über eine geplante Serie von Veröffentlichungen über die kriminellen Machenschaften des US-Geheimdienstes NSA gehört, die auch die Spaßveranstaltung Verfassungsschutz in Köln betrafen. Moskau hatte offensichtlich dem zutiefst unprofessionellen Haufen Maulwürfe untergeschoben.

In Hessen sollten sie zusammen mit dem Abschaum aus Stuttgart sogar ein KZ betreiben, wie der Mossad berichtete. Während sich Rektor wieder an seinen Platz begab, bedauerte Winterstein, dass Rektors Vater, dem er viel zu verdanken hatte, zu früh gestorben war, um seine Söhne aufs Leben vorzubereiten. Das mit den Nazis gefiel ihm nicht und er würde gleich nach dem Sonntagsgebet seinen Logen-Freund Bollinger anrufen, wobei er ihn eigentlich nicht als „Freund“ bezeichnen wollte. Bollinger war ein Nazi und ein korruptes Schwein, der sich in seiner Partei, der CDU, einer ebenso kriminellen Vereinigung wie der anderen Volkspartei SPD in dem braunen Sumpf hessischer Landespolitik, als Adlatus seines ungleich kriminellen Vorgängers Boch, der jetzt für den Baukonzern Silfinger & Terger arbeitete, sich für weitere Gefälligkeiten gegenüber der Loge empfohlen hatte. In der Zeit seiner Regentschaft hatte Boch seinem heutigen Arbeitgeber lukrative Bauaufträge der öffentlichen Hand wie dem Flughafenausbau zugeschanzt.

Winterstein empfand tiefe Abscheu vor den Verhältnissen in dem Territorium, von Land konnte man mangels Souveränität nicht reden, das für die Shoa an seinem Volk verantwortlich war und dessen heutige Bewohner sich wie Schafe von den Verbrechern der US-Armee und ihrer Gestapo, insbesondere den Psychos aus Stuttgart im HQ der NATO, und deren willfährigen Lakaien wie Boch und Bollinger, ausnehmen und demütigen ließen.

Jedes andere Volk hätte diese Schmarotzer schon längst ins Meer gejagt.

Die deutschen Lemminge hingegen diskutierten in ihrem Marionetten-Staats-Fernsehen mit geklonten Clowns über Pendlerpauschale, Fahrradhelmpflicht oder die Steuerpflicht eines ehemaligen durchschnittlichen Fussballspielers.

Winterstein lehnte dieses „System“ ab und empfand gewisse Sympathie für den Goi, den Jäger, der ebenso diese Scharlatanerie durchschaut hatte und gerade dabei war, den Amis kräftig in ihren fetten Arsch zu treten.

Recht hatte er. Die Schmarotzer von Uncle Sam hatten schon viel zu lange ihr Unwesen getrieben, auch mit der Hilfe der Bollingers.

Winterstein wäre fast in einen Fahrradfahrer, mit Helm, gelaufen, als er grübelnd die Feldbergstraße im Frankfurter Westend auf dem Nachhauseweg von der Synagoge überquerte. Zudem hatte der Jäger verdammt sinnvolle Sachen im energetischen Bereich entwickelt - und aus seiner Sicht vor allen Dingen für die Abfallwirtschaft, wie ihm die Fachleute aus Israel bestätigt hatten.

Sollten doch die Amis an ihren GE-Turbinen und den Texas-Autos, die nie fahren werden, verrecken. So richtig Goi war er auch nicht. Es gab wohl jüdisches Blut bei den Ariern und dann auch noch der Enkel des britischen Königs, der leider auch Nazi gewesen war. Er überlegte. Er musste Rektor helfen, den nicht nur er für eine verwöhnte Flasche hielt, aber nur soviel wie eben nötig. Bollinger konnte hilfreich sein, da er als jahrelanger Innenminister seine eigene SA aus Justiz, MAD, LVS, Polizei gebildet hatte und entsprechend enge Kontakte zu den Nazis der NSA/CIA pflegte.

Alle nicht sonderlich intelligent, aber das war eher hilfreich. Mit den Psychos aus Stuttgart und ihrem KZ in Hessen ließ sich bestimmt etwas arrangieren, denn amerikanische Nazis und Kindersoldaten waren mindestens so dämlich wie ihre deutschen „Glaubensbrüder" und wie gesagt, waren NSA wegen der russischen Veröffentlichungen und US-Militär wegen der Staat-im-Staat-Diskussion selbst strammen Republikanern, die aber rechnen konnten, ein Dorn im Auge. Vermutlich war die Zeit der Amis als No. 1 abgelaufen. Dermaßen versautes Militär und korrumpierte Agenturen ließen sich nicht über Nacht richten.

Die NSA war komplett außer Kontrolle geraten und belog und betrog das Weisse Haus und die amerikanische Öffentlichkeit. Insofern lag der Jäger voll im Trend. Hinter vorgehaltener Hand bestätigte das auch die CIA, jedenfalls außerhalb des Nazi-Zirkels. Auch der Mossad, den er für den professionellsten Nachrichtendienst hielt, warnte, dass die Amis mit ihren Psychos aus Militär/NSA zunehmend eine Bedrohung darstellten, da der Unterschied zu 1933 in Hitler-Deutschland nur marginal in den USA sei. Also musste er dem Goi helfen, der kein Goi war.

KAPITEL 19

Adnan Pasmaz, Chef der grauen Wölfe in der Türkei, Finanzier von Erdogan und militanter Verfechter eines muslimischen Gottesstaates, Mitarbeiter des militärischen Geheimdienstes in der Türkei und selbstverständlich Mitglied und führender Kopf der Mafia in Istanbul, warf die Unterlagen in der ihm eigenen linkischen Art auf den „Konferenztisch", wenn man diesen Teetisch so nennen wollte, der gelegentlich auch zum „Schneetisch" avancierte, im Besprechungsraum der Residenz von Oberst Muammar Al-Gaddafi. Dieser kannte die Gefühlsausbrüche seines Bruders aus Istanbul und reagierte nicht.

„Ich kenne diesen Jäger, war mit ihm zusammen auf dem Eliteinternat in St. Gallen in der Schweiz, ausgeschlafener Junge, hat die ganze Schule kontrolliert, wir waren keine großen Freunde", entgegnete er.

„Wie kommst Du auf ein Eliteinternat der Ungläubigen?" zischte der Oberst leicht unwirsch in die Runde. Wäre der Jäger mit von der Partie gewesen, hätte er kaum das Lachen unterdrücken können, denn er konnte sich noch zu gut an Pasmaz erinnern, der offensichtlich von Allah nicht wohlwollend bei der Vergabe geistiger Qualitäten bedacht worden war und überwiegend den Tag mit nacktem Oberkörper auf seinem Teppich entweder betend oder mit Werkzeug an dem Vergaser seines roten Corvette hantierend, ölverschmiert auch auf dem wertvollen Teppich, verbrachte. Der Wagen, der für eine verschlafene Kleinstadt extrem auffällig war, parkte regelmäßig eine Querstraße unterhalb des Internats und wurde von seinem türkischen Fahrer so dezent gestartet, dass man das Brüllen der 6 Liter Maschine noch in Zürich - 100 km entfernt - hören konnte. Und alles im zarten Alter von 16, ohne im Besitz einer gültigen Fahrerlaubnis zu sein.

Der Jäger hätte sich über die Karriere des Türken nicht gewundert.

„Wir sind doch nicht zu Herrn Oberst nach Tripolis gekommen, um alte Schulgeschichten zu hören,“ schleimte nervös und schwitzend Tad Richards, Mitarbeiter der US-Botschaft in Tripolis und der CIA, Angehöriger des Nazi-Zirkels, ähnlich „Skull“ oder „Bilderberg“ innerhalb der Agenturen, der gerne mit Gaddafis Milliarden „Kooperierte“. Richards war zu jung für diese Runde, wusste das auch und wirkte sichtlich überfordert .

Also wir wollen die Technologie des Deutschen, Treibstoff, Energie, Abfallentsorgung und Wasserstoff Bomben im Do-it-yourself-Verfahren, keine Frage. Irgendwelche Ideen?“ warf Gennadi Oleksei von der Mafija Bratwa, der Bruderschaft, in die Runde, der erst vor einer Stunde mit der Aeroflot Maschine aus Moskau eingetroffen war. Stumm nickte Sal Ah Ad-Din Yusuf Bin Ayyub, ein hochrangiges Mitglied des Führungsgremiums von Alkaida.

Der Oberst gab seinem Nachbarn zur Rechten ein Zeichen, Leutnant Massudi von der Jamahiriya-Garde, seiner persönlichen Elitetruppe und dieser verteilte zwei Schriftstücke. Einen skizzierten Ablaufplan mit Zuständigkeiten und eine Verpflichtungserklärung (MOU), die Gaddafi 70 der weltweiten Rechte an der SPOT-Technologie zusicherte. Alles in gestochenem Oxford-English und man merkte unschwer, dass Leutnant Massudi den Großteil seiner Ausbildungszeit im Vereinigten Königreich verbracht hatte. Der Russe runzelte die Stirn beim Überfliegen der Zeilen, „Herr Oberst, die 70 können wir nicht akzeptieren, unser jüdischer Partner aus Frankfurt wird damit auch nicht einverstanden sein.“

„Bei den Kosten, die mittlerweile $ 100 Millionen überschritten haben, aus unserer Sicht nicht verständlich, habe ich keinen regen Andrang verspührt. Hätten wir für den Betrag längst kaufen müssen, nicht können.

Sogar Euro 20 Millionen mussten in das Kraftwerk von STEAG gepumpt werden, damit der Jäger nicht zum Zuge kommt und nachher war alles weg, bis auf den Deutschen. Nur Idioten auf unserer Seite. Ich erwarte in einer Woche Ihre verbindliche Rückmeldung, hoffe Zusage“ entgegnete Gaddafi.

„Und jetzt zu den Filmaufnahmen über die Anlage, wir hatten einen Journalisten von einem lokalen deutschen Sender (WDR) vor Ort. Leider nicht bis zum Ende, aber gibt ein gutes Bild.“

Man merkte dem Oberst die Begeisterung an, sein Gardeoffizier setzte das Heimkino in Gang, üblicherweise vom Oberst und seinen Söhnen eher für Filme genutzt, bei denen es weniger Stahl und Beton zu sehen gab, dafür mehr nacktes Fleisch.

Der Ablaufplan interessierte Niemanden. Er sah vor, mit Unterstützung korrupter Militärs/Gestapo, der Nazi-Psycho-Truppe aus Stuttgart, dem entsprechenden Abschaum aus NSA/Amt/CIA/Justiz den Jäger in einen Hinterhalt zu locken, zu überfallen und zu töten oder in eines der Gestapo-Lager zu verschleppen. Das Okay, Dead or Alive, war sogar aus dem Weissen Haus eingegangen, was den Oberst diebisch amüsierte. Der alte Intimfeind sein neuer Partner - die Loge machte es möglich.

Der Oberst hatte seine Gäste verabschiedet. Leutnant Massudi brachte persönlich den Russen der Bruderschaft Bratwa zum Airport von Tripolis, und ließ sich über die geschützte Telefonleitung mit dem Hotel Burja Al Arab in Dubai, Port Rashid, verbinden. Dort meldete sich nach einigen Minuten der Verzögerung Ibrahim Salih Al-Adel, Oberhaupt der einen von insgesamt 5 Familien, die bis auf Moses zurückgingen und im Wesentlichen die Geschicke auf diesem Planeten lenkten.

„Wie lief es?“

„Emir, was sind Sie von mir gewohnt? Die Iwans zicken noch. Aber sie haben keine Wahl, Kutscher für Atom-Müll finden wir überall. Das wissen sie. Es wird bei 70% für uns bleiben.“

Der Emir lächelte, „sicher, für uns, unser Palm Island hier in Dubai gerät ins Stocken, wir brauchen die Technologie, bald.“

Der Oberst bemerkte den gereizten Unterton des Emirs und

wusste selbst, dass sie mit ihrem Zeitplan in Verzug waren. Auf die Nazi-Trottel war kein Verlass. Er musste noch Shasif Hadi, den durchgeknallten Roma der Securitate einschalten.

„Ich kümmere mich darum, Emir."

Es knackte in der Leitung und die Verbindung war unterbrochen. Der Oberst wusste, dass der Emir Saif Rahman Yasin ein weitaus größeres Rad drehte und deshalb die Wasserstofftechnologie des Deutschen benötigte, um den Ungläubigen die Überlegenheit des Islam ein für alle Mal klar zu machen.

Die Nazis von der NSA waren mit von der Partie, die einschlägigen Logen wie Skull, Bilderberg, Kukux Clan ebenso. Sie hatten sogar den obersten CIA-Mann und Chef der Army Prekarius auf ihrer Gehaltsliste, ein korrupter Trottel. Das Weisse Haus war genauso in der Hand des Emirs, angeblich die First Lady auch. Nur den verdammten Jäger bekamen sie nicht unter Kontrolle. Soweit der Oberst wusste, ging es um einen gigantischen Anschlag, der den 9/11-Terrorakt weit übertreffen sollte. Ein Endlager für Atommüll in Yucca/USA oder Asse/D oder überhaupt eines der vielen ungeschützten Kernkraftwerke in Europa. Gaddafi, selbst Mitglied bei Bilderberg und daher bestens vertraut mit den NSA-Vertretern auf den Logentreffen, war das Nazi-Getue gleichgültig. Ihm ging es allein um die arabische Sache - und die Vernichtung der Ungläubigen.

KAPITEL 20

Der Hase, ein stattlicher Rammler von 5 kg Gewicht, hatte durch zwei Haken den Deutschdrahthaar-Rüden Arco bereits abgehängt, als er in die Schrotgarbe von Michael Sturm, Mehrheitsgesellschafter und Geschäftsführer von Schmitz & Brackenberg, einem der führenden Stahlhändler im Ruhrgebiet in West-Deutschland, in 2. Generation ansässig in Düsseldorf, lief und sauber rollierte, als ihn die 3,5 mm Schrote erfasst hatten.

Ebenso sauber nahm Arco den Mümmelmann auf und brachte ihn vorschriftsmäßig seinem Herrn. Wenig später ertönte das Jagdsignal „Hahn in Ruh“ durch das Siegerländer Tal und Sturm stapfte mit Hase und Hund durch den knöcheltiefen Neuschnee zum Treffpunkt, an dem das Mittagessen, eine köstliche Erbsensuppe mit Geräuchertem, Glühwein und Bier an einem bereits prasselnden Feuer gereicht wurde. Er steuerte den Tisch mit seinen Verbindungsbrüdern an, nachdem er sich mit einer doppelten Portion Erbsensuppe eingedeckt hatte.

„Micha, bring mir noch ein Bier mit, wo Du gerade stehst,“ dröhnte es aus dem vertrauten Kreis. Der Bittsteller war Hans Krage, Chef der Montantochter Ebonik in Essen.

„Was macht unsere Anlage in Luzern?“, nachdem er das Flaschenbier mit einem Zug fast zur Hälfte geleert hatte.

„Wann gibt es Pinke-Pinke?“ warf schmatzend mit unverkennbar holländischem Zungenschlag sein Tischnachbar zur Rechten, Hendrik Bennotat, Chef der Royal Dutch Snell Ölgesellschaft, Amsterdam, in die Runde.

Sturm spuckte ein Stück verknorpelten Schweinebauch seinem Hund vor die Pfoten, der seinen Herrn stumm, aber aufmerksam beim Essen beobachtete.

„Es wird Verzögerungen geben, sein Neffe hat nicht alle Daten, die wir brauchen. Die Unterlagen von Montan sind nur rudimentär, da der Jäger die Stasi und das Amt an der Nase herumgeführt hat. Wir haben Zeitdruck, da die Chinesen dem Neffen eine Agentin ins Bett gelegt haben und jetzt weiter als wir in Luzern sind. Die Brenner und Pipes bekommen wir erst nach zeitraubenden Tests hin, die Steuerung der Anlage ist noch ein Buch mit 7 Siegeln für uns, da die angeblichen Fachleute, Programmierer von Liemens, nichts draufhaben.

Er fischte eine halbe Wurst von Bennotats Teller und gab sie Arco.

„Aber wir haben doch alle Hoffnungen auf diesen Neffen gesetzt, aus dieser Schokoladendynastie Sprengli, ETH Zürich Abschluss, McKinsey, der Großvater schon Erfinder, unter anderem vom Katalysator für das Auto, und seine Tante, mit rumänischem Einschlag, immerhin die Frau von Gabriel, die mit dem Itzick, seinem Geschäftspartner Rektor, gemeinsame Sache macht. Was läuft da falsch, mehr Indsiderwissen geht doch nicht?“ brummte der übergewichtige Holländer und setzte das Underberg-Fläschchen, noch im Packpapier, an die Lippen. Arkos Blick hoffte auf eine weitere Wurst und Sturm stellte ihm seinen Teller mit einer halben Kelle abgekühlter Suppe mit einem halben Brötchen auf den Boden.

“Er sitzt doch mit seiner Firma in Schanghai und da scheinen die Chinesen ihn ziemlich am Haken zu haben,“ entgegnete der Stahlhändler aus Düsseldorf.

„Außerdem betreiben die Amis Störmannöver, die doofen Landser meinen immer noch sie könnten mitreden. Die Amis scheinen keine Kinderspielplätze mehr zu haben und jetzt turnen überall diese Kindersoldaten von der National SA herum,“ entgegnete Krage von Ebonik, dessen Gesinnung in alter Montan-Tradition nicht minder braun war, aber anti-amerikanisch.

„Und nicht unsere Rhine Army zu vergessen, die Royals meinen natürlich auch, mitreden zu müssen,“ ergänzte Sturm, als er sich ein Davidoff-Zigarillo anzündete. Das Zeichen für Arco, dass er nichts mehr zu erwarten hatte und die Zeit für ein Nickerchen nutzte.

„Alles Blödsinn,“ polterte der SNELL-Mann.

„Die Soldaten, ob Ami oder Brits, haben sowieso keinen Plan, viel zu blöd. Wir kooperieren mit den Chengs oder wir holen uns Gabriel. Mich interessiert der Treibstoff und nicht irgendwelche Bomben von den Landsern. Snell hat alles vorbereitet. Halb Afrika haben wir in den letzten Jahren unter Vertrag genommen.“

„Gute Idee“, pflichtete Arcos Herrchen ihm bei.

„Ich kümmere mich um Schmieri. Er und seine japanische Meduse arbeiten. für die Amis, korrupte CIA, war auf dem Eliteinternat mit dem Jäger und sie kennt den Jäger auch ziemlich gut, wenn Ihr wisst was ich meine. Dieser Schmieri hat eine Kunststoffproduktion in der Schweiz und war auf Gabriels Wonder Gum scharf, so wie die Hochschule in Aachen. Mal schauen, wie weit die Amis sind.“

‚Wir müssen uns auch um die Ex-KGB-Truppen von A.ON und Liemens kümmern, die sind auf jeden Fall gefährlicher als die Landser mit ihren debilen Kindersoldaten und Kindermatrosen.“

Arco katapultierte sich aus dem Tiefschlaf in den Stand, da die Jagdhörner den Fortgang der Jagd verkündeten und die Schützen für das nächste Standtreiben

eingewiesen wurden. Sturm und seine beiden Verbindungsbrüder ebenfalls.

KAPITEL 21

Gerade hatte der VFL Wolfsburg ein schönes Freistoßtor über die Mauer gezirkelt und führte jetzt 2:0 gegen die Ruhrpott Mannschaft, Schalke 04, die nicht schlecht spielte, aber die Wolfsburger waren einen Tick besser. Beide Zuschauer in der VIP-Lounge waren zufrieden und prosteten sich mit dem Bad Dürkheimer Grauburgunder zu, den die Bedienung soeben nachgeschenkt hatte. Von Haus aus war Martin Semmelrogge eigentlich Vorstandsvorsitzender des größten Autobauers in Europa, VA für Volksauto, doch in seiner Eigenschaft als fanatischer Fußballfan pflegte er sein Hobby durch Sponsoring mit Firmengeldern der "Werksmannschaft" und die Wolfsburger spielten durch spektakuläre – und teure – Neuverpflichtungen in der Bundesliga oben mit.

International kannte kein Mensch den VFL Wolfsburg. Semmelrogge pumpte erhebliche Summen in sein Lieblingsteam, was seinem Verständnis von Allmacht entsprach. Die Aktionäre konnten sich nicht dagegen wehren und er hatte soeben den langjährigen Vertreter der beiden Eigentümerclans, Liech und Porsche, ersterer war jahrelang Vorsitzender des Aufsichtsrates gewesen, durch eine Intrige kalt gestellt und jämmerlich vom Hof gejagt. Er war jetzt unumstrittener Herrscher von VA und hatte vor, in zwei Jahren, wenn sein Vorstandsvertrag auslief, selbst auf den Stuhl des Aufsichtsratsvorsitzenden zu wechseln.

Noch von den Nazis gegründet, pflegte man bei VA beste Verbindungen zu den Gewerkschaften und noch verstärkt durch die staatliche Beteiligung des Landes Niedersachsen war VA mit seinen 600.000 Mitarbeitern ein ungeheurer Sumpf von Nepotismus und Korruption. Und jetzt mischte man auch noch in der Bundesliga mit. Martin Semmelrogge war auf der Höhe seiner Macht und nichts konnte ihn wirklich aus der Ruhe bringen, nachdem er den alten Liech abserviert hatte sowieso nicht. Sein

Gesprächspartner war Jürgen Seyfried, Chef der Forschungs- und Entwicklungsabteilung von VA und sie hatten einiges zu bereden, vertraulich ohne die Hektik des Büroalltags. Für solche Gespräche nutzte er gerne die VIP-Lounge der VA-Arena.

“Gibt es Neuigkeiten von der EPA (zuständige Umweltbehörde in den USA für die Zulassung von Dieselfahrzeugen)?“

“Die Amis blicken nicht durch, die Angelegenheit köchelt seit 2014. Wir haben bereits in 2007 die ersten Fahrzeuge mit unserer manipulierten Wunder-Software ausgestattet, die selbständig erkennt, wenn der Testmodus aufgerufen wird und dementsprechend die Abgaswerte reduziert. Wie Sie wissen, haben wir durch die Beigabe von Harnstoff die NOX-Werte, also den Stickstoffausstoß vermindert. Eigentlich eine ziemlich perfide Idee, aber clever. Wenn unsere Manipulation auffliegt, müssen wir 11 Millionen Fahrzeuge zurückholen, weltweit, das wäre der Super-Gau. Wir waren gewissermaßen dazu gezwungen, da wir die strengen US-Abgasvorschriften mit den 1,6 und 2,0 Liter Motoren nicht eingehalten hätten und die entwicklungsreifen Motoren hätten verändern müssen. Toyota und Peugeot hätten uns überrundet.“

“Es darf nichts nach draußen dringen, die Amis verstehen keinen Spaß, wenn man sie an der Nase herumführt, die hiesigen und europäischen Abgasnormen haben wir im Griff. Es sind Bauteile von Brosch mit enthalten, die wissen auch Bescheid. Ich bin sicher, die anderen Autobauer fummeln auch an ihrer Software herum.“

“Aber die anderen haben nicht diese Lobby bei den Gewerkschaften wie wir, es wissen alle Bescheid, bis in die Spitze der IG-Metall. Meinen Sie Liech hält dicht oder könnte er sich rächen?“

“Ach woher denn, er ist doch genauso davon betroffen. Dann sitzt er auf der Anklagebank. Was macht unsere kleine Wasserstoffbude, die SPOT?“

"Wir haben sie in Manndeckung. Unsere Ossitruppe vom Amt hat die Büroräume neben ihnen und sie filzen jede Nacht die Firma. Das Internet ist auch verwanzt und jedes Schriftstück, das der Jäger schreibt, geht über unseren Tisch. Mit unserem österreichischem Vergasungs-Know-How stehen wir nicht schlecht da. Ich glaube, der Jäger hat uns entdeckt, aber auch egal. Die Ossis haben sich zu dämlich angestellt."

"Waren Sie mal in der Anlage in Brandenburg?"

"Offiziell zweimal und wir haben alle Pläne über den korrupten Bauleiter und der entsprechenden Umweltbehörde in Potsdam besorgt. Ist schon beeindruckend, was die gebaut haben. Und nur für Euro 7,5 Millionen. Wir hätten das 20-fache ausgegeben. Und von den Euro 7,5 Millionen sind Euro 4,5 Millionen US-Vorlaufkosten, hat der Jäger einfach aktiviert. Er hat sogar ein Filmteam von 3 SAT in der Anlage gehabt. Der Film wurde auf allen deutschsprachigen Kanälen einschließlich Schweiz und Österreich zigmal ausgestrahlt und wiederholt. Eine unglaubliche Werbeveranstaltung. Die Amis haben ihm geholfen. Im Film haben sie Gas erzeugt. Wir hatten vorher einen Mann vom WDR in der Anlage, doch als es spannend wurde, hat ihn Gabriel einfach nach Hause nach Köln geschickt."

"Was ist mit der Steuerungssoftware?"

"Auf Karten von Liemens, vorsintflutliche Technologie, haben wir im Sack, die Ossis vom Amt, diverse Programmierer, die er mit schöner Regelmäßigkeit rausgeworfen hat. In dem Punkt hat Gabriel Recht, mit Prozessmanagement hat diese Software von Liemens nichts zu tun."

Mittlerweile hatten die Wolfsburger noch ein Tor geschossen,

Schalke hatte keine Chance mehr und beide schenkten sich zufrieden Grauburgunder nach.

“Er hat überhaupt in vielen Punkten Recht, ziemlich fähiger Kopf.“

“Aber wir brauchen seine Patente.“

“Die Amis haben versucht, seine Patente über Taiwan anzumelden, törichter Versuch, bei öffentlichen Patenten, die von allen Seiten beobachtet werden. Mit Kötter Security von RWA und dem Amt kann er keinen Schritt unternehmen, ohne dass wir nicht Bescheid wissen. Wir haben sogar Löcher in die Decke des Serverraums der Firma SPOT gebohrt. Eigentlich wäre es besser gewesen, wenn wir ihn noch ein bißchen länger mit der Anlage hätten probieren lassen. Aber Uncle Sam war zu ungeduldig.“

“Was war mit MAN (gehört ja auch zu uns)?“

“Er hat erst eine weltweite Ausschreibung gemacht und hat sich dann an Burmeister Wayne in Kopenhagen gehängt. Er muss Hilfe gehabt haben. Jedenfalls ist er jetzt auch Fachmann für Low-Speed-Engines, die Basis für seine Afrika-Projekte. Er hat von den Koreanern Top Angebote erhalten und hat jetzt Lieferanten für 15 MW Motoren, vielleicht sogar 40 MW. Er hat sogar als Gegenangebot zur geplanten Solarkraft in Manz ein Konzept für 1.000 MW unterbreitet. Da war vielleicht was los. Die Solar-Lobby war nicht wirklich amused.“

“Halten Sie mich auf dem Laufenden, alle 3 Tage. Muss jetzt runter, die Jungs beglückwünschen. Bis dann.“

KAPITEL 21

Manolo Lopez, der Pate von Havanna, saß zufrieden und entspannt auf der für gelegentliche Gelage formidabel ausgebauten Terasse seiner Hazienda 10 Meilen südlich der Stadt Camagüey und paffte genüsslich eine frische Cohiba No. 1 aus eigenem Anbau, begleitet von einem Glas alten Rioja. Er wartete zusammen mit seinen beiden Verwaltern und einigen Landarbeitern auf die Cessna des Kartells, die als Drogenkurrier die Lieferung von 500 kg feinsten Kokains an der Landebahn aufnehmen würde, 5 Ballen in Plastik verschweißt zum Schutz gegen das Seewasser.

Die Ballen würden dann nach 30 Minuten Flugzeit in nördlicher Richtung für die bereits wartenden Schnellboote abgeworfen werden, die wiederum ihre Ladung in verschwiegenen Buchten der Küste Floridas an als Fischer getarnte Kurriere übergeben würden. Die an Torpedos erinnernden Boote, 11 m lang und schmal, ausgestattet mit 3 Mercury Aussenbordern mit jeweils 220 PS waren zu schnell für die Küstenwache und konnten jederzeit aufgrund ihres geringen Tiefgangs in den Mangroven entkommen. Die Route,seine Idee, war eigentlich ziemlich sicher und es ging kaum mehr eine Ladung an die Drogenfahndung verloren. Er schenkte sich Rioja nach und blätterte in den Internet-Unterlagen, die er noch vor seiner Abfahrt zur Tabakfarm auf die Schnelle in seinem repräsentativen Büro in Centro Paseo dei Prado/Habana ausgedruckt hatte.

Die Tabakfarm war die perfekte Tarnung. Die Zigarren warfen auch was ab, der Löwenanteil kam jedoch aus dem Anbau von Marihuana und der Herstellung von dem weißen Gift. Nach dem Abzug aller Kosten, insbesondere der für den Transport, hatte Manolo Lopez eine Rendite von 1.000% auf sein eingesetztes Kapital. Da konnte man sich ruhig und entspannt auch in anderen Geschäftsfeldern engagieren.

Die Unterlagen und Aufzeichnungen aus dem Blog seines Bruders sprachen wie gewöhnlich eine deutliche Sprache. Gabriel musste auf eine Goldader gestossen sein, hatte Manolos Kollegen von der Abfallmafia ganz kirre gemacht. Die Atom- und Kohlelobby drehten vollkommen am Rad. Witzigerweise auch die Betrüger der Wind- und Solarkraft. In Europa bauten sie zu Fabelpreisen von Euro 4 Millionen/MW solche Windmühlen, was sein Bruder mit weniger als 5% der Kosten hinbekam bei einer Effizienz von 60% gegenüber 25% der Wind- und Solarkraft. Die Atom- und Kohlekraft kamen auch kaum über 30% Wirkungsgrad.

Sein Bruder hatte es ihnen gezeigt mit seinem Syngas, dem synthetischen Treibstoff und den Low-Speed-Engines. Sogar die Chinesen standen Kopf nach seinen Veröffentlichungen im Web. Am besten waren jedoch die Militärs, die vom eigenen Wasserstoff zum Nulltarif träumten, die Idioten. Sie wurden nur noch getoppt von der Camorra, deren Vertreter glaubten, sie hätten mit Patent No. 6 eine Allroundlösung für die Verwertung von Siedlungsabfällen in der Hand.

Er schenkte sich noch ein Glas Rioja nach. Er musste Nachdenken. Das Flugzeug war noch nicht in Sicht. Aus naheliegenden Gründen wurde die Funksperre nur für äußerste Notfälle aufgehoben. Im Rest der Welt, wie in Europa und Amerika, war auch Manolo als Pate und Oberhaupt der kubanischen Mafia verantwortlich für das Müllgeschäft. Nur hier gab man sich erst gar nicht dem aus seiner Sicht untauglichen Versuch hin, diesen mit Müllverbrennungsanlagen zu verwerten. Auch brauchte man überwiegend nicht die dabei entstehende Fernwärme wie im kalten Europa, und hatte auch nicht die hierfür notwendigen Leitungen.

Anstattdessen verscharrte man den Abfall in den stillgelegten zahlreichen Bergwerken und Minen Mittel- und Südamerikas. Diese Praxis war dem Don schon lange ein Dorn im Auge. Er war Geschäftsmann, Profi. Auch das Drogengeschäft betrieb er nur wegen der traumhaften Renditen. Mit der Technologie seines Bruders konnte das Kartell zwei, oder besser drei, Fliegen mit einer Klappe schlagen.

Erst einmal konnte er die Drogengelder waschen und in den Kapitalmarkt schleusen, denn es waren gewaltige Investitionen in die Anlagen nötig.

Nichts anderes hatten 120 Jahre lang die Ölgesellschaften betrieben, die den Bürger durch Piraterie, Lug und Trug immer abgezockt hatten. Wenn jemand ihre Interessen kreuzte, wie der ehrenwerte deutsche Ingenieur Diesel, wurde er kurzerhand kaltblütig, auf offener Szene, liquidiert. Häufig mit Unterstützung korrupter Geheimdienste.

Dann ließ sich mit Hilfe seines Bruders aus Hausmüll und anderen Kohlenwasserstoff-Verbindungen über sein Syngas und Low-Speed-Engines Energie und synthetischer Treibstoff erzeugen, unter Umständen sogar Wasserstoff. Die Energieerzeugung auf Kuba und anderen Regionen dieses Kontinents spottete jeder Beschreibung und entsprach dem Stand der vollkommen abgehalfterten Castro-Administration. Neu gemacht werden musste es ohnehin, warum nicht gleich richtig.

Durch das Kartell. Die Drogengeschäfte wurden ohnehin zunehmend ertragsschwächer, durch die umfangreichen Bestechungsgelder, die immer komplexere Logistik aufgrund der gestiegenen Sicherheitsanforderungen, die Investitionen in Boote, Flugzeuge, Kurriersysteme und die Geldwäsche. Die Auslagen waren immens. Totalverluste von Lieferungen drückten auf den Ertrag.

Und der dritte Aspekt hatte bei Manolo Lopez erst in den letzten Jahren allmählich Konturen angenommen. Er liebte die Karibik, sein Kuba, seine Angelausflüge auf Schwertfisch oder Blue Marlin oder Badetörns zu unbevölkerten Stränden mit seiner Yacht. Dabei wollte er keinen verklappten Müll auf hoher See im Meer finden müssen oder an stinkenden qualmenden Müllkippen im Landesinneren vorbeifahren. Mit dem Modeschlagwort „BIO“ konnte er nicht viel anfangen, aber wie jeder halbwegs gesittete Mensch legte er Wert darauf, dass seine Lebensbedingungen nicht denen einer Kloake ähnelten. Zumindestens dann nicht, wenn er Einfluss darauf nehmen konnte. Und das konnte er, mehr als genug. In diesem Punkt war er sich mit den anderen Dons einig.

Europa ist fertig mit der Welt, räsonierte er mit einem tiefen Zug an der unvergleichlichen Cohiba, noch feucht aufgrund der Frische und elastisch wie Gummi, nicht dieses trockene Zeug, das in den Export ging.

Und die Amis waren mit ihrer eigenen Militärdiktatur mehr als beschäftigt. Das Kartell musste sich jetzt dieser Technologie-Frage annehmen und seinen Bruder unterstützen. Kuba war viel zu lange im Dornröschen-Schlaf gewesen. Das eine oder andere Land in ihrer Region würde schon mitziehen. Und die Geschichte seines Bruders mit Attentat, Lagerhaft und Folter ließ sich gerade auf seinem Kontinent - und auf Kuba - bestens vermarkten.

Wenn er ehrlich war, schwang bei ihm sogar eine gehörige Portion Stolz mit, einen solchen Bruder zu haben. Er brannte vor Neugier, ihn endlich kennenzulernen. Das sonore Brummen und der am Horizont zunehmend größer werdende Punkt kündigten die Ankunft der Cessna an und er musste sich mit seinen Leuten zur Landebahn begeben. Bei dieser Lieferung ging es heute um einen Gegenwert von $10 Millionen. Das verlangte die Anwesenheit des Chefs.

KAPITEL 22

Er saß in seiner Zelle auf seiner Pritsche, säuberte seine Wunden, die ihm die Psychos aus Stuttgart, die für die weltweit größte Naziorganisation im Sold standen, im Rahmen der nächtlichen Folter beigebracht hatten und konnte seinen Ärger nicht über die beiden „Kripobeamten“ aus Offenbach unterdrücken, die offensichtlich Gestapo waren und die Interessen der Armee vertraten. Also vertuschen und nicht die Straftat der Attentäter verfolgen wollten. Stuttgart hatte insgesamt eine verhängnisvolle Rolle in dem Krieg der braunen Scharlatane gegen ihn gespielt, angefangen als Standort krimineller Militärs und Agenturisten im HQ der NATO.

So auch bei dem Projekt S21 der ‚Ndrangheta und der Landser, bei dem es natürlich nicht um den überflüssigen Bahnhof im Keller ging, sondern um die Immobilienspekulation feinsten Baulandes mit einer Fläche von über 100 Hektar in Top-Innenstadtlage, das einem bebauten Marktwert in deutlich zweistelliger Milliardenhöhe entsprach. Vor dem Hintergrund, dass der Steuerzahler auch noch einen erheblichen Teil der Investitionen tragen würde, auch in eine Anlage basierend auf seiner Technologie, die ihm die Loge über die Patentanmeldungen in Taiwan versucht hatte, zu stehlen. Er lächelte trotz der schmerzhaften Wundversorgung. Sie würden schon merken, wie weit sie mit ihren Trotteln kommen würden, dann wenn es zu spät war. Stuttgarts Oberbürgermeister gab sich den alternativen Anschein als „Grüner“, tanzte aber ebenso nach der Pfeife der Mafia und der Militärs.

Den Clou hatte die französische Mafia ein Jahr vorher mit dem korrupten Fettel Mappus gelandet, als sie ihre Staatsbeteiligung an dem lokalen Energieversorger EnBW dem staunenden Bürger für einen horrenden Preis von über Euro 4 Milliarden verkaufte, eingefädelt von der US-Bank Place Manhattan. Und dann gab es noch in Stuttgart ein EU-gefördertes Forschungsprojekt auf der

Suche nach des Jägers Bomben und diesen Elektronik-Konzern Brosch, der rotzfrech zusammen mit den Koreanern in Ghinseung eine entsprechende Anlage auf der Basis gestohlener Technologie vorhatte zu errichten.

Aus seiner Sicht hatten Stuttgart und München klaren Bezug zu Sodom und Gomorrha. Jetzt würde er sich erst mal um die korrupten Militärs kümmern. Der oberste Chef von Armee und CIA, Prekarius, auf den sich sein Partner Rektor und sein texanischer Freund "George" immer berufen hatten, hatte sich als Besucher seiner Web-Seite (www.ollyleax) geouted und man konnte mit dem Trottelclub nur noch Mitleid haben.

Damit stand fest, dass Prekarius an dem Attentat auf ihn wesentlich beteiligt war, denn was hatte ein 4-Sterne-General der USA auf seiner Web-Seite zu suchen? Das war ein Geständnis. Er holte seinen Nintendo hervor hervor und schrieb eine entsprechende Nachricht an Lord Snowden, einem befreundeten Agenten des FSB, den er in Moskau zuletzt getroffen hatte und der in doppelter Funktion als Datenschutzbeauftragter, also als Hacker, für den Nazi-Club NSA in den USA saß und die entsprechende Weiterleitung an CNN, The Gurdian, Washington Post, DER SPIEGEL veranlassen würde.

Am nächsten Morgen hörte er in den Frühnachrichten als er sein Radio einschaltete, dass mit sofortiger Wirkung General Prekarius, oberster Feldherr der USA und Chef der CIA, zurückgetreten sei - wegen der Veröffentlichung anstößigen Schriftverkehrs in einer außerehelichen Affäre mit zwei Frauen. Ein brauner Scharlatan weniger, dachte er. Jetzt wird es Zeit, dass man sich um den Stabschef im Weissen Haus kümmert und was war mit der First Lady? Sie war die treibende Kraft, der Teufel trägt Prada. Auch das hatte er lange vorhergesehen. Eigentlich wollte er nur ein bisschen Gas machen. Satan war früher eindeutig raffinierter gewesen. Es war langweilig geworden und er hasste Langeweile. Er beschloss, sich aufs Altenteil zurückzuziehen, auf eine Insel, mit einer Süßen. Es gab keine Gegner mehr.

Auch die Frenchis, Mafia und Staat, hatte er vom Feinsten verfrühstückt. Sauber aus allen Verträgen gestrichen, die die doofen Pseudo-Spione vom Amt und der US-Army eingegangen waren. Die Frenchis kamen immer über ihre Versicherung OXO aus Köln, die ausgerechnet er, als sich Paris an seinen damaligen Arbeitgeber mit der Bitte um Unterstützung hinsichtlich der zündenden Idee den deutschen Markt aufzurollen und nach Möglichkeit in Kürze zu beherrschen, gewendet hatte. Er war für die britische Rice Baterhouse Gruppe tätig. Es war seine Idee gewesen, eine Direkt-Versicherung im Kfz-Bereich zu gründen, damals eine revolutionäre Idee in der drögen Versicherungslandschaft. Und es war fast komisch mit anzusehen, wie innerhalb von Monaten, auch durch Akquisitionen, die zum Teil über seinen Tisch liefen, der Weltkonzern OXO entstand. Es waren russische Verhältnisse.

Der Verdacht der Geldwäsche bei dieser immensen Kapitalflut lag nahe, aber London (Thatcherismus) schien damit kein Problem zu haben. Die Mülltüten aus Paris, Arriva, Veoliar, Ulstom, Sotal, Air Liquidatio, Pitroen, Nerault, Gaz en France, EADS/BSE hatte er alle nach Hause geschickt. Das Beste war der Bunga-Bunga Versuch an der Elfenbeinküste in Zusammenarbeit mit korrupten BND-Agenten und der deutschen Botschaft in Abidjan. Bei dem einen hörte der Weimaraner überhaupt nicht auf zu knurren, jedes Mal wenn die beiden Agenturisten ins Büro kamen.

Und dann dieser Blödsinn mit den Chinesinnen, die keine waren - warum keine echten? Warum überhaupt Chinesinnen? Wieso haben diese Pappnasen es nicht auf die Rolle bekommen, ihm eine vernünftige Süße zu schicken? Der ganze Verein taugte keinen Pfifferling, ein Haufen unwichtiger, harmloser, schlecht bezahlter, korrupter, egomaner, amoralischer, gefühlloser Gaukler, Scharlatane und Schlimmeres.

Und dann auch noch in Sandalen, und was für welche. Die richtigen Chinesinnen trugen jedenfalls keine Sandalen. Das war immerhin etwas, hatten auch die richtige Größe und Gewicht, ausgesprochen klug und gebildet, sauschlau und eine feine Seele. Aber so etwas hatten die Trottel nicht im Sortiment, wie auch, zweitklassiges Personal stellt nun mal drittklassiges Personal ein, ein ungeschriebenes Gesetz im internationalen Personalmanagement. Für ihn stand fest, dass nur die Asiatinnen

als Gesprächspartner in Frage kamen. Sie hatten ihn nicht verraten.

Er nahm erneut den Nintendo zur Hand, den Lord Snowden ins Lager geschmuggelt hatte und mit dem er mit der Außenwelt kommunizierte, zu der er keinen telepathischen Draht hatte. Einmal hatte er einen der Gestapo-Wachleute darauf hingewiesen, dass er alles und jedes live sendete und übertrug, teilweise über die eigenen Lager-Kameras. Als Antwort hatte er erhalten, dass es nicht ginge. Hatte der amerikanische Bürger diese Schwachköpfe verdient?

Er sendete das folgende Schreiben an Lord Snowden, um es in der SZ zu veröffentlichen, einer Zeitung der Widerstandsbewegung gegen die Nazi-Diktatur der US-Landser.

Süddeutsche Zeitung GmbH
Chefredaktion
Hultschinerstr. 8
81677 München

Absender
Christian Gabrriel
c/o Gestapo Lager
Haina (KLoster)

7. Mai 2014
Sehr geehrte Damen und Herren,
bitte weiterleiten an SZ-Büro Franken z. Hd. Herrn Przybilla.
Mit freundlichen Grüssen und bestem Dank im Voraus
gez. C. Gabriel

RE FREIHEITSBERAUBUNG / GESTAPO LAGER

Sehr geehrter Herr Przybilla,

mit großem Interesse habe ich Ihr Buch über die Affäre Mollath verschlungen, nicht zuletzt aufgrund der Parallelen zu meinem Fall, und bitte Sie, Kontakt zu mir aufzunehmen. Mein Fall ist jedenfalls spannender und tragischer (weil blutiger). Seit dem 16. März 2011 werde ich gegen meinen Willen in diesem Lager festgehalten, die Bezeichnung "Klinik" dient bestenfalls als Vorwand für die kriminellen Machenschaften des Betreibers VITOS e.V. und der damit permanent induzierten Veruntreuung öffentlicher Mittel. Das Personal (und die sogenannten Mit-Häftlinge) sind überwiegend Soldaten oder Gestapo, auch aus dem Ausland, oder in krassen Fällen einfache Schauspieler , wie sie häufig in sogenannten B-Filmen oder Serien wie Tatort eingesetzt werden.

Jedenfalls lässt die Qualität der Protagonisten zu wünschen übrig, die sogenannten Psychiater oder Ärzte sind in der Regel an der Grenze der Debilität, eine Therapie findet aus vorbezeichneten Gründen nicht statt, und ist auch aufgrund der bekanntermaßen limitierten intellektuellen Kapazitäten von Gestapo/Militär nicht möglich. VITOS bewegt sich auf dem Boden der Unwissenschaftlichkeit, eine Begutachtung findet mangels Unabhängigkeit nicht statt. Das Problem der Fälligkeitsgutachten in diesem Land darf als bekannt vorausgesetzt werden. Dafür ist in guter alter Tradition das braune Gedankengut in der "Psychiatrie" allgegenwärtig. Aus meiner Sicht Impetus für das menschenverachtende Verhalten der kriminellen Subjekte in diesem Berufszweig, der überdurchschnittlich viele Psychopathen und Individuen mit gestörter Persönlichkeit beschäftigt, auf die aktuelle Bespitzelungsaffäre NSA darf ich Bezug nehmen.

Mit Datum vom 14. Mai 2013 habe ich sehr dezidiert entsprechende Strafanträge gegen die Geschäftsleitung / Gutachter VITOS e.V. gestellt, aber es ist davon auszugehen, dass meine Post manipuliert wird, so auch die angeblich vom BGH verworfene Revision,

ohne Angabe von Gründen. Meine "Verhandlung" vor dem LG DA war eine Farce, da es sich um ein Gestapo-Tribunal gehandelt hat, allerdings international, da neben Amt, BND, Schauspielern, auch NSA/CIA vertreten waren. Alles ziemlich laienhaft. Rechtsstaat oder unabhängige Justiz waren nicht geladen. Beide Anwälte haben meine Rechte nicht annähernd vertreten, was bei der vorbezeichneten Interessenlage auch nicht weiter verwunderlich ist. In meinem Fall handelt es sich um einen staatlich sanktionierten Mordauftrag, da ich in der Nacht vom 15. März 2011 im Treppenhaus meines damaligen Bürogebäudes von 19 C!) gedungenen Soldaten/MP feige aus dem Hinterhalt, ohne Warnung, aus 3 verschiedenen Waffen gleichzeitig beschossen, mein Hund getötet und ich anschließend lebensgefährlich verletzt wurde. Am folgenden Tag wurde ich schwer verletzt in dieses Lager verschleppt, ohne rechtskräftigen Beschluss oder ein entsprechendes Gutachten.
Mit der Psychiatrie hatte ich bis zu diesem Zeitpunkt meines Lebens keinen Kontakt, und werde seitdem täglich gefoltert und schikaniert. Die mehr als befremdliche Tatsache in meinem Fall, dass korrupte Militärs/ Gestapo und staatliche Behörden wie Bundesinnenministerium, BKA, LKA, um nur einige zu nennen, Mordaufträge vergeben können, erinnert an die Zustände der Naziherrschaft. Nur hätten diese sich vermutlich nicht so unprofessionell angestellt wie der heutige Haufen dieser Taugenichtse.
Insofern ist auch die Motivlage für den größten Regressfall in der Geschichte der Wirtschaftsspionage eindeutig, da ich seit Jahren von korrupten Militärs/Gestapo belästigt werde. Als ernsthafte Bedrohung sind diese Befehlsempfänger von mir jedenfalls nicht wahrgenommen worden. Der Grund für dieses Attentat liegt auch auf der Hand. Kriminelle Militärs, auch aus dem Stuttgarter Raum, haben sich durch meine beruflichen Aktivitäten, der Spaltung von Kohlenwasserstoffen zur Herstellung eines mittelkalorischen Gases, um Energie und synthetischen Treibstoff
zu erzeugen, in ihren Geschäften mit der organisierten Krimi-

nalität im Bereich des Waffenhandels, einschließlich Uran und Atommüll, gestört gefühlt, was durch die Verschleppung in dieses Militärlager letztendlich bewiesen ist. Konflikte mit meinem ehemaligen Mehrheitsaktionär, dessen Affinität zur (jüdischen) Abfall-Mafia im Hinblick auf den Einsatz unserer Technologie bzw. meiner Erfindung (27 internationale Patentanmeldungen) auf meinen heftigen Widerstand stieß, leichter Rosenkrieg mit meiner Ehefrau veranlasste beide "Vertrauten" zu der Anzeige beim Ordnungsamt Offenbach, da man sich bedroht fühlte.
Spätestens in 2009, nach der Veröffentlichung des entscheidenden Patents No. 6 (EU, USA, RU, CN, BRAS) war die internationale Resonanz dermaßen brutal, dass wir bzw. der Unterzeichner in seiner Person von den folgenden Organisationen regelrecht überrannt wurden: Mafia, Energiekonzerne RWE, E.ON, Vattenfall, Ölindustrie SO, BP, Shell, Statoil, Total, Erdgaslobby Gazprom, Quatar, Flugzeugindustrie Lufthansa, EADS/ Airbus, Boeing, Air France, KLM, Air Berlin, Turkish Airline, Rüstungsindustrie Diehl, ThyssenKrupp, Kraus Maffei, Autoindustrie Audi VW, Daimler, Fiat, Porsche, Citroen, Toyota, GM, BMW, Abfallindustrie Veolia, Areva, Atomlobby GE, Siemens, Alstom, Tepco, Chemiebranche BASF, Wintershall, Bayer, Degussa, Netzbetreibern Tennet, Motorenherstellern Deutz, Doosan, MAN-B&W, Finanzbranche Goldman Sachs, Parisbas, Barclays,Comba, Deutsche Bank, Sparkassen. Meine Intention war immer gewesen, auch belegbar durch die Geschäftsreisen nach West-Afrika (Cote d'Ivoire) und Russland (Moskau, St. Petersburg), eine zweite Lösung (Low-Speed-Engine) für den Export (Afrika, Israel) zu entwickeln, um die Technologie bzw. die Interessen der Eigentümer (Memogate) zu schützen und auf diesem Weg den unliebsamen Aktionär loszuwerden.
Als ich soweit war, die Finanzierung mit den Russen stand, wurde ich in der Nacht
vom 15. März 2011 überfallen, von Soldaten. Es ist müßig, darüber zu lamentieren, wer in diesem Beziehungsgeflecht schließend-

lich die Entscheidungshoheit wahrgenommen hat, mich auszuschalten. Subjektiv fühle ich mich verraten - mehrfach. Objektiv betrachtet war meine Entscheidung, eine Alternative zur herkömmlichen Energieerzeugung in einem von Korruption und blankem Unvermögen geprägten Markt zu entwickeln, die richtige. Über den Weg kann man bekanntlich streiten - viele Wege führen nach Rom - aber ohne die notwendige Härte und Polarisierung hätten wir niemals den Bau der Anlage durchsetzen können und wären frühzeitig gescheitert.
Wir haben geplant, gebaut, (ohne Genehmigung) betrieben, haben Brunnen gebohrt und Strom mit Heizöl erzeugt, da man uns boykottierte, der Wilde Westen mitten in einem der hochentwickeltsten Industrieländer in Europa - und es hat saumäßig Spaß gemacht. Den Spaß nimmt uns niemand und wir haben gezeigt, dass es geht. Über drei Billionen Euro sind schätzungsweise weltweit investiert worden und die Energie von morgen wird als Symbiose aus Chemie, Landwirtschaft und Bio-Technologie gewonnen werden. Das war es wert, ich würde es wieder tun! Eine Geschichte für die Filmindustrie, vielleicht ein bisschen Wahn, aber wenn man neue Wege geht, muss man bereit sein, sich aufzugeben, um 130% zu bringen. Eine Binsenweisheit, die überall dort gilt, wo Höchstleistungen abverlangt werden.
Obwohl die Rohstofffrage das Schlüsselthema dieses Jahrhunderts ist, besteht soviel Ignoranz, Nepotismus, Korruption, Engstirnigkeit im Energiebereich, dass die Zukunftsfähigkeit der Menschheit abgesprochen werden muss. Wir haben es versucht - und sind gescheitert, obwohl weit gekommen. Sollen es die Klugscheisser richten, ich werde Muscheln züchten, wenn Sie mir helfen, aus diesem verdammten Lager zu verschwinden. Und sie dreht sich doch!
Mit freundlichen Grüßen
gez. C. Gabriel
P.S. Für Mollath (Memogate) wäre genug Stoff vorhanden. Gründe

für ein Wiederaufnahmeverfahren sind aufgrund des skandalösen Verhaltens der "Kammer am LG DA", insbesondere dem Rechtsbeuger Wagner, Vorsitzender Richter, dem Unterzeichner wurden die elementarsten Rechte vorenthalten: meine Recht auf Gehör wurde missachtet, mein Recht auf einen mir verpflichteten Verteidiger und mein Anspruch auf ein korrekt besetztes Gericht wurden verletzt.

Der Vorsitzende hat sehenden Auges und mit Vorbedacht schwerwiegende Verletzungen gesetzlichen Rechts begangen und elementare Gewährleistungen eines rechtsstaatlichen Verfahrens missachtet. Die Voraussetzungen gem. § 359 StPO sind aufgrund der massiven Amtspflichtverletzungen des Richters erfüllt. Ferner sind gefälschte Urkunden im Verfahren vorgelegt worden, was ebenfalls § 359 StPO qualifiziert. Jedes Schriftstück aus dem Hause RA Euler Plottnitz war manipuliert, da er bei Gericht anwesende Rechtsbeistand überwiegend nicht identisch mit der Person RA Euler war, zum Teil ein wenig begabter Schauspieler Dorn.

Das trifft auch auf jede Erklärung der sogenannten Zeugen aus meinem persönlichen Umfeld zu, da diese ebenfalls kostümierte Laienschauspieler waren.

Jedes Schriftstück aus dem Hause RA Streul war manipuliert, da die vorgegebene Person jedenfalls teilweise identisch mit einem "Häftling" im Lager VITOS e.V. war, mit denselben Rechtsfolgen wie zu RA Euler ausgeführt.

Befremdlich im sogenannten Verfahren war die Aussage der "Ehefrau" des Beschuldigten, obwohl diese von ihrem Zeugnisverweigerungsrecht hätte Gebrauch machen müssen, insbesondere weil diese Aussage belastend für den Beschuldigten war - und unwahr. Auch diese Urkunde ist gefälscht, da die damalige standesamtliche Trauung in Denzlingen/Freiburg unwirksam bzw. nichtig ist, wegen der gefälschten Geburtsurkunde meiner vermeintlichen Ehefrau Artemis Ghika. Diese Urkunde wurde gefälscht, um zu vertuschen, dass sie anstatt der griechischen die rumänische Nationalität besaß und nach einer 12-monatigen Ausbildung in North Dakota (USA) für den rumänischen Geheimdienst Securitate und die National SA arbeitete.

Vor dem Hintergrund einer verbalen Auseinandersetzung via Telefon mit dem Beschuldigten 4 Tage vor dem Mordanschlag auf mich, während deren Verlauf sie die bereits im Januar 2009 veruntreuten SFR 110.000, im Eigentum meiner Tante Inge Nickel und als Erbe für den Unterzeichner gedacht, sowie die unterschlagenen Original-Aktien über die geschäftliche Existenz von mir, FCG AG mit 93% und SPOT AG mit 29% beteiligt am Eigenkapital, verleugnete bzw. die Herausgabe verschleppte, bleibt der Wahrheitsgehalt ihrer belastenden Aussage im Verfahren vor dem LG DA zu hinterfragen und angemessen zu bewerten. Dies erfolgte durch die Richter am LG nicht. Dass beide belastenden Zeugen aus Eigeninteresse die Unwahrheit vorgetragen haben, liegt auf der Hand.

Am 16. März 2011, einige Stunden nach den mehrfachen Mordversuchen, wurde ich schwerst verletzt, und nicht transportfähig, vom Haftrichter am AG OF ohne mich über den Grund der Festnahme zu unterrichten oder zur Sache anzuhören, ohne Vorliegen eines rechtsmittelfähigen Verwaltungsaktes der Ordnungsbehörde (Ordnungsamt OF) im Sinne einer Einweisung, eines richterlichen Beschlusses oder eines psychiatrischen Gutachtens oder einer ähnlichen Stellungnahme in das Lager Haina, gegen meinen Willen verschleppt.

Diese Amtspflichtverletzung betrifft auch die "Kammer des LG DA", da die Vorgänge im Verfahren erörtert wurden. In der Gerichtsakte ist eine Stellungnahme ("Gutachten") eines Prof. Himmel (?) aus Hamburg, der mir unbekannt ist, das mit dem Text " ... Neumann ist gefährlich, da er von der Schusswaffe Gebrauch gemacht hat ... " identisch mit dem gleichlautenden Fax aus dem Ordnungsamt ist. Diese Urkunde ist somit auch gefälscht.

Der Vollständigkeit halber bleibt nachzutragen, dass meine Verletzungen, die mir durch aufgesetzte Taser-Schüsse und Tritte mit den Kampfstiefeln von 5 Soldaten zugefügt wurden, als ich gefesselt und wehrlos in Bauchlage auf dem Boden des Flurs im Treppenhaus des Bürogebäudes lag, derart gravierend waren, dass mir im Rahmen einer Not-OP die in 3 Stücke zerfetzte Milz entfernt werden musste (3 Tage später)und ich an den inneren Blutungen beinahe verstorben wäre. Die sogenannten Ärzte dieser sogenannten Klinik haben jegliche Hilfeleistung unterlassen und haben sich vehement gegen meine Überweisung in ein "richtiges" Krankenhaus gewehrt. Bei dieser Operation wurde mir von den Kriminellen (Vitos e.V.) die linke Niere gestohlen, als Organraub zur Transplantation. Diese unfassbare und hochkriminelle Energie des Gutachters und Lagerbetreibers legitimiert ihn als unabhängigen Sachverständigen, unbefangen, vor Gericht in der Sache des Raubopfers auszusagen? Auch dieser Sachverhalt bzw. Interessenkonflikt war dem "LG DA" bekannt.

Die Unterbringung in der psychiatrischen Klinik Haina, gegen meinen Willen, als verbotene Verhörmethode der Gestapo konterkariert in manigfaltiger Form die Vorgaben des BVG. Die während dieser Zeit der Unterbringung , also von März 2011 bis heute, angestellten Beobachtungen durften weder den soganannten Gutachten, noch den Feststellungen des Gerichts zugrundegelegt werden, wenn man die dilettantischen Machwerke im Unwissenschaftsbereich Forensik ernst nehmen wollte. Auch in diesem Punkt liegt eine massive Amtspflichtverletzung des Vorsitzenden der großen "Strafkammer am LG DA" vor. Ferner haben beide Gerichte, LG Marburg als Gericht des Amtes, ihre Pflichten verletzt, da diverse Haftbeschwerden über mangelhafte Hygiene und Qualität des Essens, Versagung des Hofgangs oder von Sport, Verweigerung von Besuch, Beschränkung oder Versagung von Büchern und Zeitungen und von Schreibmaterial, Versagung ärztlicher Betreuung ignoriert oder unbeschieden gelassen wurden.

Der guten Ordnung halber darf ich auf den dezidierten Strafantrag in selber Sache vom 14. Mai Mai 2013 verweisen, der hinreichend die kriminelle Energie von Vitos e.V. belegt.

Eine ebenfalls eklatante Pflichtverletzung des Vorsitzenden Wagner (Gestapo) ist die Fehlbesetzung des Gerichts und ich darf auf unsere diesbezügliche Revisionsbegründung verweisen. Schon aus formalen Gründen ist das "Urteil" rechtswidrig bzw. nichtig.

Beide "Anwälte" im Verfahren wurden von mir zweimal wegen Unvermögens/ Passivität von ihren Pflichten entbunden. Das Gericht hat nicht reagiert, um die Farce einer Verhandlung zu beenden. Ein weiterer Rechtsbruch vom Vorsitzenden Wagner, da er ungeprüft die laienhaften und von Belanglosigkeiten strotzenden sogenannten Gutachten übernommen hat. Mit keinem Satz, bis heute, ist die "Allgemeingefährlichkeit" des Unterzeichners auch nur ansatzweise begründet. Das fast kindische Vertreten einer "Wahntheorie" bleibt mangels Klärung des Sachverhalts den Beweis schuldig und wird ebenfalls ungerügt adaptiert. Eine methodenkritische, professionelle Arbeit würde den "Wahnideen" auf den Grund gehen, um sie entsprechend deklarieren zu können und nicht Schreiben des Unterzeichners seitenweise (verfälscht) abzuschreiben. Im Rahmen seiner despotischen und selbstherrlichen Prozessführung wurde trotz schriftlichen Antrags des Unterzeichners das besagte Memo vom 7. Februar 2011 (MEMOGATE) nicht zu den Akten genommen. Kein Wunder, es nennt Ross und Reiter beim Namen, die Motive der Täter liegen offen. Dieser Fall trägt zu Recht deshalb die Bezeichnung "MEMOGATE", da in diesem Memorandum Robert Rektor als betroffener Hauptgesellschafter der damaligen Aktiengesellschaft schriftlich konzidiert - mit Unterschrift - daß die Geschicke seiner eigenen Gesellschaft Antan von der organisierten Kriminalität (Mafia) gelenkt werden und sich beide Aktionäre, Rektor vertrat ca. 60%, der Unterzeichner ca. 30% des Grundkapitals, mit den Eigentümern der Technologie über das weitere Vorgehen verständigen werden.

Überfall, Mordversuch und Lagerhaft mit Folter waren damit nicht gemeint. Hiermit wurde erstmalig in der Öffentlichkeit die seit Kriegsende bestehende unklare Rechtslage hinsichtlich des geistigen Eigentums der technologischen Patentanmeldungen des Beschuldigten angesprochen. Es ging um den vermeintlichen Besitzanspruch, nur um diesen kann es gehen, also die Ausübung der tatsächlichen (physischen) Besitzherrschaft der Alliierten. Eigentümer seiner geistigen Erfindung ist unstrittig der Beschuldigte, das Mordopfer. Also ging es um die Entschädigung, die von den Alliierten an den Beschuldigten zu leisten war, und ist, und offensichtlich einen Mordversuch wert war.

KAPITEL 23

Jochen Chrstian war ein selbstgefälliger Mann und in seiner Funktion als Richter am LG Marburg zuständig für Gabriels Verfahren. Es stand wieder die jährlich stattfindende Anhörung an, die zum Hintergrund die Überprüfung der Haft bzw. die Grundlage dessen hatte. Aber nicht so bei Christian, bei ihm war das alles nur eine Selbstbeweihräucherung und bei ihm kam niemand frei. Schon gar nicht Gabriel. In seiner Eigenschaft als Mitarbeiter des Verfassungsschutzes war ihm der "Fall" Gabriel bestens bekannt und er arbeitete Hand in Hand mit den kriminellen Elementen bei VITOS, um Gabriel so lange wie möglich gefangen zu behalten.

"Was würden Sie morgen tun, wenn ich Sie heute freilassen würde?", eröffnete er die Verhandlung. Gabriel dachte, " Du Ratte, das wirst Du doch eh nicht tun. Ich würde an meinem Buch arbeiten und mich um einen Verleger kümmern," entgegnete Gabriel. Er wusste, dass dies ein wunder Punkt bei Christian und VITOS war, da er minutiös seine Leidensgeschichte in einen Roman gepackt und aufgeschrieben hatte. Die Ratten fürchten eben das Licht.

"Wer ist Ihr .Verleger, welche Kostenvereinbarung haben Sie getroffen?", brach es aus Christian heraus und verriet ihn jedenfalls. Gabriel schmunzelte und ließ die Antwort im Raum stehen. Die Anhörung nahm ihren erwarteten Verlauf, wie in den Vorjahren, und Christian schrieb seine im Vorfeld bereits festgelegte Stellungnahme.

Landgericht Marburg
Beschluss

In dem strafrechtlichen Unterbringungsverfahren
gegen
Christian Gabriel

geboren am 25.08.1957 in Düsseldorf
verheiratet, deutscher Staatsangehöriger,
untergebracht in der VITOS Klinik für forensische Psychiatrie Haina, Landgraf-Philipp-Platz 3, 35114 Haina (Kloster)

Verteidigerin: Rechtsanwältin Dahinden, Frankfurt am Main,

wegen
versuchten Totschlags in sechs rechtlich zusammenhängenden Fällen

hat die 7. Strafkammer – Strafvollstreckungskammer – des Landgerichts Marburg nach Einholung eines schriftlichen Sachverständigengutachtens und dessen mündlicher Erörterung, nach Anhörung der VITOS Klinik für forensische Psychiatrie Haina, der Staatsanwaltschaft Darmstadt, Zweigstelle Offenbach, und nach mündlicher Anhörung des Untergebrachten am 26.02.2018 beschlossen:

Die mit Urteil des Landgerichts Darmstadt vom 18.04.2012 angeordnete Unterbringung in einem psychiatrischen Krankenhaus wird nicht für erledigt erklärt und ihre weitere Vollstreckung nicht zur Bewährung ausgesetzt.

Christian Gabriel, der nach erfolgreichem Abschluss eines Volkswirtschaftslehrestudiums langjährig als Unternehmensberater gearbeitet hatte und bis Anfang des Jahres 2011 Vorstandsvorsitzender einer Aktiengesellschaft gewesen war, wurde durch das in der Beschlussformel bezeichnete Urteil nach § 63 StGB untergebracht, weil er im Zustand einer schuldausschließenden krankhaften seelischen Störung, die im Urteil als wahnhafte Störung bezeichnet wurde, auf mehrere Polizisten eines Sondereinsatzkommandos geschossen hatte, um sie zu töten, weil er sie in wahnhafter Verkennung für Russen und Mitglieder einer Verschwörung gehalten hatte, die ihn töten wolle. Die Tat geschah als Höhepunkt einer seit dem Jahr 2004 beginnenden, spätestens seit dem Jahr 2007 manifesten und sich stetig vertiefenden Störung. Wegen der Einzelheiten der Vorgeschichte und des Tatverlaufs wird das die Strafvollstreckungsgerichte bindende Urteil in Bezug genommen.

Der Untergebrachte befindet sich seit dem 16.03.2011 in der VITOS Klinik für forensische Psychiatrie Haina, zunächst gem. § 126a StPO, seit dem 30.01.2013 (Rechtskraft des Urteils) gem. § 63 StGB. Derzeit wird er auf der Station 1.2 der Klinik in Haina behandelt und hat die Lockerungsstufe 2.3.

Die Kammer hat zuletzt durch Beschluss vom 28.02.2017 die Aussetzung der Maßregel abgelehnt und mit Beschluss vom 04.04.2017 das nach § 463 Abs. 4 StPO erforderliche externe Gutachten in Auftrag gegeben, das der Sachverständige Prof. Dr. Berger – der vom Untergebrachten vorgeschlagene Sachverständige – mit Datum vom 28.11.2017 vorlegte (Sonderband Gutachten). Es wurde allen Beteiligten mit Gelegenheit zur Stellungnahme zugeleitet. Die Klinik hat am 16.01.2018 Stellung genommen.

Die Staatsanwaltschaft hat beantragt, die Unterbringung nicht für erledigt zu erklären und nicht zur Bewährung auszusetzen.

Der Untergebrachte wurde am 26.02.2018 im Beisein seiner Verteidigerin von der vollbesetzten Kammer mündlich angehört. Dabei hat der Sachverständige Prof. Dr. Berger sein Gutachten erstattet und mündlich ergänzend erläutert; eine Vertreterin der Klinik hat teilgenommen und ergänzend zum weiteren Vollzugsverlauf berichtet. Hinsichtlich der weiteren Einzelheiten wird auf den Anhörungsvermerk Bezug genommen.

Die Prüfung nach § 67d Abs. 2 StGB hat ergeben, dass nicht erwartet werden kann, der Untergebrachte werde außerhalb des Maßregelvollzugs keine erheblichen rechtswidrigen Taten mehr begehen. Nach der Überzeugung der Kammer kann der Gefahr, dass der Untergebrachte erhebliche rechtswidrige Taten begehen wird, gegenwärtig nur durch die Fortdauer der Unterbringung in einem psychiatrischen Krankenhaus begegnet werden.

Nach der Einschätzung des psychiatrischen Sachverständigen Prof. Dr. Berger, der die Akten erkennbar umfassend ausgewertet und den Untergebrachten exploriert hat, liege eine anhaltende wahnhafte Störung vor. Bei dem Untergebrachten seien alle Kriterien erfüllt, die die internationale Klassifikation psychischer Störungen für die Annahme dieser Diagnose verlange; im Einzelnen ein seit Jahren bestehender Wahn mit aufeinander bezogenen Wahninhalten der Verfolgung und Beeinträchtigung ohne weitere psychopathologische Symptome und ohne hirnorganische Ursache. Auch aktuell bestehe die paranoide Psychose unvermindert fort: Der Untergebrachte sei weiterhin davon überzeugt, dass er bei seiner letzten Geschäftstätigkeit Opfer von Machenschaften nationaler und internationaler Konzerne sowie von Geheimdiensten geworden sei, die sich unrechtmäßig den Inhalt seiner Patente für eine Anlage zur Energiegewinnung hätten aneignen oder die Realisierung dieses Verfahrens hätten verhindern wollen. Er sei auch davon überzeugt, dass sich die Polizeibeamten bei seiner Verhaftung nicht zu erkennen gegeben hätten, er deren Sprache als russische Sprache verstanden und in Notwehr gehandelt hätte; der Untergebrachte schließe dabei für sich aus, dass er sich geirrt haben könnte bzw. krankhaften Erlebnisproduktionen aufgesessen sein könnte.

Im Rahmen der Tatanalyse kommt der Sachverständige zu der Einschätzung, dass der Untergebrachte durch die bei ihm bestehende Erkrankung in wahnhafter Verkennung gegen vermeintliche Verfolger zur Wehr zu setzen versucht habe. Postdeliktisch bestehe diese Wahnvorstellung unvermindert fort. Die bisherige Psychopharmakotherapie habe die wahnhafte Symptomatik nicht zum Abklingen, aber in den Hintergrund drängen können, was im Verbund mit der durchgeführten Psychotherapie zumindest dazu geführt habe, dass der Untergebrachte im Umgang und im Alltag verträglicher geworden sei und sich durchgängig regelkonform verhalte. Es sei mithin eine Entaktualisierung in der Dynamik des Krankheitsgeschehens festzustellen, wenngleich nach aller klinischen Erfahrung davon ausgegangen werden müsse, dass ein chronischer Verlauf der Psychose vorliege und die Psychopharmakotherapie die paranoide Symptomatik zwar gemildert, aber nicht zurückgebildet habe.

Eine Krankheitseinsicht liege nicht vor. Sie sei indes Kern jeglichen therapeutischen Bemühens, weil Krankheitseinsicht und die daran anschließende innere psychische Bearbeitung der Erkrankung und der sich hieraus ableitenden Strategien zur Krankheitsbewältigung und Verhütung neuerlicher Rückfälle grundlegende Voraussetzung für eine günstige Prognose seien. Wenn eine solche tragfähige Krankheitseinsicht wegen der Chronifizierung des Leidens nicht herzustellen sei, könne eine Behandlung außerhalb des Maßregelvollzugs nur dann erfolgen, wenn kein Gefahrenpotenzial vorliege und Bereitschaft zur Kooperation mit ambulanten psychiatrischen Diensten bestehe. Bei dem Untergebrachten sei wegen der Länge des Krankheitsverlaufes auf absehbare Zeit nicht mit einer Einsicht in das Krankhafte seines Erlebens zu rechnen. Es erscheine deshalb sinnvoller, die Krankheitseinsicht nicht als conditio sine qua non für eine Entlassung vorauszusetzen – wenngleich dies als Ziel nicht aus dem Auge gelassen werden solle – weil dies seine Abwehr gegen jegliche Intervention der Klinik bei dem primärpersönlich ohnedies sehr eigensinnigen Untergebrachten verstärke und chronische paranoide

Überzeugungen auch eine Art inneren Selbstschutz darstellen könnten, so dass er in dieser aus seiner Sicht ausweglosen Situation den Selbstmord als einzigen ihm verbliebenen Handlungsspielraum in Betracht ziehen könnte.

In prognostischer Hinsicht sei der Untergebracht bis auf die Anlasstat im Vorfeld außer durch Drohungen durch keinerlei aggressive Handlungen, weder gegenüber den Familienmitgliedern noch gegenüber Geschäftspartnern, aufgefallen. Einen legalen Zugang zu Waffen werde er nicht mehr erhalten. Aus der primären Persönlichkeit als auch aus dem Inhalt seines wahnhaften Erlebens heraus allein gebe es keine Zeichen einer möglichen und aktiven handgreiflichen Aggression gegen Dritte; dies setze allerdings eine konsequente Fortsetzung der Psychopharmakotherapie und auch die Teilnahme an einer begleitenden Psycho- und Soziotherapie voraus. Bei einer Unterbrechung der Medikation sei zu erwarten, dass die Erkrankung exacerbiere und der Untergebrachte dann in wahnhafter Verkennung vermeintliche Verfolger abwehren wolle, wenn er sich unmittelbar angegriffen fühle. Opfer zukünftiger Taten seien am wahrscheinlichsten solche, die vermeintlich seine Gegner seien und nach seiner Überzeugung versuchten, sich seines in den Patenten niedergelegten Wissens zu bemächtigen.

Für die weitere Behandlung sei es angezeigt, mit dem Untergebrachten gemeinsam und ungeachtet des Krankhaften seines Erlebens konkrete Lebensziele zu erarbeiten und gemeinsam mit den Angehörigen Möglichkeiten zu finden, wie diese Ziele erreicht werden könnten. Konkret sollten über die zu durchlaufenden Lockerungsstufen in der Klinik Voraussetzungen geschaffen werden für die Fortsetzung der Medikation und konkrete Rehabilitationsschritte etwa im Hinblick auf seine Weiterbehandlung in einer Tagesklinik und seine Anbindung an eine forensisch-psychiatrisch erfahrene Ambulanz in Berlin.

Die Klinik für forensische Psychiatrie Haina hat sich in ihrer Stellungnahme vom 16.01.2018, auf deren Inhalt hinsichtlich aller weiteren Einzelheiten Bezug genommen wird, den Ausführungen des Sachverständigen in wesentlicher Hinsicht angeschlossen. Diagnostisch hält die Klinik an einer paranoiden Schizophrenie fest. Sie führt dazu aus, dass die Differenz zu der vom Sachverständigen diagnostizierten wahnhaften Störung aus der unterschiedlichen Bewertung der Vorgeschichte und der hier im Behandlungsverlauf gezeigten Symptomatik zu erklären sei, wobei sie die Klinik wegen fortdauernder akustischer Halluzinationen, formaler Denkstörungen und bizarrer Verhaltensweisen eine paranoide Schizophrenie diagnostiziert habe, wenngleich es zwischen beiden Diagnosen eine unbefriedigende Trennschärfe im ICD gebe. Einigkeit bestehe indes mit dem externen Sachverständigen darüber, dass bei dem Untergebrachten das Leitsymptom eine komplex systematisierte Wahnbildung sei, und dass die zum Tatzeitpunkt vorliegende Symptomatik gegenwärtig so weit remittiert sei, dass sie nicht mehr handlungsleitend sei.

Die diagnostische Differenz habe aber im Übrigen keine weitergehende Konsequenz, weil die daraus resultierenden Behandlungsempfehlungen (Verabreichung einer antipsychotischen Medikation, Soziotherapie und kognitive Verhaltenstherapie) vergleichbar seien. Auch (sie) die Klinik gehe davon aus, dass krankheitsbedingt unkorrigierbare und als ichsynton erkennbare Erlebensweisen und Überzeugungen nur sehr schwer (bis eben nicht) dahingehend korrigierbar seien, dass eine umfängliche Krankheitseinsicht und -akzeptanz kein realistisches Therapieziel darstelle und die Klinik ihrer weiteren Planung zugrunde lege, dass unter der Bedingung einer verlässlichen und durchgängigen pharmakotherapeutischen Behandlung weitere Lockerungsschritte durchlaufen werden sollten, um den Prozess der Stagnation zu unterbrechen, die Motivation zur Aufrechterhaltung der Kooperation zu stabilisieren und ein konkretes realisierbares Entlassungssetting zu entwickeln.

Der aktuelle Vollzugsverlauf indes – so die Klinik weiter – zeige, dass sich eine Residualentwicklung mit niedergedrückt-resignativem Stimmungsbild, eingeschränkter Schwingungsfähigkeit, reduzierter Mimik und Gestik bei verlangsamten Bewegungsabläufen und mit Vernachlässigungstendenzen abzeichne. Das psychopathologische Zustandsbild sei weiterhin deutlich von einer Negativsymptomatik geprägt. Koordinative Fähigkeiten wie Raumorientierung, Ein- und Umstellungsfähigkeit, Reaktionstempo und Wendigkeit und Beweglichkeit in den Bewegungsabläufen hätten sich verschlechtert, kommunikative Fähigkeiten seien reduziert, die Affektlage scheine verflacht, wobei der Untergebrachte dies auf die Unterbringungssituation zurückführe. Von der Arbeitstherapie, die er weiter zuverlässig wahrnehme, werde eine nachlassende Arbeitsleistung gemeldet. Gegen die Medikation äußere er verbal Ablehnung, nehme sie jedoch formal compliant ein.

Spiegelbestimmungen hätten zuletzt eine Tendenz zu sinkenden Wirkspiegeln gezeigt, vereinzelt seien milde produktive Symptome beobachtet gewesen. Ein Anpassungsversuch durch Eindosierung eines zusätzlichen oralen Neuroleptikums habe nach Verschlechterung des psychopathologischen Zustandes beendet werden müssen. In den psychotherapeutischen Einzelgesprächen habe man aufgrund der unverrückbaren Überzeugung a) nicht psychisch krank b) Opfer eines Überfalls c) zu Unrecht forensisch untergebracht worden zu sein, mit ihm den Konsens erzielt, bei stabiler Medikamentencompliance fortan die Krankheitsthematik auszusparen und die Gespräche auf konsensuale und zukunftsorientierte Themen zu fokussieren. Der Untergebrachte sei davon überzeugt, dass er im Entlassungsfall selbständig einen Lebensalltag bewältigen könne, ohne jedoch konkrete und realitätsnahe Zukunftsperspektiven zu nennen. In einem Konflikt mit seiner Ehefrau (Kontaktabbruch) hätten sich seine Kränk- und Verletzbarkeit, Ambivalenzen, Widersprüchlichkeiten und Defizite in Problemlösestrategien verdeutlicht; einerseits habe er wiederholt den Wunsch geäußert, den Kontakt zu seiner Ehefrau wiederherzustellen, andererseits habe er sich entwertend und angriffsbereit geäußert, wobei eine Moderation zwischen den unterschiedlichen Affekten und Wünschen nicht möglich gewesen sei und Hilfestellungen von außen nicht angenommen worden seien. Die Zusammenarbeit mit dem gegen seinen Willen eingesetzten gesetzlichen Betreuer verweigere er. Therapeutische Hinweise, dass zur Arbeit am Entlassungswunsch Entlassungsperspektiven konkretisiert werden sollten, habe er ignoriert und lapidar festgestellt, er könne nach Berlin gehen, um bei seiner Schwester zu wohnen und er könne eine Frittenbude aufmachen. Die Anregung, ein Angehörigengespräch mit der Schwester zu vermitteln, sei jedoch nicht aufgegriffen worden.

Bei einer sofortigen Entlassung gebe es keine realistische Entlassungsperspektive in Verbindung mit einer professionellen Betreuung. Eine Konkretisierung der Wohnsituation als auch Fragen der finanziellen Absicherung und der sozialen Einbindung erscheine mit dem vorhandenen sozialen Netz (Ehefrau, Schwestern, ehemalige Geschäftspartner) möglich, werde indes derzeit vom Untergebrachten nicht zugelassen. Stressinduzierende Lebensumstände und eine verstärkte Konfrontation mit wahnhaft besetzten Themen seien im Falle einer Entlassung zum jetzigen Zeitpunkt zu erwarten. Es werde angesichts der fehlenden Krankheits-, Gefährlichkeits- und Behandlungseinsicht bezweifelt, dass der Untergebrachte unter den dann deutlich reduzierten Überwachungsmöglichkeiten eine medikamentöse und eine psychiatrische Behandlung und Auflagen im Rahmen der Führungsaufsicht tatsächlich weiterhin zuverlässig mittragen werde. Dann werde er akutpsychotische Symptome wie formale Denkstörungen, akustische Halluzinationen, bizarre Verhaltensweisen und akute Wahnsymptome entwickeln, der derzeit nur teilremittierte Verfolgungswahn werde zunehmend handlungsleitender und der Untergebrachte werde sich dann wie bei dem Einweisungsdelikt gegenüber mutmaßlichen Verfolgern tatkräftig auch unter Nutzung von Waffen oder waffenähnlichen Gegenständen, sollten diese in der jeweiligen Situation greifbar sein, zur Wehr setzen; Delikte wie die Einweisungsdelinquenz seien weiterhin mit hoher Wahrscheinlichkeit zu erwarten.

Die Kammer teilt die Beurteilung der Klinik, die dazu führt, dass dem Untergebrachten derzeit eine günstige Legalprognose nicht gestellt werden kann. Unter Berücksichtigung der Anlasstat (versuchter Totschlag in sechs rechtlich zusammenhängenden Fällen), der im Erkenntnisverfahren eingeholten psychiatrischen Sachverständigengutachten (Dr. Hofstetter vom 22.07.2011 und Pof. Dr. Saß vom 02.04.2012), der aus dem – vom Bundesgerichtshof bestätigten – Einweisungsurteil hervorgehenden Ausführungen dieser beiden Sachverständigen in der Hauptverhandlung, dem eingeholten Gutachten des Sachverständigen Prof. Dr. Berger vom 28.11.2017 sowie dessen Ausführungen in der Anhörung vom 26.02.2018, des darin von der Kammer gewonnenen persönlichen Eindrucks von dem Untergebrachten sowie des gesamten bisherigen Behandlungsverlaufs im Maßregelvollzug ist zur Überzeugung der Kammer damit zu rechnen, dass der Untergebrachte im Falle einer sofortigen unvorbereiteten Entlassung in ein weniger kontrollierend-sicherndes Setting die neuroleptischen Medikamente rasch absetzen würde, es daraufhin zu einer Exazerbation der Psychose mit Aktualisierung handlungsleitender Wahnideen kommen und er dann mit hoher Wahrscheinlichkeit störungsbedingt erneut schwerste Gewalttaten im Sinne der Einweisungsdelinquenz (versuchter Totschlag), mithin erhebliche Taten im Rechtssinne, begehen würde. Insoweit kommt es – worauf die Kammer klarstellend hinweist – auch nicht darauf an, dass der Untergebrachte primärpersönlich und auch in seiner sonstigen Biografie nicht gewalttätig aufgefallen ist und sich die Anlasstat aus seiner (krankheitsbedingten) Sicht als "Verfolgungssituation" dargestellt hat. Denn es ist gerade immanenter Kern der diagnostizierten Störung, dass sich der Untergebrachte auch in Verkennung realer Situationen sehr viel schneller als normalpsychologisch üblich verfolgt fühlt, wobei sich die dann zur Abwehr der vermeintlichen Gefahr ergriffenen Maßnahmen in keiner Weise von sonstigen, aktiven Angriffen unterscheiden. Diesbezüglich ist auch die Überlegung des externen Sachverständigen, dass der Untergebrachte keinen legalen Zugang zu Schusswaffen mehr erhalten wird, zwar grundsätzlich zutreffend, aber nicht geeignet, prognostisch günstig zu wirken, weil der illegale Zugang zu Waffen leicht (z.B. über das "Darknet") und überdies praktisch nicht zu kontrollieren ist.

Mildere Maßnahmen als die Fortdauer der Unterbringung die das hohe Risiko, dass der Untergebrachte in Freiheit störungsbedingt neuerliche Gewaltstraftaten begehen wird, hinreichend verringern könnten, sind gegenwärtig nicht ersichtlich. Allein mit den Mitteln der Führungsaufsicht kann dieser Gefahr selbst bei Ausschöpfung aller nach § 68 Abs. 1 und 2 StGB zur Verfügung stehenden Möglichkeiten, dem Untergebrachten Weisungen zu erteilen, nicht effektiv begegnet werden. Zwar hat der Untergebrachte in der Anhörung verbal geäußert, grundlegende Pfeiler der Führungsaufsicht – insbesondere die Zusammenarbeit mit einer forensisch-psychiatrischen Ambulanz und die Einnahme der notwendigen Medikation – zu akzeptieren. Angesichts der fehlenden Krankheits- und Behandlungseinsicht und der noch vollkommen fehlenden Beiträge des Untergebrachten zu einer kooperativen Entlassungsplanung und Entlassungsvorbereitung besteht jedoch die Gefahr, dass der Untergebrachte sofort nach einer Entlassung die Medikamente, deren Nebenwirkungen er beklagt, absetzt, sich professionellen Strukturen entzieht, sich sein psychopathologischer Zustand verschlechtert und er sich wiederum – wie es krankheitstypisch zu erwarten ist – verfolgt fühlt und erneut schwere Straftaten begeht.

Der externe Sachverständige hat deutlich formuliert, dass es grundsätzlich Kern jeglichen therapeutischen Bemühens ist, eine Krankheits- und Behandlungseinsicht zu etablieren, um auf dieser Basis Strategien zur Krankheitsbewältigung und Verhütung neuerlicher Rückfälle zu schaffen. Wenn dies nun – so konstatieren es Sachverständiger und Klinik gleichermaßen – krankheitsbedingt für den Untergebrachten kein realistisches Ziel mehr ist, muss für eine gleichwohl günstige prognostische Risikobeurteilung das Fehlen von Krankheits- und Behandlungseinsicht aber durch eine besonders verlässliche Compliance mit Behandlungsmaßnahmen ausgeglichen werden; dies muss sich bereits im Klinikalltag zeigen und in Lockerungsmaßnahmen als verlässlich tragfähig erweisen. Von einer derart qualifizierten Compliance ist der Untergebrachte indes weit entfernt. Der externe Sachverständige hat als zentrales Problem der Stagnation des Behandlungsprozesses in der mündlichen Anhörung deutlich die geradezu "bockige" Verweigerungshaltung des Untergebrachten benannt. Die Klinik hat eindeutig erklärt, dass sie bereit ist, die nächsten Lockerungsschritte zu gehen und eine Entlassungsplanung zu konkretisieren, wenn der Untergebrachte die von ihm zu beizusteuernden Beiträge erbringt. Dabei darf es nicht allein bei bloßen Lippenbekenntnissen bleiben, sondern es ist der Untergebrachte, der nunmehr zentrale Entscheidungen (Entlassung nach Berlin über eine vorherige Verlegung in den dortigen Maßregelvollzug oder Entlassung innerhalb Hessens bei Verbleib in der hiesigen Klinik) zu treffen und die sich daran anschließenden Schritte der Vorbereitung konsequent mitzutragen hat. Es ist auch allein der Untergebrachte, der seine Zustimmung dazu erteilen muss, dass die Klinik sein soziales Netz, das für Wohnung, Arbeit und soziale Kontakte viele Ressourcen bereithält, aktiviert. Ohne sein Zutun kann und wird die Klinik keine sinnvolle Entlassungsplanung betreiben können. Jegliche weitere Stagnation und damit unweigerlich auch eine Verlängerung der Unterbringungsdauer hat dann der Untergebrachte selbst zu vertreten.

Die Unterbringung konnte auch weder nach § 67d Abs. 6 Satz 1 Alt. 1 StGB noch nach § 67d Abs. 6 Satz 1 Alt. 2 StGB für erledigt erklärt werden. Eine Erledigungserklärung nach § 67d Abs. 6 S. 1 Alt. 1 StGB kam nicht in Betracht. Zwar besteht eine Differenz zwischen der im Einweisungsurteil und vom externen Sachverständigen diagnostizierten wahnhaften Störung und der von der Klinik diagnostizierten paranoiden Schizophrenie. Diese differierenden diagnostischen Einschätzungen haben indes rechtlich keine Auswirkungen. Sie führen nicht zu einer Erledigungserklärung nach der o.g. Vorschrift. Denn es handelt sich, was der Sachverständige und die Vertreterin der Klinik in der mündlichen Anhörung übereinstimmend bestätigt haben, lediglich um eine terminologisch-akademische Streitigkeit. Es besteht indes Übereinstimmung darin, dass ein chronisches, wahnhaftes Geschehen vorliegt und bei dem Untergebrachten die im Erkenntnisverfahren festgestellte (und im Urteil beschriebene) Symptomatik jedenfalls im Kern unverändert fortbesteht, so dass es sich letztlich um dieselbe "Defektquelle" handelt. Wie diese diagnostisch bezeichnet wird, stellt keine neue Tatsachengrundlage dar, zumal auch die Behandlungsempfehlung für beide Diagnosen identisch ist.

Auch eine Erledigungserklärung nach § 67d Abs. 6 S. 1 Alt. 2 StGB konnte nicht erfolgen. Angesichts der bisherigen Dauer des Maßregelvollzugs von fünf Jahren und einem Monat (in diese Berechnung fließt die Zeit, die der Untergebrachte nach § 126a StPO vorläufig untergebracht war, nicht ein; vielmehr beginnt die Unterbringung erst mit der tatsächlichen Aufnahme des Untergebrachten im Maßregelvollzug, hier mithin erst mit

Eintritt der Rechtskraft des Urteils am 31.01.2013) ist die weitere Vollstreckung der Unterbringung im Hinblick auf die vom Untergebrachten ausgehende hohe Gefahr der Begehung von (versuchten) Tötungsdelikten und dem hohen Gewicht der bedrohten Rechtsgüter nicht unverhältnismäßig. Denn angesichts des in Vergangenheit gezeigten und künftig zu erwartenden Verhaltens des Untergebrachten besteht auch die Gefahr, dass es bei neuerlichen erheblichen rechtswidrigen Taten zu schweren körperlichen und seelischen Schäden potentieller Opfer, die unvermittelt u.a. mit Schusswaffen angegriffen werden, kommen kann. Mit Rücksicht auf den hohen Rang die im Falle eines Rückfalls gefährdeten Rechtsgüter (körperliche Unversehrheit, Leben) ist ein weiterer Vollzug der Unterbringung daher trotz der bisherigen Gesamtdauer des Maßregelvollzugs auch unter Berücksichtigung der Rechtsprechung des Bundesverfassungsgerichts sowie der seit dem 01.08.2016 geltenden neuen Fassung von § 67d Abs. 6 StGB verhältnismäßig. Das Freiheitsgrundrecht des Untergebrachten aus Art.2 Abs. 2 GG muss bei gesamtschauender Betrachtung aller Umstände des Einzelfalls vorliegend hinter dem Schutz der Allgemeinheit zurückstehen.Gegen diesen Beschluss ist das Rechtsmittel der sofortigen Beschwerde statthaft. Sie muss binnen einer Woche vom Tage der Zustellung an entweder schriftlich bei dem Landgericht Marburg eingegangen sein oder aber binnen der gleichen Frist zu Protokoll des Urkundsbeamten der Geschäftsstelle des Landgerichts Marburg oder des für den Verwahrungsort des Untergebrachten zuständigen Amtsgerichts erklärt werden.

KAPITEL 24

Gabriel sitzt in seiner Zelle und begutachtet die Schäden, die sie ihm nachts beigebracht haben. Die Fußnägel, die mit künstlicher Haut verunstaltet wurden, Injektion einer roten Flüssigkeit in den großen Zeh mit großer Schmerzempfindlichkeit. Bearbeitung der Fingernägel, Einbringung von Riefen und Dellen. Injektion einer roten Flüssigkeit in die Gesichtshaut und Vorbereitung potentieller Schnittstellen beim Rasieren. Verwundungen auf der Brust und dem Oberkörper als Resultat der Muskelabsaugungen. Wunden im Nasenbereich, um das Volumen mit B-Tox zu erhöhen. Aufbringung von Achselbehaarung, um die Schweißdrüsenfunktion anzuregen und von extremen Bartstoppeln. Verabreichung von grauen Farbtönen im Haar und Schnitt der Länge der Haare. Lockerung der Zähne. Ablagerung von Sekretkonzentrat an der Nasenscheidewand von innen, um bei Essen und Kauen einen Abfluss vorzunehmen. Extremes Unwohlsein, insbesondere morgens ab 5.00 Uhr. Gabriel blättert die letzten Eintragungen in seinem Tagebuch durch:

Tagebuchblatt No. 20 – 23./25. August 2015

Die Schreibmaschine funktioniert wieder. Mit geringfügigen Änderungen herrscht schon wieder Konfusion, ist doch alles bekannt und nichts weltbewegendes. Korrupte Gestapo mal wieder, das heißt, die blicken hier überhaupt nicht durch. Deswegen auch die Frage nach Kochen, also findet nur eingeschränkter Austausch statt. Also werden sie beim Buch noch mehr glubschen, ihre eigene Geschichte lesen. Muss Powern beim Buch, dann wird es ja noch einige Überraschungen geben. Schade, Cafeteria wurde gestern ohne Angabe von Gründen gestrichen, hätte Dich gerne gesehen. Sie quälen mich wieder, warum hilft mir niemand?

4 Anrufe und zwei tolle Karten erhalten, Wurst, Brot und ein Geschenk, Super. In meiner Lage freut man sich auch über Kleinigkeiten. Highlight war Anruf von Natalie, hat mir richtig Power gegeben. Buchkapitel (Alice) liest sich sehr rund, Oslo könnte sich mal melden ….

Tagebuchblatt No. 19 – 16./19. August 2015

She`s Rolle heute im Buch gewürdigt und Facetten aufgezeigt. Die Scharlatane versuchen mal wieder ihr "Schwarze-Peter-Spiel" (wir waren es nicht, es waren die anderen). She mit North Dakota, Ernst, Anka, Sofie, Pierre ist eindeutig, im Buch bohren wir Securitate auf. Lager ist auch eindeutig, die Kollaborateure sind zwar nervig, aber unwichtig, halte mich an den Hausherrn. Lt. Personal in Giessen HQ Stuttgart und die Uhr in meinem Zimmer hat das Datum 16.. Abgesehen davon isst kein Europäer so unkultiviert, die Tatoos, die Frisuren so oder so sind es Prekarier, muss wieder in den Namen "Memogate – Pakt der Prekarier". Dann müsste Andreas auch mit von der Partie sein, ich bin es so leid, zu dünn, immer dasselbe ….

She läuft gut, stelle sie ein bißchen als Opfer von sich selbst dar, ist sie ja auch. Das Tagebuch wird mal viel Geld bringen. Wenn She nicht so dappig und gierig gewesen wäre, hätte sie auch profitieren können (vorher meine ich). Aber Cash war immer extrem wichtig für sie , rumänische Wurzeln und sie kann damit nicht umgehen. Egal was sie bekommt, es ist ziemlich bald weg, hat ihren Vater auch immmer beklaut. Muss immer daran denken, ob der Vogel, der neulich in meinem Zimmer war, mit Dir zu tun hat (soviel zu meiner Paranoia). Der Typ neben mir war auch in Giessen, wie die meisten hier. Diese Scharlatane (auf beschissenem Niveau) gehen mir auf die Nerven, auch nicht neu.

Tagebuchblatt No. 18 – 13. August 2015

Heute nur kurz, aber wichtig (aus den Tagebuchblättern machen wir ein eigenes Buch). Habe wieder ein komisches Telefonat mit den beiden (Nani, Hina) gehabt, die hören dann so "verordnet" zu und es kommt zu wenig, es müssen Klone sein. Die Frage stellt sich, ob ich überhaupt noch telefoniere. She ist kein Klon, sie arbeitet schlicht für die Scharlatane. Dann war Bernd L. auch einer, she war ja auch nicht authentisch, dann ist sie aber auch ein Opfer. Sie hat doch mit dem ganzen Hokus-Pokus nichts am Hut, dafür kenne ich sie zu gut, geht nur um ihr Ego, she fehlt noch im Buch. Und ich hab mich immer bei Edwin gefragt, wie man so schlecht mit der großen Kugel schießen kann (zwei Sauen hatte ich angebunden, beide weg). Der Nobelpreis kommt noch, wie bei Nash. RWE und EON machen genau die Entwicklung durch, wie ich sie vor 6 Jahren prognostiziert habe, aber auf mich wollte ja niemand hören. Soviel zu Euch, Kaschpies, Euer Ende habe ich Euch vorhergesagt, exakt so wird es geschehen. Und nebenbei haben wir dann die Loge abgeschafft und das Territorium befreit. A Propos, Hillary`s Laptop ist gerade beim FBI, mit "Dead or Alive", das gibt Stress, damit ist sie erledigt.

Tagebuchblatt No. 17 – 12. August 2015

Die Idioten haben immer noch nicht begriffen wer ich bin. Sag ihnen schönen Gruß, ich vergesse nichts und niemanden, ich sei sehr nachtragend (siehe Kopfgeld). Sie haben jetzt auch diese Schreibmaschine sabottiert, Schade drum, also fertig mit Schreiben. Sag den Idioten auch, dass wir den Text schon doppelt und dreifach (in mehreren Sprachen) haben, auch auf OLLYLEAX (Petraeus Falle). In der FAZ heute wieder manipuliert (BND, BfV, BKA) und zu dick aufgetragen, auch zuviele Fehler. Entertainment und Show Ja in Ordnung, der Rest geht gar nicht, also bitte nicht Jura, Zeitung schreiben, reden, essen, trinken, rauchen, Technologie, jagen (Ellermann meine ich nicht), unauffällig sein, Lager spielen. Klar haben die Behörden Dreck am Stecken, aber sind je nur Mitläufer, unwichtig. Sind auf jeden Fall reif wegen Landesverrats, und das heißt Todesstrafe, Kollaborateure. Also irgendjemand muss denen doch mal beibringen wie Mega-Scheisse die sind (so wie Donald Trump). Deswegen habe ich sie auch erledigt, und ich bin nur ein alter, seniler, durchschnittlicher Frührentner (bin bald 70). Morgen Kaffee mit Gaby (auch 2 Wochen weg). Hoffentlich ohne Aufzug der Narren. Hab eine Weile (ganz am Anfang) gedacht, Roma wäre Rom ….

Tagebuchblatt No. 16 – 10. August 2015

Nani und Hina waren da, war schön, aber sind sie es wirklich? Sind so kalt bei der Umarmung. Gaby, meine neue Therapeutin, war anfangs etwas verschreckt, wahrscheinlich waren wir zu laut, sie erinnert mich stark an jemanden, der angeblich schon 15 Jahre tot sein soll. Mein Schicksal, treffe in meinem Leben immer wieder dieselben Frauen. Wir sprachen über Marjan und Kurt Frey, garantiert auch Spione, vermutlich schwedisch. Marjan muss als junge Frau eine ziemliche Granate gewesen sein, oder deutsch? Von der Art könnten beide auch Briten gewesen sein, aber Skandinavier (mit Ausnahme der bekloppten Finnen) und Brits sind sehr ähnlich. Muss permanent an viele Personen, Treffen, Verbindungen aus der Vergangenheit denken, die ich heute anders interpretiere, Stoff für neue Bücher. Die andere neulich in der Cafeteria war Elke Wollank, auch fast 30 Jahre her, unglaublich. Die Barbaren checken überhaupt nichts mehr mit ihrem Jugendwahn, wer die Idee hatte, den sollte man öffentlich teeren und federn.

Die Russen und Chinesen lachen sich tot. Wie Elke wohl wirklich heißt? Jane könnte passen. Es ist Gaby, gleich am ersten Tag das Händeschütteln, keine Frau schüttelt so die Hand, außer Gaby. Etwas was die Idioten bis heute (mit ihrem Kindergarten) nicht begriffen haben. Der Körper spricht und da hilft keine Perücke und kein Gummibauch. Und ich würde nur Jäger (und natürlich Frauen) einstellen, weil die den anderen in Sachen Auffassung und Beobachtung immer überlegen sind, meine richtige Jäger, nicht die vielen Sonntagsjäger. Ich könnte 10 Bücher schreiben, soviel Stoff hätte ich (Jürgen, Nanna Hacker, Rader, Krewel …), meine gesamte Kindheit (Ekkehard …), Rosenberg. Der Rosenberg war wirklich so eine Art Harry-Potter-Schule und ich war Harry-Potter (der Orgelspieler übt wieder im Kloster). Aber das weißt Du ja alles (aber die Deppen nicht).

Tagebuchblatt No. 15 – 8. August 2015

Spüre so eine negative Kraft (eher Strömung) von dem Verein hier (Rasierer etc.). Hab auch von Dir in den letzten Tagen nicht viel gehört, rein subjektiv. Nervt mich mit dem Farbband, hat 25 Seiten gehalten, keine Meisterleistung und ein teurer Spaß oder haben die Kaschpies wieder … Hier ist Bananenrepublik pur, bin froh, dass ich staatenlos bin. Nach dem BU-Anwalt (Range) springt jetzt auch noch Chef BfV über die Klinge, auch Schwein in meiner Sache – sorry in unserer Sache. Dieser Jeb Bush ist ja unglaublich farblos, aber wird das Rennen machen. Hillary springt auch (Attentäterin), Trump wird es nicht schaffen. Was mache ich hier? Sie glubschen wieder (heute haben sie wieder RTL 2 "Berlin bei Tag und Nacht" geglubscht. Meine armen Hunde, die Idioten haben mein Leben zerstört, also bleibt nur die Rache.

Tagebuchblatt No. 14 – 4./5. August 2015

Ich hoffe, Du hast honoriert wie gut der BND weggekommen ist, relativ, von Stampfenhausen hat einfach nur Schiss. Maria Lopez gefällt mir irgendwie, liest sich aber gut. Olama hat Energiewende eingeleitet, bin überrascht oder Zeitungsente? Aber Beluga musste ich bringen. Ist sie She oder auch ein Klon (dann aber ein sehr guter)? Früher gab es eine Klonin, wie Du weißt. Die Frage wegen Niki war merkwürdig (Wie geht es Dir?). Hab Afghane falsch geschrieben (zweimal), wär mir früher nicht passiert. Grüß Hubertus von mir, es gibt ihn wirklich. Meine Prognose wegen Kohle (vor 7 Jahren), Atom … ist heute Realität. Das Geplapper von den Deppen nervt. Warum haben sie nicht auf mich gehört? Gute Nacht.

Der Generalbundesanwalt ist weg, hat auch Dreck am Stecken. Was glubschen die permanent? Du darfst wieder nicht, heute von 17.00 Uhr und nicht 16.30 Uhr. Was sind das für Arschlöcher? Wo bin ich? Es wird jeden Tag schlimmer. Offenbar wussten sie nicht, dass ich staatenlos bin, er hat geschaut wie ein Auto. Die Schweizer geben mir sofort den Pass, wenn sie wissen wer ich bin (Nobelpreis). Wer finanziert diese Idioten mit ihrem Geglubsche? Mit ihren Tatoos und lustigen Frisuren. Gute Nacht.

Tagebuchblatt No. 13 – 3. August 2015

Ich weiß, Du darfst jetzt wieder nichts sagen, aber mein Buch gefällt mir immer noch. Die Passage mit GE, DIA etc. verdammt gut oder bist Du anderer Meinung? Scheiss GE mit ihren Jenbacher und überall die korrupten Soldaten (Befehlsempfänger). Ich hasse Gehorcher, Na, auch egal, ich hab immer gemacht, was ich für richtig gehalten habe und habe die Lemminge über den Platz geschickt. Ohne den Widerstand der Deppen hätte es keine No. 6 gegeben. Das Beste ist die Standardfrage: Wie geht es Ihnen? Meine

Standardantwort lautet dann: Den Umständen entsprechend. Was soll das? Ich gehe wirklich bei den meisten Männern von einem IQ kleiner 70 aus. Irgendeine Abweichung vom Standard (Fremdwort von mir) führt zum sofortigen Abbruch des Gesprächs. Warum können mich solche Idioten verschleppen? Heute hatten sie wieder Kindergarten gespielt (Einschluss). Wie kann man so infantil sein? Insofern brauchst Du natürlich Idioten für diesen Firlefanz. Die scheinen ja selber dran zu glauben. Aber Jeff ist großes Schwein in meiner Sache und Selleck natürlich auch und Hillary nicht zu vergessen, dumme Kuh. Das Foto war der Hammer. Wenn die Präsidentin wird, dann Gute Nacht Amerika (aber sie wird nicht). Auf jeden Fall glubschen alle, wenn ich schreibe. Wie oft denn noch? Buch liegt seit Monaten vor. Trotzdem Danke Jeff, Hillary, Selleck, Ihr habt mich zum reichen Mann gemacht:

A. Legal Claim	825.000.000 USD
B. Prop. Claim	19.000.000 USD
C. Pers. Dmge.	300.000 USD
844.300.000 USD	

Und Kaschpies, es wird jeden Tag teurer. Eine Million geht auf jeden Fall an Kennedy und die Queen bekommt auch was, Paris auch, Peking auch und Moskau natürlich auch (Generatoren).

Tagebuchblatt No. 12 – 1. August 2015

Was sagt die Queen? Die Idioten beobachten was ich schreibe. Der "Un-Grieche" frisst wie ein Ami und glubscht so, auch ziemlich jung. Heute waren sie auf Cafeteria nicht eingestellt, Edwin wird auch immer drolliger. Dieser Haufen fällt auf durch seine Stupidität (siehe Cafeteria), seit Jahren Deja Vu (auch mit den Deppen). Auf jeden Fall können sie nicht Gedanken lesen und haben ihre Gedanken nicht unter Kontrolle. Jetzt wird mir auch klar, warum Edwin so bescheiden (als Jäger) geschossen hat (zwei Sauen bei mir versaut), auch einer von den Harlekinen. Wusste gar nicht, dass Soldaten solche Taugenichtse sind, aber es liegt auf der Hand. Was soll ich mit dem Playboy? Die sind einfach viel zu blöd. Die ganze Welt beobachtet die Idioten und sie liefern jeden Tag die Begründung, weshalb sie abgeschafft werden. Ein Mann schlägt eine Armee. Dann war Niki auch ein Klon, er konnte mir nicht in die Augen schauen, und die Brille (?). Ich wusste schon, weshalb ich nicht zum Militär gegangen bin, Idiotenhaufen. Was soll das alles? Ich war auf dem Rosenberg. Und die Deppen erkennst Du immer an ihrer Dämlichkeit.

Tagebuchblatt No. 11 – 31. Juli 2015

Zeitung kommt wieder, jetzt schon zweiter Tag, wenig manipuliert (jedenfalls nicht stupid). Schreibmaschine läuft auch, wenn auch mit Einschränkungen. Wo steckst Du? Nicht weit, das ist gut. Wieso sollte ich mich eigentlich bei She entschuldigen? Dein Vorschlag, hab ich schon oft drüber gegrübelt, macht eigentlich keinen Sinn, dann war es doch nicht Dein Vorschlag. Wenn ich Gas gebe, kann ich bis zum 10. August 30 bis 40 Seiten fertig haben, egal, oder? Deja Vu, immer wieder. Aber mit den 200 Behörden liege ich gut im Trend, dann ist meine Kostenschätzung mehr als zutreffend. Afrika könnte ich noch mehr in den Fokus rücken (im Buch), auch die Entwicklung hat einigen nicht gefallen. Und was sagt die Queen?

Tagebuchblatt No. 10 – 29. Juli 2015

Fraunhofer und Landesumweltamt bei den Amtskollaborateuren eingefügt, es sind über 100 staatliche Stellen, Abschaum.

Die Scharlatane haben schon wieder die alte Leier mit der Schreibmaschine durchgezogen, obwohl nicht mehr aus Metall. Immer Schema F bei den Idioten. Hätte nicht übel Lust die Maschine zurückzugeben. Lord Snowden hat eh alles im Kasten und wie ich die Earlin kenne, schon alles tiptop ausformuliert, ergänzt, korrigiert. Insofern ist es eine reine Beschäftigungsmaßnahme für die Deppen. Also ich brauche die Maschine nicht, vielleicht mal für einen Brief, aber welchen? Die haben mich doch ermordet, oder? Viel wichtiger ist der Schmarotzer-Club der Kollaborateure:

Landesverfassungsschutz	16
LKA, Polizeidirektionen	32
BND,MAD, Amt, BKA, BuMin Verteid./Inneres /Justiz …, Armee	10
KIT, Fraunhofer, FZ Jülich, Max Planck	4
TU Muc, TU Ber, …	20
Regierungspräsidien, Landesumweltamt	20

Jede Behörde haftet mit Euro 100 Millionen (100 x 100.000.000= 10.000.000.000).

Und dann kommt nochmal die Hälfte an ausländischen Behörden dazu (wenn das mal reicht). US, UK, Nato, F, CN, RU, IT, RUM, NL, ESP, GR, UKR, JAP, THAI, BRAS, IS, KOL, MAL, KOR, SCOÄT, IRL, BEL, LUX, NOR, SV, CI mindestens 3 bis 4 Behörden pro Land macht nochmal 100. Das Ergebnis ist aber dürftig, mein Reden, die gehören alle abgeschafft. Ich hätte Mata Hari geschickt mit etwas Geld und einem neuen Pass und aus die Maus, damals, heute langweilt es. Eine vollkommen überschätzte Branche mit einer Menge debiler, infantiler, schwuler Schaumschläger und Taugenichtse. Dass die Mafia das nicht geregelt hat (im Endeffekt genauso schwach). Von der Mafia hätte ich mehr erwartet, irgendwie beruhigend. Kombiniert mit einer geilen (Sorry, es färbt ab) Jagd plus Chateau plus Weimaraner Zucht, es wäre so einfach gewesen, wie kann man nur so blöd sein, anstattdessen .... Wenn wir für das Buch richtig PR machen, haben wir ein Millionenpublikum. Und das Erschreckende ist, es ist keine Frage des Alters (wegen Kindersoldaten), die sind mit 30/40 genauso (überwiegend Männer). Fazit: mit Jagd, Hund, Weib hätte man doch wunderbar bei mir andocken können, nichts einfacher als das, soviel zum Nachtrag von gestern. Hoffentlich kriegen die die Kurve mit der Schreibmaschine.

Tagebuchblatt No. 9 – 28. Juli 2015

Die Russen spielen gut (Klassik in Varna/Bulg.). Warum bin ich in den 80ern nicht mit einer Million nach Süd-Afrika? Dann hätte es vermutlich eine No. 6 gegeben. Heute hat Nicole ihr Fett abbekommen, mit dem Mord war sie zu gut bedient, die Szene mit der Kellnerin war authentisch, die Freundin war bestimmt vom Schin Bet oder Mossad und von wem war Nicole angebaggert? Oder schlicht ein Klon? Jedenfalls bei dem einen besagten Meeting hab ihn noch nie so spastisch gesehen. Die Russen spielen verdammt gut. Hab heute auch oder war es gestern die Kollaborateure aufgeführt (Fraunhofer fehlt noch). Ohne Hochschulen kommen wir auf locker 100 Behörden/Ämter/Einrichtungen, bemerkenswert. Und da reden die hier von Wahn, Scharlatane. Es ist immer noch so präsent, trotz der 5 Jahre, wie der Graf von Monte Christo, wie gestern. Meine armen Hunde. Das Schreiben tut gut. Hast Du gehört, der Pfeifer will unser Haus kaufen, gar nicht schlecht. Brauche jetzt wirklich die Schreibmaschine.

Tagebuchblatt No. 8 – 27. Juli 2015

Bist neugierig, spür ich. Die Augen sind ok, wichtig, obwohl sich der erste Arzt als Gestapo geoutet hatte, extrem negative Körpersprache und dann sind alle ganz aufgeregt wegen der Kollaborateure von den Ämtern. Das ist auch nicht neu, seit der ersten Minute habe ich von denen geredet (Hand vor die Augen halten und glauben, dass man nicht gesehen wird) und sie haben solche Kanaillengesichter und eben diese werden mir nach Giessen wieder präsentiert. Viel Deja Vu, fehlt nur noch Frau Bunkhet (wobei zwei Varianten von ihr sehr ok waren, eine ging gar nicht, hat immer Viva geschaut, war kleiner, mit High-Heel-Gang und hat mich nicht gegrüßt). Erklär ihnen bitte, was Deja Vu heißt und mit der Griechen-No. Scheinen sie auch ein Problem zu haben. Schick ihnen ein Video des sehr guten Films "... Hochzeit ...", damit sie endlich mal lernen wie authentische Griechen sind. Hab doch immer gesagt, dass ich die Kindersoldaten und/oder Amtstrottel nie ernst genommen habe. Kein Jäger würde die ernst nehmen. Man erkennt sie auch auf 200 km und immer dieses "Haina bei Tag-und-Nacht-Flair", verdammt billig, wie gesagt, Agenturisten, die dem Steuerzahler auf der Tasche liegen. Normale Bullen sind doch schon besser, aber nicht meine Standard Klientele. Ich weiß immer noch nicht wie man mit den Hampelmännern (mit ihren Pferdeschwänzchen oder Glatzen) zusammenarbeiten kann, das musst Du mir noch erklären. Die sind komplett unbrauchbar. Kein Wunder, dass ihr soviele Lesben habt, ein Opfer der Umstände, Schade drum, aber es gibt noch einige wenige normale Männer, bei Euch ist die Konzentration von Schaumschlägern und Taugenichtsen extrem hoch , aber sie laufen auch in der Wirtschaft rum und selbst auf der Jagd wurde es von Jahr zu Jahr schlimmer (und da merkst Du sofort, wenn einer eine Pfeife ist). Wir haben ein Männerproblem und ihr erst recht, aber nicht weitersagen.

Tagebuchblatt No. 7 – 25. Juli 2015

Im Moment Leere. Manolo läuft hervorragend und sehne Schreibmaschine herbei, keine Zeitung seit 4 Wochen, keine Gesellschaft, ein Tag später (Sonntag) selbes Prozedere. Auch heute Kindergarten-Spaziergang gestrichen. Was meinen die eigentlich wer ich bin, so wichtig ist das Rauchen nicht. Aber Manolo macht mir Freude, jetzt hat er sich die Lagerleitung HQ Europe (Nato) Stuttgart vorgeknöpft und mischt die Landser und Gestapo auf (Military Police war auch involviert). Pervers, das Kartell befreit den amerikanischen Bürger und Gabriel natürlich, von wegen böse Mafia, sind professioneller, checkiger, intelligenter, konsequenter (wie Gabriel). Manolo hat auch grünes Licht aus Washington, Schadensbegrenzung und die guten Kräfte aus D.C. haben auch keinen Bock auf die Kanalratten. Das Buch ist ziemlich rund, die Eckdaten stehen, Haftung Berlin, Brüssel, D.C. (taktisch), Washington Ko-Kläger. Was ist mit der Queen (der Sir würde mir schon gefallen)?, Sir Christian Battenberg, Naja, auch egal, wichtiger sind die Flocken. Aber Nobelpreis kommt und meine Rattenfalle Memogate muss ich mir noch patentieren lassen (aber nicht in Taiwan), mit dem Filmmaterial von Lord Snowden (Attentat, Haina …) können wir 10 Jahre Soap drehen. Warum haben die eigentlich soviele Kurze? Fällt extrem auf und hab jetzt einige erlebt, viele sind richtig dämlich, wieso? Da regen sich alle über die Griechen auf, bei uns wird es teurer. Im Endeffekt sind die Scharlatane an ihrer eigenen Unfähigkeit gescheitert, hab nur ein bißchen nachgeholfen. Aber über all die Jahre (2001 bis heute). Deswegen ist die Rechnung so lang geworden, aufs Jahr betrachtet geht es eigentlich. Schon wieder buzy? Und noch etwas, die Kanalratten waren Euch doch bekannt, mir nicht, also? P.S. Sie glubschen wieder ganz konfus, noch nie ein Tagebuch gesehen?

Tagebuchblatt No. 6 – 24. Juli 2015

Die Scharlatanerie geht mir auf die Nerven, manchmal auch Deine (hab Dich schon gepeilt), nur dieses Rumgesumse. Soll ich nun morgen in die Cafeteria (bei Ja zwei telepathische Zeichen kurz, bei Nein ein langes, später)? Neugierig bist Du ja, alle guten Frauen sind neugierig wie kleine Mädchen, was nun? Also Nein, hab ich auch so gedacht, ich dachte nur wegen Rumsumsen. Manolo gefällt mir richtig gut (aktuell Fremdenpolizei), war ein guter Tipp. Die benehmen sich übrigens wirklich wie Gestapo, haben uns als Studenten schlecht behandelt. Das Telefonat mit Niki war endlich mal wieder ein vernünftiges Gespräch, seit langem (ich hoffe, es war kein Klon). Im Prinzip gilt dasselbe auch für einen Großteil des Militärs und der Dienste, überflüssig, da nicht prozessorientiert. Sonst hätte es den Stress mit mir nicht gegeben (unabhängig von der Unprofessionalität und der Korruption, die unvorstellbare Dimensionen haben). Aber das kapiert nur Ihr, die Idioten verstehen nur Bahnhof. Deswegen müsst Ihr übernehmen, sonst sprengen die Trottel uns alle in die Luft. Kommt in dem Tom Clancy hervorragend raus (Echo aller Furcht). Dann weißt Du wie ich mich all die Jahre gefühlt habe ("... im falschen Film ..."). Und jeden Tag habe ich zig Deja Vus. Allein dadurch verraten sie sich, krass sind Hof und Arbeit. Und der Idiot Tom druckt es noch auf sein T-Shirt ("der letzte Kombi ist immer von uns"), aus Prozesssicht der pure Schwachsinn. Die Schlapphut-Welt gibt es nur noch im Film, der Depp hat gar nicht begriffen, dass er sich selber vorführt (Unterteilung nach Inland/Ausland genauso töricht). Und ich wollte nur ein bißchen Gas machen und lerne dabei die tollsten Frauen kennen .... Fernsehen ist auch erledigt.

Tagebuchblatt No. 5 – 23. Juli 2015

Schon wieder busy oder bockig? Für bockig gibt es keinen Grund. Die Analyse von gestern hat Wirkung gezeigt, mit Amt, NSA etc., aber alles uralt. Manolos neuester Coup gefällt mir viel besser, besser Don Pedros. Warum soll ich mich nicht abschieben lassen, in der Schweiz überfallen mich jedenfalls nicht 100 Soldaten? Und dann nach Kuba oder Israel, auf Kuba gibt es bestimmt Enten und Gänse. She wird mit Anka reden. Das ist schon mal nicht verkehrt (ein Staatenloser mit Permis C). Das gab es auch noch nicht oder anstatt des bayerischen Waldes (Forst) nehmen wir uns eine Insel wie Sylt, Norderney, Rügen (mit Jagdrecht). Müssen wir uns nicht mit den Bayern rumärgern. Hat den Vorteil, wir können autark anreisen (Schiff, Flugzeug) und ein bißchen Jagd ist auch dabei (auf Rügen am meisten). Das wäre dann das Kuba-Kontrast-Programm und unser Chateau finden wir schon (kann ja auch Reetdach gedeckt sein) oder einfach nur Cash und Tschüss. Vielleicht besser so, dann laufen mir auch keine Amtstrottel und Kindersoldaten über die Füße. Wohin ich schaue, überall Soldaten (und zwar Kinder), wie komme ich dazu (ausgerechnet ich)? Also Insel in Deutschland gestrichen, merk schon, begeistert bist Du gerade nicht. Muss Ja nicht, Kuba reicht doch, aber unsere Freunde sind zunehmend verwirrter, Lord Snowden leistet ganze Arbeit. Jetzt muss ich das komplette Buch nochmal abtippen, auch idiotisch, aber Bitte schön. Aber Manolo (und Tami) haben echt Zug reingebracht, die Queen, Prekarius etc. auch, es wird immer runder. Dass sie nicht merken wie künstlich sie sind, unauthentisch und einfach schlecht (Essen, Hofgang), soll ich das auch noch streichen? Manolo muss mich hier rausholen.

Tagebuchblatt No. 4 – 22. Juli 2015

Ja, Ja komme schon. Manolo reißt die Handlung aus dem Loch. Die bösen Buben sind NSA, MAD, Amt, Militär, auch nicht neu (jedenfalls für mich). Damit hängt Berlin mit 3 deutschen Behörden voll am Fliegenfänger (=Haftung). Eine Strafe wird sein, neben dem Brandenburger Tor (an dem werden die Verräter öffentlich aufgehängt) eine 20 m hohe Weimaraner-Statue aufzustellen (mit bernsteinfarbenen Augen aus echten Opalen. Damit sind CIA und BND aus dem Schneider, was mir sympathisch ist (mit Ausnahme einzelner korrupter Elemente). Das Kartell macht sie platt und dieses komische Amt (auf RTL 2 Niveau) mit seinen Berufsscharlatanen ist sowieso reif. Was haben diese Schaumschläger mir meine Zeit gestohlen, MAD gehört abgeschafft. Warum haben diese Deppen (Amt, MAD) mich nicht beschützt? Das wird teuer, Frau Merkle. Die Kindersoldaten sind eine Zumutung, für was sollen die nützlich sein? Aber Manolos Kartell als Profi-Club, ich finde das hat was (und die anderen staatlichen Schmarotzer als korrupte Mieslinge). Jeden abend höre ich den Orgelspieler im Kloster üben, und das hat auch was. Ach ja, Schaumschläger, noch eine Nachricht für Euch (Sorry, aber die Deppen lesen doch immer mit) neben Euren zahlreichen Schweinereien mit mir und meinen Hunden (siehe Strafantrag VITOS) geht es bei Euch vor allen Dingen um Landesverrat und darauf steht unstrittig die Todesstrafe. Ich schick Euch allen Il Ricurvo hinter her bis ich die letzte Ratte von Euch habe.

P.S. She hat kurz vom Haus geredet, im Zweifel Klon-Gesumse. Aber wozu?

Tagebuchblatt No. 3 – 21. Juli 2015

Die werden immer komischer, mehr neue Gesichter und noch mehr Glubschen, und das Geplapper ist nicht zu ertragen. Was macht eigentlich die Anlage in Brandenburg? Und die Brenner, was für eine Arbeit, wollte Ja noch eine Pipe ausbauen (ziemlich aufwendig, die Arschlöcher schreiben "aufwändig" und reden von "Aufwänden"). Mal gut, dass es nicht mehr dazu kam. Idefix hat in der Anlage (vierbeinige) Ratten gejagt und Cito zweibeinige. Armen Kerle, die beiden. Ob ich das heute nochmal machen würde? Bin irgendwie milder geworden, ich denke schon, wäre nur konsequenter. Die Spione und Spioninen würde ich heute zum Teufel gejagt haben. So richtig falsch gemacht habe ich nichts, außer vielleicht Faktor, den hätte ich nicht an Bord holen dürfen, aber ohne ihn wären wir unter andere Räder geraten, mit Sicherheit, und dann hätte es keinen Boykott und keine No. 6 gegeben und meine Mausefalle auch nicht und andere Dinge auch nicht, Dich auch nicht.

Ich sehe heute soviele Zusammenhänge aus der Jugend, Kindheit, Eltern, Freunde, die ich früher nicht gesehen habe. Das wäre Stoff für weitere 5 Bücher. Man jedenfalls nicht behaupten, ich habe einen langweiligen Background, also war SPOT mit No. 6 die logische Konsequenz. Was Jermyn Brooks wohl heute macht. Hat mich sehr gefördert, wurde dann Europachef und war weg. Top-Mann, habe einiges von ihm gelernt. Dass ich das damals mit der Gräfin nicht geschnallt habe, alles so einfach, aber heute sind sie alle verblichen und verschwunden. Auch der Rosenberg war wie eine Harry Potter Schule, hätte einfach ein paar Kontakte halten sollen. Deswegen immer Querflinte (Englisch), das ärgert mich heute, für ein paar Menschen hätte ich mir mehr Zeit nehmen müssen. Wiedergutmachen ist nicht möglich, da sie alle tot sind. Dann der Lord der Krone und das dritte Zeichen nicht zu vergessen. Es musste ja auf No. 6 und die größte Spionagegeschichte aller Zeiten hinauslaufen. Bei einigen spüre ich den Neid, fast Hass, Lagerhaft und Klapse haben dem Ganzen noch den Rest gegeben. Es wird noch ein rauschendes Finale geben. Läuft schon.

Tagebuchblatt No. 2 – 20. Juli 2015

Die Spritze vom eloquenten Wärter (irgendein Amt) tut weh. Hier geht alles durcheinander, doofe Kindersoldaten und debile Amtler, dieselben Figuren wie in Giessen, nur in anderen Kostümen. Glauben die Idioten, man erkennt sie nicht, und ich sowieso (nach 5 Jahren auch kein Kunststück). Das Niveau ist so unglaublich niedrig (RTL 2). Du hast richtig gierig an der Reval gezogen. Gut, ich kann doch nicht mein Leben lang mit den Idioten rummachen, das ist unter meinem Niveau, unter Deinem auch, ich weiß auch nicht, was das bringen soll (die Verräter sind doch nicht so schwierig zu identifizieren). Und dann machen wir ein paar Tage Urlaub (ohne die Idioten), Manolo holt mich schon raus.

Und erzähl mir nichts von busy, professionell usw., die Idiotenliga ist mega unprofessionell. Ich glaube, die wissen überhaupt nicht was das ist (Price Waterhouse, ohne Coopers, war professionell, PW verdanke ich viel (merkt man wie immer im Leben erst nachher). Die deutsche Scheisse habe ich im Grunde genommen erst nach PW kennengelernt. Warum gehst Du nicht mit mir in die Cafeteria? Das ganze Bein schmerzt. Sag den Idioten, entweder mit Dir oder gar nicht. Und sie sollen schon mal Sammeln gehen (bin ein zäher Gläubiger, äußerst unangenehm), aber die haben (und können) ja sowieso nichts, die blicken es auch nicht mit den anderen Süßen, es ist ja auch nicht ganz einfach. Die Queen will mich übrigens wirklich kennenlernen. Tagebuch ist besser als Zeitung, wir lassen das jetzt so wie früher, jedenfalls wenn Ihr da seid. Jetzt wird es aber mal Zeit, dass Ihr die infantilen Kindersoldaten (alle jünger 40 Jahre) und debilen Amtstrottel endlich wegputzt, die Uhr ist abgelaufen. Den Lord (=Sir) bekomme ich noch und den Nobelpreis auch. Bei Gelegenheit steck mir doch mal was deren Plan (=Strategie) mit ihrem Amateur-Gekaschper ist, mittlerweile bin ich wirklich neugierig. Und jeden Tag verdienen wir

Millionen mit Euren Freunden (meine sind es definitiv nicht), da kann einem dann auch schon mal das Bein weh tun. Freu mich immer, wenn ich Deine tiefen dunklen Augen sehe.

Tagebuchblatt No. 1 -18. Juli 2015

Gedanken gelesen von "Wickert", war hier, esoterische Bändchen, RTL 2 Konsument wie viele hier, überfordert, nervös bei Essensverteilung, sein Name auf Stationsflyer, ist er Kettle (vom Bild schon). Jungspund "Grieche" frisst wie ein Schwein, kein Europäer vom Essen her, wie vorher schon in Giessen ("Nolte"), gibt wirres Zeug von sich und wird von Frau Ruhl gedanklich betreut, beide US. "Brillenträger-Schwager-Mark" einmal in Giessen im Hof mit längerem Haar und getönter Brille (ergo tatsächlich Brillenträger), oder ist er Kettle (vom Gefühl her harmlos). Frau Ruhl tuschelt im Klostermuseum mit "Pflegerin Kukucksnest", zwei Versionen von ihr. Problem Frau "Otte" (negative Gedanken) die Krankenschwester, ähnlich wie bei dem Typ "Schön" (ist im Roman die Person, die von Il Recurvo mit 4 Schuss bestraft wird), "Schön" wirkt wie Söldner (kein Ami), könnte auch UK sein, alles ziemlich primitiv, Low Fee. Alle haben Motorik Probleme (welches Land hat die meisten Tollpatsche?), geht eher um das Prekariertum. Frau "Otte" fragt mich, ob das meine neue Brille sei? Was hat Gaby mit dem Haufen zu schaffen (nicht ihr Niveau)? Kindergarten vorher war viel RTL 2 (Köln), Wärter hier merkwürdig verklemmt, nicht elloquent, Militär oder Stasi. Konnte zweimal Info aus dem Unterbewußtsein über Folter trotz Betäubung abrufen, einmal war es "Schön" (hat mich auf die Stirn geschlagen), das andere mal war es Nina. Verlorene Post nach 4 Wochen wieder aufgetaucht, werde trotzdem nochmal alles neu schreiben (andere Reihenfolge, prägnanter, ohne Schachtelsätze). Wie konnten die Idioten sich mit mir anlegen?

P.S. Rächer (237 Kaschpies) in der neuen Fassung wird ein Killer des Kartells (Manolo), Gabriel macht sich nicht die Finger schmutzig. Zum Glück haben die Schaumschläger die Nummer mit den Asiatinnen aufgegeben. Positive Nachricht von der Queen erhalten.

KAPITEL 25

Sein Name war Helmuth Schön und er war Deutscher, aber er arbeitete für die CIA. Dies hatte historische Gründe. Vor 18 Jahren war er in eine undurchsichtige Drogengeschichte verwickelt worden, auch ein Auftrag der CIA, ausgelöst durch seinen Vater, der vor allen Dingen für den BND arbeitete. Er war auf gut Deutsch verheizt worden und als seine Tarnung aufflog, holten die Amerikaner ihn in eines ihrer Lager, in diesem Fall Giessen und Haina, um ihn vor den rachsüchtigen Mafiosi zu schützen.

Er war labil und nicht sonderlich intelligent, aber er war hinter den Mauern der Psychiatrie sicher. Dort spielte er den psychisch Kranken, wobei er sich dafür nicht anzustrengen brauchte, und quälte seine ausgewählten Opfer, in diesem Fall: Gabriel. Er liebte sein Leben hinter den Mauern, die Restriktionen machten ihm nichts aus, ein Leben für ihn in Freiheit war nicht mehr vorstellbar, da sein Alkohol- und Drogenkonsum problematisch waren. Das sah er genauso. So war er zufrieden mit seinen 100 Euro Taschengeld in der Woche, Sonderanschaffungen wie Kleidung oder Musiktonträger wurden von seinem Vater gesondert vergütet und die CIA hatte für kleines Geld einen zuverlässigen Versallen. Abgesehen davon war er nach dieser langen Zeitspanne von 18 Jahren gar nicht mehr in der Lage, sich draußen zu orientieren. Er wäre ein echtes Sicherheitsproblem für die Amerikaner und der Status Quo war für alle Beteiligten die beste Lösung.

Solange Schön nicht irgendwelche Ansprüche zu stellen begann, würde sich an der vereinbarten Lösung nichts ändern. Insofern kam es nicht primär auf Ergebnisse an, sondern die Methodik von Schön dümpelte so etwas im Graubereich herum. In der Vergangenheit hatte er mit seinen Methoden mehr oder weniger zufriedenstellende Ergebnisse erreicht, gefragt wurde von den Amerikanern wohlweislich wenig bis gar nichts. Und jetzt war er seit 8 Jahren für Gabriel zuständig, mit gewollten Unterbrechungen. So kam es durchaus häufig vor, dass seine Manipulationen der Realität sich widersprachen und es Gabriel so vorkam, als ob er einen Hindernislauf unternahm. Einen Tag lief es unter der Prämisse, dass Gabriel so viel Gewicht wie möglich zulegen sollte, am nächsten Tag wurde genau das Gegenteil von dieser Strategie von Schön propagiert. Es hatte auch damit zu tun, dass die Zuständigkeiten in Langley permanent wechselten und es war üblich, dass die Unerfahrensten und Jüngsten sich mit dieser zähen Materie auseinandersetzen mussten. Streng genommen gab es überhaupt keinen Grund mehr, Gabriel unter diesen entwürdigenden Umständen festzuhalten. Sah man vielleicht von einer nicht zu unterschätzenden Dosis "Rache" ab, aber dieses Motiv galt als unprofessionell – unstrittig. Insofern kamen von den Amerikanern so gut wie keine Korrekturen oder Anmerkungen zum Vorgehen Schöns. Da ihm der intellektuelle Tiefgang vollkommen abging, wirkte er größtenteils mit der Aufgabenstellung überfordert, was das Leben für Gabriel auch nicht angenehmer machte.

Und jetzt war es 2.00 Uhr morgens an einem Mittwoch und er saß am Bett von Gabriel, den er vorher betäubt hatte. Einmal vor Jahren, noch in Giessen, war ihm ein fataler Fehler unterlaufen, als er Gabriel nicht tief genug betäubt hatte und dieser sich später an jedes Detail erinnern konnte. Darum hatte er heute lieber die doppelte Dosis in den Zerstäuber getan und Gabriel schlief wie ein Murmeltier und er war vor Überraschungen sicher. Mittwoch war wichtig für ihn, da Gabriel sich wie immer an einem Donnerstagmorgen rasieren würde. Und das musste er vorbereiten. Er nahm eine Kanüle und injezierte rote Flüssigkeit an drei verschiedenen Stellen unter die Haut und verschloss die Wunden mit einem hautähnlichen Kleber. Gabriel würde morgens beim Rasieren den Kleber mit der Klinge entfernen und es würde aussehen, als wenn er sich geschnitten hätte. Dann pumpte er mehr Flüssigkeit an eine 4. Stelle, die seine Wange anschwellen ließ. Vor Jahren nach dem Überfall der falschen Polizisten auf ihn war diese Schwellung aufgrund des Jochbeinbruchs reell gewesen. Er streute einige Krümel eines quarzhaltigen Sandes vor Gabriels Bett auf den Boden, der zwar auch die Leitfähigkeit der Strahlung verbessern würde, aber in erster Linie Gabriel zur Weißglut bringen würde, wenn er morgens aufstände. Er grinste diabolisch bei der Vorstellung. Er drehte Gabriel auf den Bauch und setzte eine Kanüle von der rechten Hüfte bis zur Kniekehle auf der Innenseite des Oberschenkels und träufelte Kochsalzlösung in den Kanal. Gabriel würde morgen erhebliche Schmerzen in der rechten Hüfte verspüren und nach Schmerzmitteln nachfragen, vorzugsweise Iboprofen. Und er hätte eine weitere Möglichkeit der Manipulation, indem er die Tabletten sich vorbehielt. Er verrichtete sein "Amt" mit wenig Empathie, es war ihm schlicht egal, was seine Opfer dachten. Verfangen hatte bei ihm auch das Geschwaffel der Geheimdienste vom großen Ganzen, um Gewissensbisse im Keim zu ersticken. Jetzt nahm er sich die Haare vor. Er breitete eine Plastikfolie rund um den Kopf auf dem Kissen aus. Er nahm einen Elektrorasierer aus seinem Utensilienkoffer und rasierte die Geheimratsecken nach. Zum Abschluss färbte er die Haare mit grauer Farbe nach, um ihn älter aussehen zu lassen.

Jetzt ging es um die Falten auf der Stirn. Er injezierte eine Botox ähnliche Flüssigkeit in der Stirnpartie und verschloss die Wunde mit dem Kleber.Jetzt hatte Gabriel Falten auf der Stirn, die er normalerweise nicht hätte. Gabriel hatte jetzt Falten wie ein Basset Hound. Dann brachte er ein Öl auf die Augen- und Nasenpartie auf, um die Nase anschwellen zu lassen. Er bereitet in der Folge eine delikate Operation vor: er positionierte zwei Depots in der Größe eines Centstückes in den Nebenhöhlen durch die Nase, die bei Kaubewegungen und der Aufnahme von Speisen ein Sekret absonderten, ähnlich Nasenschleim. So hatte Gabriel immer das Gefühl einer laufenden Nase, wenn er eine Kleinigkeit aß. Jetzt waren die Zähne dran. Er schaltete den mitgebrachten Kompressor ein, der mit viel Druck von einem bar und mithilfe von Schienen eine Fehlstellung der Zähne bewirkte. Zusätzlich trug er Schmelz auf, der sofort aushärtete, auf die rechte Zahnreihe im Oberkiefer auf. Dies bewirkte, dass Gabriel nur sehr mühsam artikulieren konnte, Zischlaute sauber auszusprechen war ihm unmöglich. Bereits vor über einem Jahr hatte er durch Injektionen extreme Zahnschmerzen bei Gabriel hervorgerufen und im Rahmen einer kieferchirurgischen OP wurde ihm ein Backenzahn gezogen. Die darauf angefertigte Brücke war so nachlässig und mangelhaft gearbeitet worden, dass er Mühe beim Sprechen hatte. Ein wahrhaft satanisches Vorgehen. Zum Abschluss der Kopfarbeiten strich er eine Emulsion auf die Bartstoppeln , die ein Erstarken des Bartwuchses ergibt, fast wie Draht.

Jetzt nimmt er sich erstmal die Füße vor. Er reibt sie ein mit einer Lotion, die bewirkt, dass die Venen und Blutadern extrem sichtbar werden, die Füße eines alten Mannes. Dann streicht er den schon verwendeten Hautersatz auf die Nagelbetten, vor allen Dingen am großen Zeh. Die Nägel an sich bearbeitet er mit Feilen und Spachtel und verändert die Form, die Gabriel noch vorher schön geschnitten hatte. Dieselbe Prozedur unterzieht er den Händen, die ebenfalls alt wirken. Doch hier verstärkt er die Riefenbildung auf den Nägeln und wendet ebenfalls den Hautersatz an, auf den Nagelbetten. Auch an den Händen wendet er die Lotion an, die die Blutadern extrem sichtbar macht. Die Hände eines alten Mannes. Schön holte aus seiner Utensilientasche eine Zahnpastatube mit dem gleichen Füllstand und derselben Marke wie der, die Gabriel in Gebrauch hatte. Das Benutzen der Zahncreme würde bei Gabriel extremes Übelsein hervorrufen und er würde sich mehrfach übergeben müssen. Am nächsten Tag würde Schön die Tuben wieder austauschen. Daraufhin verabreichte er seinem Opfer eine Tablette, die bewirken würde, dass er nur einmal wöchentlich Stuhlgang hätte. Es folgte eine weitere Tablette, die aus Kalorien bestand ähnlich der Astronautennahrung, um Gabriel zur Gewichtszunahme zu veranlassen. Später nach dem

Verlassen des Zimmers von Gabriel würde er aus dem Wertfach Gabriels, in dem er seine Rauchwaren aufbewahrte, die angefangene Schachtel Gaulloises austauschen. Die präparierten Zigaretten würden eine extreme Belegtheit der Bronchien hervorrufen. Er spritzte in den rechten Unterschenkel eine Lösung, die in den Zehen des rechten Fußes ein Taubheitsgefühl verursachen würde. Er spritzte ihm eine Lösung in den Nackenbereich im Bereich des 5./6. Halswirbels, die bewirken würde, dass seine Bewegungsfähigkeit des Halses und des Kopfes eingeschränkt sein würde. Er holte einen mitgebrachten Fön aus seiner Tasche und eine Sprühflasche mit Wasser, befeuchtete die Haare rund um den Wirbel auf der rechten Kopfhälfte und fönte die Haare mithilfe einer Drahtbürste gegen den Strich. Das würde Gabriels Frisur einen unordentlichen Touch geben. Zum Abschluss kommt noch der Bauch dran. Hier geht es schlicht um das Überprüfen der alten Vorgaben.

Schön hatte auf Höhe des Bauchnabels einen Botox Vorrat unter der Haut angelegt, der von Zeit zu Zeit ergänzt wird. Er strich eine Salbe auf den Hals, die die Steifigkeit der Halswirbel verursachen würde. Er injezierte eine halbe Ampulle Botox unter die Haut, wo sie von außen wie ein Fettpolster aussah. Ganz am Ende spritzte er eine Lösung mit einem Bakterium in die Unterlippe, das Herpes verursachen würde. Er sprühte noch eine Flüssigkeit auf Gabriels Haut, die ihn zum Schwitzen bringen würde. Er strich eine Paste auf die Hände, um sie extrem rau wirken zu lassen. Dann formte er aus einem Fremdstoff ein erbsengroßes Stück und lancierte es mit einer Pinzette im Innenohr, vor dem Trommelfell. Gabriel würde am nächsten Tag mehrfache Spülungen benötigen, um das Ohr wieder frei zu bekommen. Die Paste für die Hände nahm er auch für beide Unterschenkel, damit sie wie Schuppenflechte wirken würde. Er zog die vorbereitete Kochsalzlösung auf eine Spritze und injezierte diese in den Muskel in der rechten Schulter, der für das Heben zuständig war und verschloss die Einstichstelle mit dem Kleber. Gabriel würde beim alltäglichen Hanteltraining sehr behindert sein, da er den rechten Arm nur sehr eingeschränkt mit Gewichten belasten könnte.

“Und? Zufrieden?“ tönte es von Schön Richtung Türrahmen, wo ein Mitarbeiter des Nachtdienstes des Pflegepersonals das ganze Geschehen beobachtete.

“Du musst zufrieden sein,“ erwiderte der Pfleger.

“Ich bin es,“ sagte Schön .

“Für heute sind wir fertig, das Ganze hat nicht einmal eine halbe Stunde gedauert“. Schön strich die Bettdecke glatt und verließ das Zimmer Gabriels.

KAPITEL 26

Mel Croachie saß in seinem Büro im 5. Stock des EUROPEAN HEADQUARTER, kurz “HQ“ genannt, der US-Armee, war zuständig für die Koordination der verschiedenen Dienste, primär CIA und NSA, aber auch zunehmend teilweise suspekter Subdienste in Europa und machte sich Gedanken, da sich sein Frontmann John Dillinger nicht meldete. Und der Texaner war für gewöhnlich sehr zuverlässig. Er schenkte sich einen Jim Beam in die Kaffeetasse, da es noch etwas früh für einen Drink war, holte Wasser und Eis aus dem Kühlschrank und fummelte eine Luky Strike aus der Brusttasche seines Armyhemdes. In letzter Zeit wollte nichts so richtig klappen. Washington war nervös, die Finanzlage war angespannt und die neuen Berater des Präsidenten funkten zunehmend bei seiner “German Connection” dazwischen. Dabei gab es so gut wie keine deutsche Mafia, meistens hatte er es bei seinen Waffenschiebereien mit russischer oder ukrainischer Mafia zu tun. Bei Grundstücksgeschäften klappte es zu aller Zufriedenheit mit der jüdischen

Mafia, die zwar hier lebte, aber aus bekannten Gründen ausnahmslos keinen deutschen Pass besaß. Meistens waren sie Österreicher, dem Pass nach, Israelis oder sonstige Exoten. Deutsch waren nur die Ermittler, die meistens hilflos herumstocherten und wenn ihm oder seinen Partnern ein Schupo zu nahe kam, hatte er entweder einen Autounfall oder BND regelte den Fall. Dafür mussten sie Pullach, der frühere Sitz des Auslandsdienstes, an allen Geschäften mit 25% beteiligen. Jahrzehntelang hatte es wunderbar in Stuttgart funktioniert, wie in einer Kolonie hatten sie jede Firma in Deutschland, die eine Rolle spielte, ausgequetscht, nur mit der Mafia mussten sie sich eben arrangieren. Manchmal wurden die Schutzgelder auch von beiden kriminellen Organisationen erhoben. Das ging auch nur in diesem Deutschland, in dem dieser merkwürdig obrigkeitshörige Menschenschlag dahinvegetierte. Er verachtete die Krauts und hatte seiner Tochter verboten, sich mit einem Deutschen einzulassen.

Außerdem war er "Skull" und die hiesigen Nazis waren einfach nur peinlich und meistens saublöd, im Gegenteil, sie gefährdeten eher das gemeinsame Ziel NWO, der new world order. Und dann hatte dieser verdammte Gabriel die Speisberg Liste, auf der alle Firmen der Krauts standen, die Schutzgelder an die Army zahlen mussten, im Web veröffentlicht. Ausgerechnet in Stuttgart hatte der Ärger angefangen, in seinem Stuttgart. Zusammen mit der Cosa Nostra, die immer schon in Stuttgart saß, hatten sie den Bahnhof-Deal gründlich vorbereitet. Es ging um über 100 ha feinsten Baulandes in Innenstadtlage zu den teuersten Konditionen in ganz Deutschland, da die Stadt in einem Talkessel lag und die Hanglagen restlos verbaut waren. 1.000.000, in Worten: eine Million, Quadratmeter zu Preisen, bebaut von Euro 8.000 bis 14.000 pro qm entsprach dieses Projekt einem Gesamtvolumen von Euro 10 bis 14 Milliarden, allein für die Vermarktung der Immobilien, denselben Betrag gab es noch mal für den mit öffentlichen Mitteln bezuschussten Bau des Bahnhofs. Das war selbst für amerikanische Verhältnisse ein "Big Deal". Da konnte schon mal der eine oder andere Gegner einem Herzinfarkt erliegen.

Er musste schmunzeln bei der Erinnerung, dass den doofen Deutschen durch die Tunnelbauer verkauft worden war, den Bahnhof einfach zwei Stockwerke tief unter die Erde zu verlegen. Was für ein Schwachsinn, aber die Deutsche Bahn, seit den Judentransporten in die Lager, fester Bestandteil jeder Nazi-Projektierung, hat mitgezogen. Dafür musste der Grundwasserspiegel gesenkt werden, was die gesamte Region in den kommenden Jahren bitter würde spüren müssen. Texas mitten in Deutschland.

Den neuen Ministerpräsidenten von den Grünen hatten sie eingekauft, dem alten hatten die Italiener eine Landsmännin als Freundin verpasst und nach Brüssel als EU-Kommissar für Energie und innovative Technologieanwendung geschickt. Alles hatte nichts geholfen, auf einmal mischten sich die Krauts in alles ein. Die Planung für den Bahnhof musste komplett überarbeitet werden und die ersten bekamen kalte Füße und sprangen ab.

Auf einmal tauchten vorwitzige FBI-Agenten auf und schnüffelten auf Army-Stützpunkten herum, aber am schlimmsten war, dass die Anlage von dem Deutschen, den sie Gabriel nannten, nicht in Stuttgart gebaut werden konnte. Geld wäre genügend dagewesen, alles von den doofen Krauts, und unter der Erde hätte kein Mensch etwas von dem Kraftwerk gemerkt, das eigentlich Wasserstoff und synthetischen Treibstoff produziert hätte. Mit der Anbindung an die Bahn wäre der Transport der Einsatzstoffe und Produkte bestens geregelt gewesen. Aber irgendwie hatte dieser Gabriel dazwischengefunkt, obwohl die Armee ihn 8 Jahre lang in einem ihrer Gestapo-Lager gefoltert hatte. Der Typ war ihm unheimlich. Er schauderte und füllte seine Tasse erneut mit Jim Beam. Es gab die wildesten Gerüchte über den Kerl. Tatsache war, dass alle Killer, die Army oder Cosa Nostra losgeschickt hatten, nie wieder aufgetaucht sind, nur einer, und dem war die Gesichtshaut abgezogen worden.

Auch sein schöner Deal mit dem Nürburgring war geplatzt, zwar nur über Euro 500 Millionen, aber immerhin. Alles war klar gewesen mit der Staatskanzlei in Mainz und dem korrupten Ministerpräsidenten von der SPD. Auch hier sollte eine Anlage von Gabriel zur Spaltung von Kohlenwasserstoffen, wie die Techniker sagten, gebaut werden. Für ihn war das "Fuel" und das in erster Linie für Panzer. Die Vorstellung, dass das Militär zukünftig seine eigenen H-Bomben würde herstellen können, war so verlockend, dass korrupte Soldaten wie Mel Croachie bei diesen Gedanken mehr als glänzende Augen bekamen. Keine Anfragen mehr, keine Vorgaben, keine roten Telefone, die Armee konnte ohne die lästigen Politiker entscheiden, wen sie, wann und wo mit Wasserstoff beglückt, und das zu sensationellen Kosten.

Aber auch beim Nürburgring, der ehemaligen Vorzeigerennstrecke der Nazis im dritten Reich, ging es nicht weiter. Die Zwischenfinanzierung flog auf, der Ministerpräsident und fast sein gesamtes Kabinett traten aus gesundheitlichen Gründen zurück und die politische Opposition, sonst genauso korrupt wie die SPD, wurde rege.

Und dann der Fall mit der Elb-Philharmonie in Hamburg, selbes Vorgehen, dreifaches Budget, auch die Spaltung von Kohlenwasserstoffen, wieder mit korrupten Politikern aus der SPD (Scholz), einigen "Skulls" aus der Hamburger Hanse, sehr vermögenden dazu. Weniger Beteiligung der italienischen Mafia, dafür der russischen und schwedischen, letztere eingebunden über den Energiekonzern LATTENFALL, in Staatsbesitz von Stockholm und der aktiven Einbindung des schwedischen Königshauses. In guter alter "Skull" Tradition. Auch hier auf einmal das Aus, keine Wasserstoffbomben an der EIbe.

Fast mindestens so katastrophal war sein Imageverlust bei der Mafia und selbst bei den eigenen Leuten. Korrupte Militärs und Agenten sind eben auch Beamte und bekommen leichter kalte Füße als andere Menschen mit anspruchsvollen Jobs. Man redete über ihn, hinter vorgehaltener Hand. Kein gutes Zeichen. Und jetzt war der Texaner verschwunden!

KAPITEL 26

“Wer ist in der Leitung?” fragte John Mainard, der Stabschef des Oval Office seine Sekretärin. “Schon der dritte Versuch heute morgen, ist Jeff Immerman, scheint wichtig zu sein” säuselte Cindy. Jeff Immerman war immer wichtig. Er war CEO von General Electricity, einem der mächtigsten Konzerne weltweit, von der Halbleiterplatte bis zur Lenkwaffen gestützten Drohne, alles im Sortiment, sogar eine eigene Bank hatte der Konzern. Immerman war persönlicher Berater des Präsidenten in allen Fragen der Technologie, angefangen bei den unsäglichen Windmühlen. John Mainard war kein Freund von diesen neumodischen Stromerzeugern, die aus seiner Sicht nur die Landschaft verschandelten. Und irgendwas war da noch mehr, er schien einen ungeheuren Einfluss auf den Präsidenten zu haben, und was den Stabschef am meisten wunderte, offenbar auch auf die First Lady. Man munkelte, auch er sei ein “Skull”. Also bemühte er sich, freundlich zu klingen.

“Morgen Jeff, bitte kurz, wir sind mitten in der Kongressvorlage dieser

verdammten Gesundheitsreform, Sie wissen doch ... “

“John, Sie erinnern sich bestimmt, als ich Ihnen von unserer damaligen Akquisition in Europa, im verschlafenen Österreich, erzählt habe. Diese Firma Senbacher hatte aus unserer Sicht ordentliche Gasmotoren entwickelt, klein genug, um unsere Gasturbinen nicht zu gefährden”.

Beide Männer mussten fast gleichzeitig lachen. Mütter, die dieses Lachen gehört hätten, würden beide nicht allein mit ihren Kindern lassen.

“Und eine konkrete Idee, wie man dieses Gas produziert, war auch da, ohne Erdgas oder Öl. Fantastisch, oder?”

“Ja, ich erinnere mich. Und?”

“Wir haben ein Problem, da ist jetzt so ein komischer Vogel aufgetaucht, ein Deutscher, der sich mit seinen Patenten vor unsere gesetzt hat. Dazu hat er Müllentsorgung und synthetischen Treibstoff erfunden und mit seinen Low-Speed-Engines gefährdet er nicht nur unsere Senbacher Gasmotoren, sondern unser gesamtes Gasturbinenprogramm. Wenn er durchkommt, können wir zwei von unseren 5 Geschäftssparten schliessen."

"Ja, Jeff, ich sehe Ihr Problem, ist in der Tat kein kleines. Und an was hatten Sie gedacht?"

"Wenn man seinen Namen auf eine der Terroristenlisten bekäme, den Rest machen dann unsere Psychopathen von der Nazi-SA in Stuttgart - Deutschland. Dort ist ein besonders dämlicher Haufen von Agenten unterwegs, das sollte hinhauen."

"Jeff, ich kümmere mich darum, noch einen schönen Tag und Danke für Ihr Verständnis."

Was Jeff Immerman nicht wissen konnte war die Tatsache, dass in Stuttgart nicht nur Argenten für Uncle Sam tätig waren, sondern auch Teile der europäischen Mafia.

KAPITEL 27

Zwei Stunden später, im Vorstandsekretariat von Wolfgang Sacher, CEO von Liemens AG in München, dem Hauptkonkurrenten von GE, mit ähnlicher Produktpalette bei etwas mehr Schwerpunkt in der Kernenergie, klingelte ebenfalls das Telefon. Seine Sekretärin, eine strenge Mitfünfzigerin im voll ausgefüllten Dirndl, meldete Paris und stellte durch. Jean-Claude Vitron von Aralka hatte es eilig.

"Bon jour, unser gemeinsamer Freund, der Jäger, geht uns langsam auf die Nerven, hat doch die Frechheit in unserem Terrain zu wildern. Erst veröffentlicht er sein Abfallpatent überall auf der Welt, sogar in China und Russland, aber nicht in La France, und dann trifft er sich in unserer alten Kolonie in West-Afrika mit der halben Regierung der Elfenbeinküste in Abidjan, um über Energieprojekte in der Größenordnung von Euro 2 Milliarden zu reden. Schaltet unsere Leute aus, vom BND war auch einer dabei, die einen unerklärlichen Verkehrsunfall in Stuttgart haben!"

"Und unseren deutschen Botschafter in Abidjan, der zuverlässig auf der Liemens-Gehaltsliste steht, hat er auch ausgebremst, den Botschafter der Elfenbeinküste in Berlin übrigens auch. Wie macht der Kerl das? Kann der zaubern? Halb West-Afrika hat er mit seinen Angeboten verrückt gemacht, Ghana, Liberia, Mali, Burkina Faso ... "

"Und jedem erzählt er, die Franzosen hätten keine Ahnung und unsere Turbinen wären Mist," fauchte Vitron. Sacher musste - und konnte - grinsen, denn Vitron konnte ihn nicht sehen. Stimmt ja auch, dachte er.

"Alle 5 Minuten ruft einer von den Corleones bei mir an und nervt mich, wann wir endlich das Verfahren von diesem Cretin haben. So kann das nicht weitergehen, unser Abfallmonopol ist in Gefahr, ganz zu Schweigen von unserer Kernenergie."

Sacher dachte an seine russischen Turbinen, verabschiedete Jean-Claude und versprach umgehende Aktion.

“Bitte sofort Berlin, Auswärtiges Amt oder Innenministerium, wen Sie von bei den an die Strippe kriegen!”

Beide Minister, der eine von der FDP, der andere von der CSU waren “Skulls” und schon vorinformiert.

“Der Herr Aussenminister befindet sich auf dem Wege nach Israel und ist nicht erreichbar, Herr Innenminister Diedrichs ist in der Leitung, die Verbindung ist schlecht, er ist unterwegs,” flötete der Dutt.

“Sacher, was gibt es, wann wird endlich dieses Land vernünftig verkabelt? Machen wir es kurz, weil ich nicht weiß, wielange die Verbindung hält.”

“Unser Freund mit dem Wundertreibstoff macht jetzt auch die Frenchis kirre und mich, ehrlich gesagt, auch. Irgendeine Idee? Wir haben doch noch einige Plätze im Lager frei oder hat die CIA alles belegt?”

“Nein, guter Punkt, die Psychopathentruppe aus Stuttgart hat sich auch schon bei uns gemeldet, die kümmern sich drum. Entweder er wird bei dem Überfall erschossen - Selbstmord für die Presse - oder er kommt in unser nettes Gestapolager in Hessen, Haina, echt kuschelig dort - Dead or Alive.”

Vitron bedankte sich, er war beruhigt, die Gaulloise schmeckte gleich doppelt so gut.

Ungefähr zur selben Zeit klingelte das Telefon bei Bob Rektor, dem Geschäftspartner des Jägers. Er fühlte sich nicht gut, die Psychopharmaka Dosis war nicht stark genug gewesen. Schon zweimal hatte er auf dem Display die Vorwahl von Israel gesehen und er wollte die vermeintlich schlechten Nachrichten über den Baustopp in Ghaza nicht hören. Erst verspricht ihm die Regierung in Tel Aviv alles und er baut eine ganze Siedlung direkt am Grenzzaun, um die Palästinenser vor vollendete Tatsachen zu stellen, die verdammten Araber, und dann machen ausgerechnet die Amis Stress, die Demokraten natürlich. Unter Bush war die Welt noch in Ordnung gewesen. Widerwillig nahm er ab.

“Moshe, schon wieder Baustopp?”

Moshe Jenava war CEO der Rektor-Gruppe in Israel, kein Imperium mehr wie zu Zeiten seines Vaters. Beide Söhne hatten das Kunststück fertiggebracht, ein Milliardenvermögen in nur 10 Jahren im Wesentlichen aufzulösen.

“Nein, von der Baufront nichts Neues, die Regierung wird uns den Schaden ersetzen, die Bestätigung habe ich mündlich erhalten. Es geht um Euren Wasserstoff, den können wir hier gebrauchen.”

“Mich interessiert mehr der Müll, bei meinem Partner blicke ich nicht mehr durch, der will an den Iran verkaufen.”

“Was? Aber Dir gehört doch die Firma!”

“Schon, aber der macht was er will.”

“Verstehe, gute Besserung.”

Moshe Jenava, der im 6-Tage-Krieg als Kampfpilot für Israel gekämpft hatte, verkniff sich eine Bemerkung und merkte sich in seinem Kalender vor, innerhalb der nächsten 48 Stunden mit dem Partner seines Arbeitgebers ein längeres Gespräch zu führen. Irgendwie mochte er den Jäger, jedenfalls mehr als seinen degenerierten “Chef”, wenn man Rektor so nennen wollte.

Etwa zur selben Zeit spendierte sich Arkdij Tolskij, ehemaliger Hauptmann der sowjetischen Luftwaffe, danach hoher KGB-Offizier überwiegend stationiert in Berlin und heute Technologie-Experte für den Inlandsgeheimdienst FSB in Moskau mit Spezialgebiet als ausgebildeter Ingenieur Turbinen jeglicher Prägung, zu seinem selbst gekochten Kaffee, ähnlich wie in der Türkei oder Griechenland üblich, seinen ersten Vodka, mit sichtlichem Vergnügen und für seine Verhältnisse recht spät an diesem unfreundlichen Spätsommertag. Diese Leidenschaft, weniger die für den

Kaffee, war auch mit dafür verantwortlich, dass man ihn beim FSB nicht mehr für die ganz wichtigen Probleme einschaltete. Auch war sein ehemals großes Büro am Kudamm in Berlin in bester Lage, besetzt mit einigen FSB-Junioren und ettlichen ehemaligen Stasi-Agenten, einer kleinen Klitsche gewichen, die er sich auch noch mit einem obskuren Bulgaren teilen musste, der offiziell die staatliche bulgarische Fluggesellschaft vertrat. Aber immer noch am Kudamm, der auch schon bessere Zeiten gesehen hatte.

Arkadij Tolskij sass an seinem Schreibtisch in einer Moskauer Aussenstelle des FSB, wo er sich alle drei Wochen zum Rapport und zur Abstimmung der Aktivitäten für etwa eine Woche aufhielt, um dann nach Berlin zurückzukehren, balancierte den zweiten Vodka in seine Kaffeetasse und dachte über die Nachrichten nach, die er gerade über sein geschütztes Account von seinem Computer, Marke Eigenbau KGB, abgerufen hatte. Es lief gut, sein Plan schien aufzugehen. Er steckte sich eine Filterlose der sehr guten russischen Zigaretten an und musste unwillkürlich bei der

Erinnerung an ihr gemeinsames Scheibenschießen um 3 Uhr morgens in einem polnischen Nobelrestaurant in Warschau lächeln, als Dimitrie mit seiner Beretta die gesamte kunstvolle Wandbeleuchtung ausgeschossen hatte, im voll besetzten Restaurant und stellte mit großer Zufriedenheit fest, als Mann des kalten Krieges, als die Welt noch in Ordnung war, die Amis saßen in der Falle, sie hatten sich selbst erledigt. War auch nicht so schwer gewesen. Früher hatten sie überwiegend mit der CIA zu tun gehabt, und das war noch alte Schule und ähnlich gute Qualität wie vom KGB, aber heute schickten die Cowboys Kindersoldaten von der NSA und irgendwelche Computer-Psychopathen los, die von nichts einen Plan hatten. Kein Alkohol, kein Fleisch, kein Sex, reine Roboter. Fast hätte er auf den Boden gespuckt, solche Abscheu empfand er für die neue Welt der amerikanischen Geheimdienste.

In Moskau sprangen mittlerweile auch ein paar von dieser Sorte rum, aber bei den Amis musste es regelrecht Nester geben. Nach 3

Flaschen seines Lieblingsgetränks war er durchaus der belastungsfähigen Überzeugung, dass diese Wesen aus Eiern schlüpften, keine Menschen waren. Als Spione taugten diese Streber jedenfalls nichts. Er hatte sie ordentlich in die Falle gejagt. Es freute ihn nicht nur, weil es der Sieg über den alten Klassenfeind war, sondern weil es sich bei dieser NSA auch um die größte Nazi-Vereinigung weltweit handelte. Der Chef von denen lief sogar im US-Senat, bei Anhörungen, in Uniform rum wie Göring, des Führers größter Marschall.

25% der arbeitenden Bevölkerung also jeder vierte erwerbstätige Amerikaner arbeitete mittlerweile für die Gestapo (NSA). Selbst den meisten CIA-Leuten, die nun auch nicht gerade Kommunisten waren, war das zuviel und zutiefst zuwider. Viele hatten sich bei ihm gemeldet. Auf jeden Fall hatten sie die Bastarde besiegt, Gabriel, der Jäger, hatte seinen Part hervorragend gespielt. Die russischen Informanden innerhalb der NSA hatten Moskau glaubhaft gemeldet, dass die NSA vom Jäger regelrecht aufgemischt worden war. Eigentlich unvorstellbar, und bei der CIA oder dem KGB wäre Gabriel keine zwei Stunden weit gekommen, aber bei dem Trottelhaufen kein Wunder.

Und das soll der grösste Geheimdienst der Welt sein oder besser gewesen sein? Er langte nach Nachschub für seine dritte Tasse, mit etwas kalten Kaffee als Tarnung. Sie hatten nur ein bißchen den E-Mail-Verkehr von Gabriel manipuliert, der es so aussehen ließ, als ob er Technologie in den Iran oder nach China schaffen wollte. China hatte nicht so funktioniert, weil der schlaue Jäger den Braten gerochen hatte, aber beim Iran hatte er selber mitgeholfen, da er im Streit mit seinem grenzdebilen jüdischen Partner entsprechende Äußerungen über Kontakte zu den Ayatollas vorgetäuscht hatte, was natürlich bei näherer Betrachtung größter Blödsinn war.

Aber die Trottel von der NSA waren reihenweise auf diesen Schwachsinn reingefallen. Selbst wenn es der Fall gewesen wäre, hätte es nichts mit den USA oder der NSA zu tun gehabt, da es um das Patent des Jägers ging und das gehörte keinem Staat! Aber was hatte Gabriel mit dem Iran zu schaffen? Dann wohl eher mit Israel. Also ging es eindeutig um einen geplanten Raub der Nazis oder der Loge, die dann auch noch in Absprache mit der jüdischen Mafia einen Raubmord initiierten, bei dem sie zwei ihrer eigenen Leute erschossen, anschließend den armen Jäger in ihr Gestapo-Lager verschleppten und folterten. Natürlich ohne Erfolg, und die Russen warteten ab und beobachteten, jeder amüsierte sich über die

Trotteltruppe. Und nicht nur die Russen beobachteten. Aufgrund der exzellenten Übertragungsrechte des Jägers schauten alle zu, wirklich alle.

Moskau wollte nicht, dass Arkadij eingriff. Es wäre ein Leichtes gewesen, die Kindergartentruppe auszuschalten und den Jäger zu entführen. Sehr zu Arkadijs Bedauern, denn er empfand große Sympathie für Gabriel, mit dem er einiges in den Jahren gemeinsam erlebt hatte, aber der russische Energiegigant Gazcrom, No. 1 auf dem Weltmarkt, hatte ähnlich wie die Ölmagnaten SO, English Petroleum und SNELL wenig Interesse an einer Konkurrenz, zudem ihrer Technologie, wenn man es so nennen wollte, weit überlegen, ihrem eigenen rohstoffausbeutenden Wirken die Monopolstellung streitig machend.

Also ließ man die NSA bei ihrem Piratenauftritt gewähren, um im 2. Schritt durch gezielte Veröffentlichungen den kriminellen Nazihaufen komplett auszuschalten. Also hatte Moskau zwei Fliegen mit einer Klappe geschlagen, dank der Amateure in den amerikanischen Geheimdiensten. Der Feind von innen quasi, Arkadij hatte nur ein bisschen an der Schraube gedreht.

Der Kaffee schmeckte hervorragend. Dieser Erfolg würde seinem angekratzten Image guttun und möglicherweise von diesem verdammten Bulgaren befreien. Als echter Russe hatte er nicht viel übrig für die Bewohner der ehemaligen Bruderstaaten, sie waren einfach Lakaien für ihn. Und mit Laien teilte man sich kein Büro.

Zur selben Zeit, als sich Arkadij Tolskij in Moskau an seinen Computer setzte, klingelte in London, im SNELL-Tower, im Büro des CEO Peter Thompson auf der 32. Etage das Telefon mit direkter Durchwahl. Es war ein Regierungsanschluss, der in der Regel von Mitarbeitern des militärischen Dienstes benutzt wurde. Allerdings selten um diese frühe Uhrzeit. Am Display konnte er erkennen, dass es sich um seinen Dauergast handelte. Jedenfalls in der letzten Zeit, Edward McMillan von der Abwehr, der für die Royal Navy in Schottland saß.

"Peter, wo brennts?"

"Die Profis von der NSA schlagen alle Rekorde. Jetzt glauben sie, Gabriel will das Know-How für Atombomben an die Ayatollas liefern, und Moskau hat seine Finger auch drin, die verarschen die Kindersoldaten von der NSA komplett. Können Sie nicht, mir sind die Hände gebunden, den Jungs von der CIA einen Tipp geben? Das ist ja peinlich!"

"Hab ich bereits, letzte Woche im Club, aber der Nazihaufen hat zur Zeit in Washington die Hosen an. Sie wissen doch, dieser Quatsch mit NWO neue Weltordnung und so. Aber ich darf Sie daran erinnern, dass Ihr eigener Admiral auch davon träumt, Wasserstoff-Torpedos am Fließband herzustellen und zu verschießen. Wir denken an Energie und Treibstoff und die doofen Soldaten träumen von Bomben."

Beide lachen.

"Unsere Royals von MI5 gehen mir auf die Nerven, der Buckingham Palace ist involviert, genau genommen Prinz Philipp."

"Seit wann baut der Ehemann unserer Königin Bomben?"

"Nein, er hat ein echtes Dilemma, auf der einen Seite ist er "Skull", auf der anderen Seite ist er der Großvater von Gabriel. Eine kurze Eskapade auf rein deutscher Seite, Sie verstehen, mit der Gräfin Bonhoff, als er noch Battenberg hieß. Aus der Verbindung entstand eine Tochter, die spätere Mutter von Gabriel. Buckingham ist schwer eingebunden in diesen NWO-Mist, naja, generell gibts im Adel viele Nazis, sind ja bekanntlich nicht die Schlausten ... “

“Vermutlich haben Sie recht, die Haupttätigkeit der Spione, abwarten und beobachten.”

“Genau, ehrlich gesagt, passt uns diese Spaltung von Kohlenwasserstoffen auch nicht sonderlich. Solange ein Tropfen britisches Öl in der Erde ist, sollten wir jede andere Technologie ausschalten, das sehen die amerikanischen, russischen und saudischen Kollegen ähnlich.”

“Yes, Sir, und wenn man dann auch noch damit Atombomben herstellen kann, quasi im Do-it-yourself, dann erst recht. Einen schönen Tag noch.”

Lachend legten beide auf. Peter Thompson schaute nachdenklich auf die Themse. Natürlich hatte dieser Gabriel in jedem Punkt mehr als recht, das musste man nur den doofen Millitärs nicht auf die Nase binden. SNELL hatte im letzten Jahr gezielt den halben Planeten unter Vertrag genommen, um Flächen für den Anbau alternativer Einsatzstoffe zur Verfügung zu haben. Diese Scheiss-Soldaten mit ihrer Bombe, Vollidioten, dass sich H im Wasser H20 befindet, wusste jedes Kind, jedenfalls im Vereinigten Königreich. SNELL würde sich vom Militär nicht beeinflussen lassen.

Zur selben Zeit war es noch sehr früh morgens in ChongQuing, der größten Stadt der Welt mit 35 Millionen Einwohnern auf einer Fläche so groß wie Österreich und keinem größeren Gebäude, das nicht nach 1989 neu gebaut worden war, als Jin Huang, Journalistin und Mitarbeiterin des Politbüros in Peking auf dem Weg zu Peter Wong war, Bürgemeister eben dieser einmaligen Stadt. Sie war mit dem Intercity, der doppelt so schnell wie sein Namensvetter in Deutschland war, aus Schanghai gekommen, nachdem sie den Baufortschritt der Anlage in Hangzhou, einem Kaff 200 km südlich von Schanghai, besichtigt hatte. Sie musste nur einige Minuten warten und wurde vorbei an den Wartenden in sein Büro geführt. Wong bestellte für beide Tee und erkundigte sich nach dem Baufortschritt der Anlage.

“Weshalb diese Verzögerungen?”

“Die Pläne über die Combuster sind nicht vollständig. Irgendwie hat uns Gabriel geleimt, wir müssen die Pipes selber entwickeln und die Materialstärke der Resonanzrohre durch Tests ermitteln. Das kostet Zeit. Den Stickstofferzeuger haben wir nicht erhalten, die Fertigung der Armaturen ist aufwendiger als gedacht. Es sind über 500 Klappen und Ventile in der Anlage. Das Aluminiumoxid für die Ausmauerung war mangelhaft und wir benötigen Neues. Die Schleuse für den Eintrag der Einsatzstoffe in den Reformer ist hinsichtlich der Anforderungen an Druck und Temperatur doch komplexer als angenommen. Die Gebläse haben es in sich, vor allen Dingen der Blower, der zum Start das Wirbelbett, quarzhaltigen Spezialsand von 50 Tonnen, anheben muss. Wir haben in China nicht das Know-How, auch für die Generatoren. Wenn wir Gabriel hier hätten, wäre es einfacher.”

“Immer noch im Lager eingesperrt?”

“Ja, die Amis und die Deutschen foltern ihn, die Ratten, aber natürlich ohne Ergebnis, er lacht sie aus.“

“Welche Amis?”

“Army und NSA, also Trottel-Liga pur.”

“Wir müssen ihn da rausholen, ich werde mit Peking reden, das wird schon.”

“Das wäre gut, der Fuchs kennt jede Unterlegscheibe der Anlage und hat ja auch das entscheidende Patent veröffentlicht. Eigentlich müsste er den Nobelpreis erhalten, wenn die Europäer nicht so korrupt wären.”

“Was will er?”

Vergeltung, $ eine Milliarde und ein Chateau.”

“Chateau?”

“Eine Marotte von ihm.”

“Dann bauen wir eins für ihn.”

“Wird er weich werden?”

“Gabriel? Niemals, sie haben seinen Hund erschossen, haben ihn über 8 Jahre gefoltert, er und Armee, das ist ungefähr so, als wenn Wasser den Berg rauffließt, unmöglich, er ist ein Freigeist. Er hasst alles Militärische.”

“Gut, dann werden wir ein bißchen mit dem Dollar spielen und dann schauen wir mal wie die “Skulls” dann aus der Wäsche gucken - Gute Fahrt.”

Sie nahm die U-Bahn zum Hauptbahnhof und dachte darüber nach, dass sie Gabriel eigentlich nicht hier gebrauchen konnte. Was Peter Wong nicht wissen konnte, war die Tatsache, dass Jin mit den Russen enge Kontakte pflegte, gegen Rubel und als Bettgenossin.

KAPITEL 28

Am selben Vormittag surrte die Bremse der Rolle einer Hochseeangel, befestigt am Heck einer 15 m Motoryacht, die 3 Meilen vor der westafrikanischen Küste bei 5 Knoten kreuzte und die Schleppangeln für Blue Marlin oder Schwertfisch zog, die dem Botschafter der Bundesrepublik Deutschland in Abidjan, der Hauptstadt der Elfenbeinküste gehörte, Peter Baumann, ein dicklicher korrupter tief braun eingefärbter typischer Staatsdiener, von dessen Sorte es im Auswärtigen Amt nur so wimmelte.

“Bon, Du hast ihn, Peter, lass ihn laufen und mach ihn müde”, tönte es von der Brücke der Yacht, an dessen Steuer der Eigner stand und die beiden 600 PS Innenborder Volvo Penta in den Leerlauf schaltete. Das Boot dümpelte im Schritttempo, während der Deutsche hektisch schwitzend die Angel aus der Halterung nahm, sich auf einem der beiden Hecksitze mit den Hosenträgergurten festschnallte und die Angel im Bauchgurt in der vorgesehenen Halterung befestigte. Jetzt war auf Gedeih und Verderb mit dem Fisch verbunden.

“Keine Hektik, Peter, lass ihn laufen”, kam es erneut von der Brücke, in dem für Franzosen typischen, charmanten Tonfall. Pierre Vouchon, Großgrundbesitzer in dritter Generation in der Elfenbeinküste, einer ehemaligen Kolonie der Grande Nation, in der nach wie vor 10.000 Mann der französischen Armee stationiert waren. Vouchon war der Herr des Kakaos, dem Hauptexportartikel der ehemaligen Perle West-Afrikas, und er konnte, und machte es mit Vorliebe, über die Rohstoffbörsen den Weltmarktpreis für Kakao wesentlich beeinflussen, was finanziell wesentlich ertragreicher war, als sich mit irgendwelchen Pilzen oder anderen Schädlingen in seinen Plantagen herumzuärgern.

Jetzt musste er erstmal diesen Boche auf die Spur bringen. Nun hatte dieses Volk von Lakaien endlich mal einen vernünftigen Typ mit einer epochemachenden Erfindung, und was machten sie? Sie bekämpften diesen Gabriel und ließen sich vor den Karren der debilen Armee, auch noch der Brits und der Amis, spannen, ohnehin ein Haufen amoralischer Psychopathen und Krimineller. Die Grande Nation konnte das Gas und den Sprit gut gebrauchen, er würde sich die Chance nicht entgehen lassen, in 3 Tagen würde der Deutsche mit einem Techniker in der Air France Maschine sitzen und in Abidjan landen, in seinem Abidjan.

"Peter, wieviel Schnur hat er schon?"

Der Botschafter wischte sich die beschlagene Brille trocken, schielte auf die schwere Hochseerolle mit der 80er Schnur.

"2/3 ist weg, schätze ich."

"Dann wird es Zeit."

Baumann stellte die Bremse in die Nullstellung, die Angel bog sich unter dem plötzlichen Widerstand bedenklich und Baumann wäre ohne Hosenträgergurt unter dem Druck mit Sicherheit über Bord gegangen. Er begann noch mehr zu schwitzen.

"Bon, den haben wir, jetzt pumpen mit der Angel und immer ein paar Meter einholen, die Schnur immer straff halten, sonst ist er weg."

Baumann kurbelte wie ihm geheißen, dem Herzinfarkt nahe. Als er die letzten 100 m erreicht hatte, sprang der Fisch das erste Mal, ein wunderschöner 2 m Blue Marlin mit 80 kg, dessen blau-grüne Rückenflosse die Sonne spiegelt und ihn wie ein majestätisches Fabelwesen erscheinen ließ.

"Wenn er springt, geht ihm die Luft aus, Petri Heil sagt Ihr, glaube ich bei Euch, wobei wir Franzosen mit dem "Heil" so unsere Mühe haben."

Vouchon gab einem seiner beiden Matrosen ein Zeichen. Dieser befreite Baumann, sichtlich erleichtert, von Angel und Gurt, landete den Marlin an Backbord, hakte das Gaff unterhalb der Kiemen im Unterkiefer ein, befestigte die Winde am Gaff und hievte den Fisch an Bord, wo er unter der Ladeluke im Fangraum verstaut wurde.

Vouchon war mit dem bisherigen Verlauf ihres Ausflugs sehr zufrieden, übergab das Steuer an den anderen Matrosen und gab Kurs Hafen vor. In bester Laune stand er mit zwei eisgekühlten Bier neben Baumann.

"Nochmals Glückwunsch, verhungern werden wir heute nicht. Ich würde mich glücklich schätzen, wenn ich Sie gleich bei Gaston im Hafenbistro auf ein kleines Brunch einladen könnte. Ich habe jedenfalls Appetit und mit etwas Glück kann ich ihm unseren, Pardon Ihren, Fang verkaufen. Er hat übrigens eine exzellente Küche, wie stehts?"

Baumanns Adrenalinspiegel war wieder im Bereich des Normalen und er hatte sowieso immer Appetit. Er nickte zustimmend.

"Gerne, hatten Sie nicht auch ein Anliegen an mich? Und können wir im Hafen noch ein Foto mit mir und dem Fisch machen? Und meinen Sie, dass ich ein paar Kilo von dem Fisch mit zu meiner Familie nehmen kann? Soll ja sehr gut schmecken."

"Selbstverständlich, delikat, wie zartes Kalbsfleisch, nicht fischig, ich schenke Ihnen den ganzen Fisch ... "

"Nein, 5 kg maximal, um was geht es?"

"In drei Tagen landet ein Landsmann von Ihnen in Abidjan, der mit einigen Regierungsvertretern Gespräche über Energie und die Verwertung der Ölschlämme und des minderwertigen Rohöls aus den staatseigenen Raffinerien führen wird. Wir haben ihn im Bunga-Bunga Hotel von Sosal, unserer Ölgesellschaft, untergebracht und es könnten durchaus bewegte Tage für ihn werden, wenn Sie verstehen, was ich meine. Es kann auch sein, dass sein Aufenthalt länger dauert als die geplanten 4 Tage.

Es könnte sein, dass man ihn sucht. Keine Sorge, es wird ihm nichts passieren, nur ein bisschen Drogen, Frauen und die richtigen Fotos. Ihre Aufgabe wäre lediglich, dass sie ihn nicht finden, wenn sich das Auswärtige Amt, vielleicht sogar die Brits oder die Amis melden, vermutlich aber die Tölpeltruppe MAD aus Wiesbaden. Ist nicht zuviel verlangt, oder?"

“Das wird sich schon einrichten lassen, wenn Sie mir beim Essen noch mehr über den Hintergrund erzählen. Sosal entführt doch nicht einfach so einen armen Deutschen.”

Beide mussten lachen.

“Bien sur, gibt auch eine nette Belohnung.”

Baumann hatte des Fisch-Duell endgültig verarbeitet, hatte wieder den fürs Auswärtige Amt typischen verschlagenen, servilen Gesichtsausdruck und nickte.

“Eine Million Euro auf Ihr Nummernkonto bei Paribas in Paris.”

Beide genossen schweigend die Rückfahrt in den Yachthafen von Abidjan, die 1.200 Pferdestärken donnerten um die Wette und hätten jede Unterhaltung sinnlos gemacht.

Gaston, der kreolische Wirt des gehobenen Bistros im Yachthafen von Abidjan, früher Soldat der französischen Streitkräfte und jahrelang stationiert in Cote d’Ivoire hatte liebend gerne den Fisch übernommen, dem Deutschen ein schönes Rückenstück von 6 kg ausgelöst und für seinen Stammkunden und seinen Gast zwei große Scheiben über Holzkohle delikat mit Knoblauch und Origano zubereitet, nachdem er auf die Schnelle zwei üppige Vorspeisenteller als Cappaccio , nur eine halbe Stunde eingelegt in etwas Öl, Wein und Zitrone, gezaubert hatte. Er öffnete gerade die zweite Flasche Merssault für seine beiden Gäste und dachte über die Gesprächsfetzen nach, die er bei Pierre Vouchon aufgeschnappt hatte, als er laut und blumig diesem schwitzenden Boche-Botschafter die geplante Entführung des Jägers im Auftrag von Sosal schilderte.

Er mochte den Kakaobaron, wie sie ihn hier an der Küste nannten, nicht sonderlich und er war bei den Einheimischen, wie die meisten weißen Franzosen, die hier als “Kolonialherren” lebten und sich zumindest in der Vergangenheit entsprechend aufgeführt hatten, verhasst. Es hörte sich alles nach einer ziemlichen Schweinerei an, was sie offensichtlich mit diesem Typ vorhatten.

Und dann würden Vouchon und seine Cretins aus Paris wieder

den Daumen auf einer sinnvollen Technologie haben, so wie er die Kakaobörse weltweit mit seinen geerbten Plantagen manipulierte? Er schnaubte innerlich und schenkte sich einen Pastis mit wenig Wasser ein.

"Mes Signeures, noch einen Wunsch? Habe noch eine köstliche Tarte au Chocolat im Kühlschrank, dazu vielleicht ein Espresso mit einem doppelten Digestif, aus Walnüssen, selbst gemacht?"

Baumanns verschlagene Botschafteraugen blitzten gierig, das feine Wallnussöl hatte sich mittlerweile an seinem speckigen Kinn gesammelt und er nickte kauend. Der Kakaobaron betrachtete zufrieden seinen Nachbarn und nickte ebenfalls, besser hätte dieser Vormittag für ihn nicht laufen können. Den korrupten Boche hatte er im Sack.

Gaston ging zurück zur Bar, um die Getränke vorzubereiten. Bunga-Bunga könnte er auch, dachte er, klang alles ziemlich aufregend und die Technologie war in Afrika besser aufgehoben als bei Sosal in Paris. Er würde gleich am Nachmittag mit Anna reden, die ab und zu dem ältesten Gewerbe der Welt mit Touristen nachging, um ihre Miete zu bezahlen und sie zum Flughafen schicken, um die beiden Deutschen zu empfangen, wäre doch gelacht.

KAPITEL 29

Er ärgerte sich, dass er sich von Scholtmann zu diesem Termin hatte überreden lassen. Irgendwie mochte er Scholtmann, Ende 50 und trotz Agentur (BND/MAD) Schaumschlägerei ein Mann mit Manieren und dem besten Kuchenverständnis innerhalb der Mülltüten-Fraktion. Er brachte zu seinen häufigen Terminen bei SPOT in Frankfurt erstklassige Kuchen vom Ammersee mit. Aber immer Abfall, wenn er im Spiel war.

Und jetzt auch wieder. Zum "Andocken" an seine Technologie, aber das hier war die Krönung. Sie waren auf einem ehemaligen Militärstützpunkt der DDR-Volksarmee in Thüringen und alles roch nach einer großen Schweinerei. Er hatte gerade die Anlage, nagelneu, unbenutzt aus den hochwertigsten Materialien einschließlich zwei jungfräulichen 400 KW Deutz LKW Motoren inspiziert. Es sollte Ethanol erzeugt werden, technisch und strategisch nicht der Brüller, aber warum nicht? Jedoch auf keinen Fall hätte Gabriel Euro 25 Millionen für den Unfug versenkt. Auch noch kräftig gefüttert mit EU-Fördermitteln. Und dann der Störfall.

Wieso? Irgendetwas war hier megafaul. Betonwände von den Sicherheitsanforderungen her wie in einem Atomkraftwerk.

"Gab es bei dem Störfall gravierende Schäden?" fragte er sein Gegenüber, den Geschäftsführer, schon zu DDR-Zeiten in der biologischen Kampfmittelforschung tätig, der die Frage erwartet zu haben schien.

"Vollkommenes Fischsterben im angrenzenden Fluss auf einer Länge von über 10 km Länge."

"Warum so krass?"

"Meine Kampfhund-Bakterien hatten Appetit," sagte der Diplom-Biologe und Gabriel meinte in dem Gesicht seines Gesprächspartners so etwas wie Stolz, vielleicht Vatergefühle, erkannt zu haben.

“Meinen Bakterienstamm habe ich über die Wende gerettet, ohne viel darüber zu reden. Ging ja damals alles drunter und drüber und strengst vertraulich. Aber jetzt ist die Zeit reif, in Verbindung mit Ihrer Wasserstofftechnologie. “

Gabriel konnte ein Schaudern nicht unterdrücken.

“Aber Ihre Anlage ist nicht wirtschaftlich, das bisschen Schwachgas und Ethanol machen den Kohl nicht fett,” entgegnete der Jäger.

“Stimmt genau,” der Bio-Waffen-Erfinder hatte sich wieder gefangen. “Aber der Abfall, den wir einsetzen, wird uns mit Euro 500/Tonne vergütet, sensationell.”

“Wer zahlt diese Preise? Siedlungsabfälle liegen im Durchschnitt bei der Hälfte.”

“Meine Bakterien sind auf Eiweiß spezialisiert, wie Piranhas im Amazonas, ein totes Pferd verschwindet innerhalb einer halben Stunde. Catering-Abfälle von der Lufthansa, Fleischabfälle aus der Lebensmittelindustrie, Kunden von uns schlachten 50.000 Schweine in der Woche oder eine Million Hähnchen im Jahr.”

Jetzt war die Katze aus dem Sack.

“Also sind die landwirtschaftlichen Abfälle wie Stroh als Einsatzstoffe lediglich Makulatur. Die Ethanol Herstellung zweitrangig.”

“Genau, seit dem Störfall haben wir Schutzanzüge für die Mitarbeiter.

Die haben sich gewundert.”

“Nichts für uns,” entgegnete Gabriel. “Stellen Sie sich mal eine verschleppte Epedemie mit Ihren Kampfhundbakterien vor. Wenn die Behörden nicht vollkommen verblödet sind, wird es Probleme mit der Genehmigung geben.”

Er verabschiedete sich von den beiden Mülltüten und verfiel nach Erreichen der Autobahn in gemütliche 150 km. Da hilft der beste Kuchen nichts, immer wieder dasselbe mit den Abfallfritzen. Sicher schon über 100 Besprechungen in den letzten Jahren - mit den Russen in Polen, den Holländern, den Türken, den

Griechen, den Afrikanern, den Amis, diversen Inländern aus der Abfallwirtschaft, den Frenchis. Auf der Höhe von Eisenach hatte er gedanklich seine ablehnende Stellungnahme für Scholtmann beendet. Keine weiteren Treffen mit ihm, schwor er sich.

Auf einem ganz anderen Blatt stand die strategische Abhängigkeit, in die er sich mit einer Mülltüte als Geschäftspartner begab. Abfall hatte erst dann eine Zukunft, wenn man den Scharlatanen oder dieser Mafia die Einsatzstoffe abgenommen hätte. Der Status Quo begünstigte lediglich den Diebstahl der Technologie.

KAPITEL 30

Die beiden leitenden Angestellten des schwedischen staatlichen Energieversorgers Lattenfall und der Vertreter des königlich schwedischen Nachrichtendienstes SOPO verließen das Schloss durch einen Nebeneingang und steuerten in Eile ihre angestammten Büros in der Stockholmer City an, auch weil der Feierabend nahte. Sie hinterließen eine etwas ratlose Ann-Kristin Wasa, Nichte des schwedischen Königs, SOPO-Agentin und Abkömmling des mächtigen Wasa-Clans.

Ursprünglich hatten sie heute vorgehabt, das Projekt SPOT zu beenden , weil erledigt. Aber es schien gerade wieder von Neuem zu beginnen. Mit dem Start der ersten Bauaktivität in Brandenburg hatte Lattenfall Tuchfühlung zu SPOT, der Firma von Gabriel, gehalten und von allem und jedem Kopien erhalten. Die Ex-Stasi-Truppen waren froh, wenn sie sich etwas dazuverdienen konnten. Amtliche Unterlagen für das Landesumweltamt Brandenburg, der Genehmigungsbehörde, sogar die Baupläne für den Hallenboden des alten Kesselhauses, alle Protokolle der zahllosen Gespräche Gabriels mit Vertretern der Landesregierung Brandenburg fanden ihren Weg nach Stockholm. Finanziell hing das Land Brandenburg in jeder Hinsicht von den Schweden ab, Betreiber der unsäglichen Braunkohle-Förderung und -Verfeuerung.

Nichts schien zu helfen. Gabriel war ihnen immer zwei Schritte voraus. Zuletzt hatten sie sogar zwei SOPO-Agenten auf einer Treibjagd, auf Sauen in seinem Lieblingsrevier im Fränkischen, eine Stunde Fahrtzeit von Offenbach entfernt, eingeschleust und Ann-Kristin selbst war als seine älteste Tochter Natalie den ganzen Tag mit ihm und den Hunden als Treiber durch den Forst gezogen. Recht sportlich bei der landschaftlichen Beschaffenheit des Mittelgebirges in unmittelbarer Nähe zu Lohr am Main. Selbst der Cocker-Spaniel, Natalies Hund, war mit von der Partie, wenn auch lustlos, was dem Jäger zwar auffiel, aber anfangs nicht weiter hinterfragte. Auf Ann-Kristins Veranlassung gingen sie recht früh und Gabriel konnte sich nicht entsinnen, dermaßen nüchtern von einer Treibjagd heimgekehrt zu sein.

Und warum der ganze Firlefanz? Ann-Kristin musste lächeln. Sie mochte Gabriel, ziemlich sogar. Er hatte wie immer sein Programm durchgezogen.

Schon nach der Erstellung des wichtigen Patents No. 6 in 2009 konnte niemand mehr mitreden. Die Loge war so dämlich gewesen, ihre Leute in der Firma SPOT und in deren Umfeld abzuziehen, die überwiegend auch nur Schaumschläger waren, aber immerhin. Anstattdessen meldete Gabriel (6x15+1+3x6) 109 Patente an, auch in Russland, China, USA, Brasilien, flog nach Moskau und St. Petersburg, um die Generatoren klar zu machen, führte weltweit eine Ausschreibung für die Low-Speed-Engine durch, veranlasste die Koreaner zu einem konkurrenzlosen Angebot für einen 15 MW Motor.

Niemand konnte ihm etwas entgegensetzen. Viel Neid im Spiel. Im Moment war er gerade dabei, die Loge aus dem Land zu jagen und das Territorium zu befreien. Recht hatte er, dachte sie, nur offiziell durfte sie ihre Ansicht nicht äußern. Für Lattenfall war das Technologiethema mittlerweile zu heiß und deutlich zwei Nummern zu hoch angesiedelt.

Vielleicht ließe sich etwas mit MAMB&W, dem anderen Skandinavier, arrangieren. Obwohl die Dänen, gerade bei Schweden, ziemlich anstrengend sein konnten. Gabriel war kein Thema für Lattenfall, wenn schon, dann eines für Wasa. Dem Clan gehörten gewaltige Ländereien über den Globus verstreut, der Standort Afrika war stark vertreten. In dieser strategischen Frage war man sich mit SNELL in der Einschätzung für die Zeit "Danach" einig, Gabriels Vision war in jedem Punkt zutreffend. Das Monopol des Öls war vorbei und das der Loge nebenbei auch. Wie konnte man so unglaublich beschränkt sein? dachte sie. Hätte man Gabriel vernünftig behandelt, hätte die Loge vielleicht überleben können, aber nicht bei diesen Idioten. Sie würde sich jetzt mit aller Priorität um den Jäger kümmern. Chateaus hatte die Familie auch, Vergeltung würde er ohnehin bekommen, Elche und Lachse im Überfluss. Die Wasa-Gruppe konnte einen Lord der Krone, nebenbei genialster Erfinder im Energie-Sektor immer gebrauchen.

KAPITEL 31

Peter Vischer, Vorstandsvorsitzender der Brosch-Gruppe in Stuttgart, der Stadt korrupter US-Landser und der Cosa Nostra, die bald als Ergebnis der Trockenlegung des Bahnhofkellers durch die Immobilien-Mafia zur texanischen Wüste vertrocknen würde, stellte die Rückenlehne seines Sitzes in der Business Class des Lufthansa Fluges von Frankfurt/Main nach Seoul aufrecht, da der Pilot in der gewohnt flapsigen Art deutscher Kabinenbesatzungen die entsprechende Aufforderung durchgegeben hatte und die Maschine sich bereits im Landeanflug auf den International Airport der Koreaner befand.

Selbst Vischer fiel auf, dass die Kabinendurchsagen der Lufthansa wie deutsche Comedy im Staatsfernsehen eine ähnlich bescheidene Qualität aufwiesen und fast immer neben der Sache lagen. Der gesamte Brosch-Konzern mit seinen 360.000 Mitarbeitern kam in diesem Jahr auf knapp Euro 60 Milliarden Umsatz und war weltweit der größte Zulieferer der Automobilindustrie. Vischer war zutiefst davon überzeugt, dass sie es mit dem Elektroantrieb schaffen würden. Brosch hatte bereits 30 Serienaufträge für die Elektrifizierung, davon 10 für die Plug-in-Hybrid-Oberklasse-Wagen. Für die Mittelklasse hatte man einen Großserienauftrag für einen kostengünstigen Einstiegshybrid. Bis 2020 wollten sie die Batteriekosten halbieren, mit dem japanischen Batteriespezialisten GS Yansu hatte man einen Partner mit hoher elektrochemischer Kompetenz gewonnen.

Vischer hatte Gabriel einmal auf einer Tagung getroffen, der ihn öffentlich ausgelacht und dessen Arroganz ihn gereizt hatte. Vischers Hauptintention lag darin, zu verhindern, dass ihnen Gabriel bei ihrem Elektroantrieb in die Quere kam. Mit den Koreanern wollte er testen, was wirklich dran war an Gabriels Wundertechnologie. War es ein Flop, würde in Europa kein Hahn danach krähen, war es ein Erfolg, stand er als genialer Stratege unangefochten an der Spitze von Brosch dar.

Er war leicht angespannt. da er in Kürze den Patriarchen Kim und seine kapriziöse Tochter treffen würde, die die Anteilsmehrheit am Weltmarktführer für Unterhaltungselektronik Samtung hielten und zusammen mit Brosch den Bau einer Anlage auf Basis des vom Jäger gestohlenen Know-How in Ghinseung in Südkorea planten. Kim hatte vor drei Jahren seine Tochter Amanda, die auch für den koreanischen Nachrichtendienst tätig war, als Mitarbeiterin für Marketing in die Firma des Jägers eingeschleust. Dem Gerücht nach soll es zu einer heftigen Affäre zwischen den beiden gekommen sein. Die Ergebnisse der Koreanerin waren eher dürftig und so hatte Vischer den Rest an vertraulichen Informationen über die Wasserstofftechnologie besorgen lassen. Vischer und seinen braunen Dumpfbacken war nicht in den Sinn gekommen, dass der spärliche Infofluss über die Tochter vielleicht gewollt war, vom Jäger, und es mehr als eine "Affäre" zwischen den beiden war.

Brosch war tief verwurzelt im Stuttgarter Sumpf der Korruption und tief braun eingefärbt, Vischer war Mitglied der Freimaurerloge. Einer der Kindersoldaten der National SA, von Geheimdienst konnte man bei den Scharlatanen nicht sprechen, hatte ihm die Pläne des Jägers besorgt, so meinte er, eine Kopie der Planung der im Bau befindlichen Synthesegaserzeugung in Brandenburg, direkt vom für die Genehmigung zuständigen Landesumweltamt in Potsdam, über die alt bewährte Schiene der Gestapo der ehemaligen DDR, erhalten zu haben. Die Anlage für Seoul wies im Vergleich zu ihrem ostdeutschen Pendant eine Besonderheit auf, da der Rohstoffeintrag extern erfolgte, was bei Druckverhältnissen im Reaktor von bis zu 5 bar schlechterdings unmöglich ist. Gabriel bezeichnete diese Art der Raubkopie "Kinderrutsche" und was Vischer nicht wusste, war sein Steckenpferd, jedwede Information über die Technologie an Dritte an den neuralgischen Punkten zu verfälschen.

Auf die Stasi-Knappen der staatlichen Genehmigungsbehörde hatte er sogar bei seinen einfach strukturierten Schweissern und Brennern Kopfgelder für den Skalp eines unbefugten Eindringlings ins Kesselhaus ausgegeben. Ausdrücklich eingeschlossen von dieser Abschussfreigabe waren Mitarbeiter der Genehmigungsbehörde, im Osten immer Stasi, auf die der Jäger mit Vorliebe seinen Weimaraner hetzte, wenn er sie im Kesselhaus erwischte. Es waren Verhältnisse wie im Wilden Westen, das Leben eines Agenturisten galt nichts, die zahllosen Kadaver wurden an Ort und Stelle zu Wasserstoff verarbeitet. Der Jäger verkaufte ihn unter der Hand als "Ossi-Bombe".

Als besagter Bauleiter auch noch mit Leichen zur "Bestattung" auftauchte, auch noch gekühlt im Party-Anhänger, stoppte der Jäger alle CnHn-Versuche. Vischer schüttelte sich. Aber er wusste nur zu gut, dass Gabriels Rigorosität mehr als berechtigt war, da die Ratten, und nicht nur die der NSA, vom Amt und andere Scharlatane, sonst kein Halten mehr gekannt hätten.

Im Verlauf des monatelangen (fakultativen) Genehmigungsverfahrens, destruktiv von den Pseudospionen gestaltet, hatte er einmal den Vogel abgeschossen, mit einer Beton-Probe für die Standsicherheitsprüfung der 550 Tonnen Stahl und Spezialbeton für die Ausmauerungen (Alu02) der Rohrleitungen. Die Probe stammte ausgerechnet von Liemens aus einem Atomkraftwerk und bestand, welch Wunder, den Zertrümmerungstest in einer eigens hierfür vorgesehenen Forschungseinrichtung mit Bravour. Über die Quelle der "feindlichen" Probe schwieg sich der Jäger aus. Sein Instinkt hatte ihm wie so oft vorher gute Dienste geleistet, da er rechtzeitig die Intrige der Agenturisten gespürt hatte.

Sein korrupter und wie die meisten Protagonisten der feindlichen Seite hochkrimineller Bauleiter, ohne Einblick in die Technik, da er nur für einfache Bodenarbeiten und den Stahlbau (Gerüst) zuständig war, hatte zwar den hochwertigen und teuren Spezialbeton für das Fundament abgerechnet, aber diesen in Absprache mit dem Lieferanten durch minderwertigen Beton ersetzt, der den Anforderungen an die übertriebene DIN-Norm nicht genügt hätte.

Den Erlös aus der "Einsparung" haben sich dann beide, Bauleiter und Baustoffhändler, in der Größenordnung von Euro 15.000 geteilt.Entsprechend lang waren die Gesichter der Nazi-Trottel. Für einen Profit von lächerlichen Euro 7.500 hätte es zum Baustopp kommen müssen und vermutlich wäre auch Patent No. 6 nie entstanden. Ein Phänomen übrigens, das für den Einsturz von Brücken oder Hochhäusern in Entwicklungsländern verantwortlich ist. Fehlerhafte Berechnungen tragen in den seltensten Fällen die Schuld am späteren Desaster, sondern minderwertige Materalien. Aber Vischer ging es jetzt erst mal um die Kostenbeteiligung von Samtung aus Seoul, den Rest würde die Loge schon regeln.

KAPITEL 32

Die Einreise- und VISA-Kontrolle am Flughafen von Abidjan war trotz des Chaos und des afrikanischen Flairs problemlos und er wartete zusammen mit seinem Verfahrenstechniker an der Gepäckausgabe. Leroy Merlin, einem Chemical Engineer, der auch für die Loge arbeitete, wie er zu Recht vermutete, der wie alle anderen seine Seele verkauft zu haben schien. Was ihn aber nicht störte, da dieser Zustand im Laufe der Jahre zur Gewohnheit geworden war und er Spione, zumal die Männlichen, nicht ernst nahm.

Er musterte die wenigen Abholer, die zum Teil mit bunten Schildern auf sich aufmerksam machten. Es war der letzte Flug für heute und der Flughafen war um diese Uhrzeit ziemlich ausgestorben. Beide Agenten des BND, die in Verbindung mit der Botschaft der Elfenbeinküste in Berlin wesentlich an der Planung der Reise und der Treffen mit Regierungsvertretern des Energieministeriums in Abidjan beteiligt gewesen waren, wurden in Stuttgart auf dem Weg zu Flughafen in einen Verkehrsunfall verwickelt und fehlten bereits in Brüssel, dem geplanten Zwischenstopp auf dem Wege mit Air France in die Hauptstadt der Elfenbeinküste.

Seine telepathischen Fähigkeiten hatten ihm des Rätsels Lösung offenbahrt. Die Loge hatte diesen Auffahrunfall kurz vor Echterdingen arrangiert, um seine Gespräche über die energetische Verwertung der staatlichen Rohöl- und Gasvorkommen sowie interessanter Ölschlämme mit der westafrikanischen Regierung zu verhindern.

Schon während des Fluges von Brüssel nach Abidjan war ihm in der Air France Maschine ein großgewachsener massiger Franzose aufgefallen, der gewohnt war, Anweisungen zu erteilen, auf seiner Bordkarte in der Brusttasche seines Hemdes war der Name "Vouchon" zu lesen, der sicherlich ein halbes Dutzendmal den Gang entlang tigerte und die Sitzreihen der bestenfalls zur Hälfte besetzten Maschine aufmerksam musterte, so als wenn er jemand suchte, der für ihn wichtig war. Offenbar sehr wichtig.

Was Gabriel nicht wissen konnte, war der Perfektionismus von Vouchon, der nichts dem Zufall überließ und bereits am Vortag aus Abidjan angereist war, um schon die gemeinsame Flugzeit zu nutzen, mit den Deutschen warm zu werden. Es fehlten lediglich seine Kontaktleute vom BND, die aus dem Verkehr gezogen worden waren. Geplant war dann die gemeinsame Fahrt ins Bunga-Bunga Hotel der staatlichen Ölgesellschaft Sosal, einem feudalen Anwesen mit arabischen Dimensionen, etwa 80 km im Landesinneren entfernt, in aller Abgeschiedenheit, der ideale Ort für ihr Vorhaben.

Selbst wenn Gabriel einen nüchternen Moment haben sollte, was eher unwahrscheinlich war, würde er ohne fremde Hilfe von diesem Ort der Lust nicht einfach verschwinden können. Dafür hätte Vouchon gesorgt. Erst einmal dort, säße der Jäger in der Falle, wenn auch in einer goldenen. Was den Kakaobaron lediglich geärgert hatte, war die Einmischung aus Paris. Das Innenministerium hatte darauf bestanden, eine ihrer Agentinnen, eine gewisse Alice, einzusetzen.

Es war nicht schwer, die beiden Deutschen unter der Handvoll verbliebener Fluggäste des letzten Fluges zu erkennen. Sie hatte einen Fahrer dabei, der sie im gemeinsamen Hotel absetzen würde. Alles weitere dürfte nicht so schwer sein. Von Anna einer einheimischen Kollegin, die eigentlich aus Liberia stammte und gelegentlich für die Tricolore arbeitete, hatte sie entsprechende Informationen erhalten. Jedenfalls das was Gaston, der kreolische Wirt des Hafenbistros, ihr aufgetragen hatte. Sie würde für heute Nacht Annas Identität annehmen und hatte ihre Hautfarbe, ohnehin dunkler durch ihre Geburt auf den Kapverden, mit Spezial-Schminke dem afrikanischen Teint angepasst.

Zufrieden beobachtete sie, wie ihr Fahrer, ein junger Agent der hiesigen in Cote d'Ivoire stationierten Streitkräfte der Tricolore die beiden Deutschen aufpickte, die froh waren, eine Fahrgelegenheit gefunden zu haben, und sie dann wie vereinbart zum Hotel IBIS im Stadtzentrum der Millionenstadt bringen würde. Sie würde dann später dazustoßen.

Das Hotel war nicht sonderlich einladend, afrikanischer Durchschnitt, hatte immerhin eine Bar im Außenbereich, neben einem halbwegs sauberen Pool, der auch schon bessere Zeiten gesehen hatte. Das Restaurant, eher dürftig und wegen momentaner Malerarbeiten auf eine verschwindend geringe Restfläche reduziert, hatte schon geschlossen. Aber Merlin und Gabriel verspürten dank der ausgezeichneten Bordverpflegung bei Air France keinen Hunger. Der Jäger hatte seine SMS beantwortet, mit seinem Techniker ein Bier getrunken, der sich dann für die Nacht verabschiedet hatte.

“Er muss noch der NaziSA berichten”, dachte er, als sich eine niedliche Afrikanerin an seinen Tisch setzte, ihn frech angrinste und um einen Drink bat. Alice hatte ihre Marken-Couture mit Annas flippigen, bunt geblümten Bluse und einer Leinenhose in Mauve getauscht. Er betrachtete sie leicht amüsiert. Sie gefiel ihm, obwohl er sich vom langen Flug nicht sonderlich fit fühlte. Etwas an ihr kam ihm vertraut vor. Er überlegte krampfhaft, als er zwei Bier holte, das Einzige, was die traurige Bar um diese Uhrzeit zu bieten hatte. Die Art wie sie das Bier aus der Flasche trank, kannte er. Das Blitzen ihrer wachen Augen auch.

Sie zog ihre Beinchen an und stützte sie auf seiner Stuhlkante ab, da durchzuckte es ihn. Wie Amanda, seine koreanische Lotusblüte, die er immer noch liebte. War das Zufall oder fing er an zu halluzinieren? Er blickte ihr forschend in die Augen, keine Reaktion. Es konnte kein Zufall, es musste Amanda sein. Er würde es bald herausfinden, sein Jagdinstinkt rührte sich.

Es gab so gut wie kein Möbelstück im Büro, auf dem sie sich nicht geliebt hatten. Selbst den Teppich hatten sie quadratzentimeterweise abgearbeitet, manchmal knallte es schon im Treppenhaus, das auch von den anderen Mietparteien frequentiert wurde, da das Aufschließen der Bürotür, immerhin zwei Sicherheitsschlösser, einfach zu lange dauerte. Er liebte es, wenn sich ihr Körper unter seinen Händen zuckend wand, bevor er in sie drang. Wenn sie gemeinsam im Hotel auf einer Geschäftsreise übernachteten, gab es kein Halten mehr und es ging bis zum physischen Umfallen.

Ungewöhnlich für eine stille Asiatin, aber ihre Mutter war eine gebürtige Türkin aus Antalya gewesen, was sich in ihrem Temperament niedergeschlagen hatte. Ruhig war lediglich ihr Gang, in kleinen Schritten stöckelte sie grazil wie eine Prinzessin. War es möglich, dass er sich trotz seiner herausragenden Instinkte irrte? Ihre Füße berührten sich rein Zufällig unter dem Tisch und Alice alias Anna alias Amanda alias Gertrud durchzuckte es, als wenn sie einen elektrischen Schlag erhalten hätte und zog ihn wortlos zum Lift, hastig und ungestüm.

KAPITEL 33

Leman und Payne, die beiden Ratten aus der Skull-Loge, unter ihren deutschen Identitäten Michael Spalt und Jürgen Gbenro, hatten über 100 Kindersoldaten aus der Nazi-SA, dem deutschen Amt und der Madmax-Truppe für das Attentat auf den Jäger und seinen Hund zusammengetrommelt. Rektor hatte jedem von beiden für den Vollzug Euro 75.000 versprochen, aus dem Oval Office war das OK - Dead or Alive - zum Meuchelmord gekommen. Was zu dem Zeitpunkt keiner der Attentäter wissen konnte, war die lückenlose Aufzeichnung der Planung und Durchführung des Attentats durch Lord Snowden, den FSB in Moskau, dem Mossad in Tel Aviv, der Yakuza in Tokio, der SAPO in Stockholm, dem französischen Innenministerium in Paris, dem Kanzleramt in Wien, dem Medellin-Kartell in Bogota, der Marina Militare in Rom, dem CSCE in Quebec und weiteren 43 Organisationen weltweit vorrangig aus dem Bereich der Dienste/Agenturen und der organisierten Kriminalität.

Payne und Leman hatten für lächerliche Euro 150.000 ihre Regierung discreditiert, ihre Kollegen der Lächerlichkeit Preis gegeben, den amerikanischen Bürger verraten, ihr Land massiv geschädigt und den Jäger zu einem der reichsten Männer auf diesem Planeten gemacht. Die Ausstrahlung der Original-Mitschnitte sollte später im Rahmen der Doku-Soap über das Mobbing, die Folterungen im Lager der Gestapo und die abschließende Nobel-Preis Verleihung an Gabriel in 231 Ländern erfolgen, die die Royalties für die Soap in Höhe von Euro 3,0 Millionen entrichteten.

Das folgenreichste On-Line-Verbrechen aller Zeiten. Die Einschaltquoten der Soap in den einzelnen Ländern erreichten Rekordhöhen, nicht nur durch die Verwicklung des Oval Office in das feige Attentat, sondern vor allen Dingen durch die Vertuschung der Tötung von zwei Attentätern, die den eigenen Kugeln von Payne und Leman zum Opfer gefallen waren. Die Trotteltruppe hatte in ihrer Panik, als Gabriel das Feuer erwiderte, aus 4 unterschiedlichen Waffen im Treppenhaus durch die eigenen Reihen fast 20 Schuss auf den Jäger abgegeben und ihren Leuten ins Genick und den Rücken geschossen.

Die eine Leiche wurde am nächsten Morgen von den Psychopathen in Wächtersbach (Vogelsbergkreis) vor die S-Bahn in der Form geworfen, dass der Schusskanal in der Leiche des "Friendly-Fire-Toten" vordergründig zermatscht wurde. Payne fuhr selbst den Triebwagen der S-Bahn, um sicher zu gehen, dass die Leiche fachgerecht geschändet werde. Erschütternde Bilder, die den Angehörigen des Toten zugemutet wurden. Die Soap wurde in den meisten Ländern zum ultimativen Straßenfeger, umdie Ausschreibung für den ersten Kinofilm entbrannten bürgerkriegsreife Szenen. Die andere Leiche wurde im Sarg von Gabriel besta ttet, den die Ratten für tot erklärt hatten. Die Exhumierung wurde zum entsprechend großen Event der Doku-Soap.

Aufgrund der aktiven Täterschaft des MI5 erlitt die Queen bei der Erstausstrahlung einen Hirnschlag und wurde zum Pflegefall. Die Soap erreichte nie gekannte Einschaltquoten. Der Clou war die geplante Hinrichtung im Rahmen des Attentats von Gabriel mit seiner eigenen Waffe, einem .38er Spezial Revolver, den Payne aus Gabriels Waffenschrank in seinem Haus entwendet hatte. Die Waffe tauchte nie wieder auf. Der Plan der Ratten musste natürlich scheitern, da Gabriel ihnen wie immer überlegen war.

Der Jäger sass in seiner KZ-Zelle und betrachtete nachdenklich das Foto, das ihm Lord Snowden geschickt hatte, vor der weltweiten Veröffentlichung. Es war offensichtlich in einem Nebenraum des Weissen Hauses am 15. März 2011 um 23.24 Uhr MEZ, also zum Zeitpunkt des Attentats (Dead or Alive) aufgenommen worden und zeigte die Beobachter eines Bildschirms, die Täter hinter den Tätern, zwei ranghohe Uniformierte der Navy/Army, zwei vermutliche Mitarbeiter der sogenannten Intelligenz, James Leiden (US-Vize), Hillary Printon (Foreign Office) mit "Kleine-Mädchen-Hand-vor-den-Mund-entsetzt-spiel-Gesicht" und Sell-eck Olama (US-Präsident) .

Ihn schauderte, als der innere Film des feigen Attentats auf ihn vor ihm ablief. Keine der abgelichteten Personen war noch in Freiheit oder am Leben, das Reinemachen nach Memogate hatte sie weggefegt. Er hatte sich immer wieder gefragt, weshalb sich der Trottelclub bei seinen Straftaten fotografieren ließ. Und geholfen hatte es auch nicht. Das Attentat, die Verschleppung, die Folter und Für-Tot-Erklärung hatten ihn zu einem der mächtigsten Männer gemacht, zum Lord der Krone streng genommen auch.

Lord Snowden und die Süßen hatten ganze Arbeit geleistet, die korrupten Agenturisten waren reihenweise entweder liquidiert oder weggesperrt worden, einschließlich der politischen Klone. Die Scharlatane im "Schwarze-Loch-Territorium" (Deutschland) wurden komplett entsorgt.

Fachleute aus Frankreich und Italien sorgten für den Aufbau von Presse und Fernsehen. Aus England kamen Justiz und Polizei, Militär und Agenturen wurden ersatzlos gestrichen und in die EU-Truppen integriert soweit verwendbar. Der Schau-Prozess wurde öffentlich auf einer Leinwand vor dem Brandenburger Tor übertragen.

KAPITEL 34

Der starke kubanische Kaffee dampfte in den vier Tassen der Dons und verbreitete

sein einzigartiges Aroma in dem Besprechungsraum des äußerst representativen Büros von Don Manolo in der Centro Paseo del Prado/Habana.

Manolo, der für die Gebiete Kuba und Florida/USA verantwortlich zeichnete und somit für die kriegsentscheidende Logistik Richtung Nord-Amerika zuständig war, verarbeitete zwar nicht die gewaltigen Mengen an Kokain wie seine Kollegen, war aber aufgrund seiner geschäftlichen Cleverness der mächtigste Mann im Medellin-Kartell und hatte den Vorsitz.

Er lächelte in die Runde.

“Sehr geehrte Dons, ich danke Ihnen, dass Sie meiner Einladung gefolgt sind und bitte um Diskussion über mein Strategiepapier, das Sie alle vor 10 Tagen per Kurrier erhalten haben. Ich muss Sie nicht daran erinnern, dass diese Unterredung strengster Geheimhaltung unterliegt. Wenn die Russen oder Chinesen davon Wind bekommen, könnte das fatale Folgen haben - für uns alle. Ich übergebe das Wort an Don Esteban.”

Dieser verantwortete Südamerika ausschließlich Brasilien und war somit der größte Lieferant des Kartells, berüchtigt für seine Härte und Unnachgiebigkeit. Don Esteban, ein kleiner übergewichtiger Endsechziger ergriff das Wort.

“Don Manolo, meine Herren, ich danke Ihnen. Zunächst muss ich Sie persönlich zu Ihrem berühmten Bruder beglückwünschen. Nobelpreis in Spe, die wichtigste Erfindung der letzten 200 Jahre, und wie er Militär und Dienste vor sich hergetrieben hat, a la Bonne Heure. Kein Wunder, dass die verklemmten kleinen Spiesser alle neidisch sind. Und dann auch noch verwandt mit dem englischen König.”

Die Runde lächelte wohlwollend.

“Wir sollten ihn auf jeden Fall unterstützen und aus den Klauen dieser Barbaren befreien,” fuhr er fort.

“Wir können so einen Mann in unserer Organisation immer gebrauchen, wie alle anderen auch leiden wir am Mangel von geeignetem Nachwuchs. Zur Technologie lässt sich nur sagen, dass das Verhalten der Widersacher Bände spricht. Erzeugung von Energie und synthetischem Treibstoff, zumal in kleinen dezentralen Anlagen, anstatt in maroden ineffizienten Kraftwerken, brauchen wir auf diesem Kontinent dringender als alles andere.

Auch ihren Bio-Aspekt finde ich mehr als begrüßenswert. Das Kartell muss sich um den Abfall kümmern. Die Idiotie unserer sogenannten Kollegen in Amerika und Europa ist nicht nachvollziehbar.

Was hilft uns der größte Drogengewinn, wenn wir in unserer Umwelt nicht mehr angenehm leben können? Und last but not least halte ich Ihr Konzept der Geldwäsche aus strategischer Sicht für zielführend. Was uns früher mit den Immobilienprojekten nur zum Teil gelungen ist, bekommt mit der Technologie Ihres Bruders eine ganz andere Schlagzahl. Also ich bin in allen Punkten dafür.”

Don Arthuro vom Drogenkartell Basilien nickte zustimmend.

“Wenn ich an meinen Bruder, den Taugenichts, denke, kann ich nur neidisch werden. Auch ich bin der Meinung, dass wir die Drogengelder vernünftig reinvestieren müssen und mit dieser Technologie, auch den Schiffsmotoren, hätten wir eine hervorragende Möglichkeit. Wir haben beste Beziehungen zu den jeweiligen Regierungen und können somit die Investitionen in Infrastrukturmaßnahmen zu unserem Vorteil beeinflussen. Wirtschaftlich viel interessanter als bei Brücken oder Straßen. Ich hätte noch eine Anmerkung, wie wir der ganzen Angelegenheit noch zusätzlich Pepp verpassen könnten.

Wir gründen mit unserem Geld eine internationale Projektbank und verkaufen dem Staat, also uns, Teile der Anlagen im Rahmen des Sale & Lease Back Verfahrens. Die Kerntechnologie rücken wir natürlich nicht raus.

Hervorragend für unser Image, übrigens," schloss Don Arthuro, ein smarter ehemaliger Investmentbanker aus Sao Paulo.

"Sehr guter Vorschlag," kommentierte Don Manolo.

"Droht uns Gefahr von Gabriels Widersachern, Don Felippe?" fragte er den für "Relations" zuständigen Partner, der als ehemaliger NSA-Agent beste Kontakte zum Militär und der Gestapo pflegte.

"Militär ist einfach zu blöd, hat bis heute nicht begriffen, was es angerichtet hat und sollte jemand frech werden, kaufen wir seinen Vorgesetzten, wie bei Prekarius, war jahrelang auf unserer Payroll. Dasselbe gilt für CIA/NSA, nur dass beide noch korrupter als die Soldaten sind. Den einen hängt die Kennedy-Affäre nach, hat auch Ihr Bruder veranlasst, die anderen kämpfen mit ihrer Glaubwürdigkeit. Snowden. Alle drei werden zur Zeit von der Lady-League übernommen.

Die Kollaborateure aus Köln und andere sind zu unwichtig, als dass wir sie erwähnen müssen. Auf die Russen, Israelis oder Chinesen müssten wir achten, aber wir haben keine Schnittmenge mit ihnen. Es ist ein Wunder, dass keiner von den Dreien nicht vorher auf den Plan getreten ist. Dann würden wir heute in die Röhre schauen. Aber jetzt machen wir das in Südamerika, was alle anderen aus Unvermögen versäumt haben. Keine Gefahr für uns."

40 Minuten nach der Begrüßung verließen alle Dons zufrieden das Meeting in Richtung Flughafen, nachdem sie alle einstimmig das beschlossene Konzept verabschiedet hatten, beglaubigt durch ihre Unterschriften unter dem entsprechenden 2-seitigen Memorandum of Understanding. Auch ein Memo mit Tragweite.

KAPITEL 35

Peter Townsend, Chef des MI5 verließ unauffällig durch einen Nebeneingang den Buckingham Palast, dem Sitz der britischen Königin in London. Es war ein heikles Gespräch gewesen und die Queen hat es erstaunlich gefasst aufgenommen. Er wusste jetzt, was zu tun war.

Schleunigst musste er jetzt den Jäger aus den Händen der Barbaren befreien. Er würde notfalls mit einem Regiment den zukünftigen König des Vereinigten Königreichs freischießen, da sich die bei den Thronfolger aus der Verbindung Lady Di und Prinz Charles als nicht kronetauglich erwiesen hatten. Der Jäger schon. Zudem sprach seine Vita eindeutig für ihn. Seine Mutter war die uneheliche Tochter aus der Affäre von Prinz Philipp, dem damaligen Baron von Battenberg und Top-Spion der Nazis und der Gräfin Bonhoff, einer Adligen aus Vorpommern, im Dienste der Krone und in der späteren Bundesrepublik eine der Schlüsselpositionen des öffentlichen Lebens. Der britische Geheimdienstchef musste schmunzeln, als er die St. James Road in Richtung Victoria Station überquerte. Nachkommen waren auch schon da. Aus einer wilden Affäre mit der Infantin des spanischen Königshauses, ebenfalls einer Spionin, gab es bereits eine lI-jährige Tochter des Jägers und eine Verbindung mit den Bourbonen war aus britischer Sicht mehr als wünschenswert. Dann brachte Gabriel drei erwachsene Kinder aus der Verbindung mit einer rumänischen Adeligen mit, einer Nachfahrin von Graf Dracula, die als Spionin für die damalige NSA tätig war.

Außerdem hatte er zwei weitere kleine Kinder aus Verbindungen mit Spionen der CIA und der Krone. Ein Kind war unterwegs mit der designierten Präsidentin der vereinligten Staaten, ebenfalls einer Spionin der ehemaligen CIA, die ja bekanntlich nach den Memogate-Veröffentlichungen des Jägers, nicht zuletzt wegen der Mittäterschaft am Kennedy-Mord, aufgelöst wurde.

"So einen König hatte es noch nicht gegeben," schwärmte der Schlapphut-Chef der Krone, ein Held durch sein Memogate und ein weltweit anerkannter Fachmann in Fragen der innovativen Energie sowie der Wirtschaft. Der erste König, der alleine eine Regierung stellen könnte, mit besserem Ergebnis als die Taugenichtse in No. 10.

Jetzt musste er den Angriff gegen die Barbaren, die den Jäger in ihr Gestapo-Lager verschleppt hatten, koordinieren, einem versprengten Haufen ehemaliger CIA/NSA-Mitarbeiter, Psychopathen, Nutten, Lesben, Schwule, Transen, die zusammen mit Militärs in Stuttgart die Szene unsicher gemacht hatten. Nicht nur für ihn Abschaum. Washington hatte grünes Licht gegeben, da man an Schadensbegrenzung interessiert war. Die Regressforderung des Jägers, und damit der Krone, belief sich auf $ 843 Millionen. Der erste König, der einen Staatshaushalt sanierte. Also hatte sich die ehemalige Kolonie doch noch für das Vereinigte Königreich gelohnt.

Geschah den Amis ganz recht, dachte er, als er in dem dichten Gedränge des Feierabendverkehrs die Hoffnung auf einen Sitzplatz in der Tube aufgegeben hatte. Der MI5 hatte zwar auch Federn lassen müssen, ebenso wie die Rhine Army und die Royal Navy, aber wie der Jäger die Agenturen ausgeschaltet und weggefegt hatte, war schon bemerkenswert. Ein echter britischer König! Und dann brachte er auch noch zwei Königinnen mit, eine Bourbonin mit Double und ein halbes Dutzend Kinder von Top-Spionen, die normalerweise keinen Mann an sich heranließen. Und die neue amerikanische Präsidentin war auch noch schwanger von ihm, auch das konnte nur nützlich sein, denn Uncle Sam musste für die Regulierung des Schadens tief in die Tasche greifen.

Der Lauf der Dinge, dachte er. Die Amis waren an ihrer bekannten Hypomanie gescheitert. Ein Mann (und sein Hund) besiegen die größte Armee, einschließlich Intelligenz. Ein wahrer König! Das hatte die Queen wohl auch beeindruckt, da sie anfänglich die Affäre ihres "Damals-Noch-Nicht-Gatten" vertuschen wollte. "Weiber", dachte er. Was für ein Quatsch, eine bessere Publicity gab es für die angestaubte Monarchie doch überhaupt nicht - und dann diese bliblische Geschichte. Um den Steuerzahler nicht zu beanspruchen, hatte der Jäger $ 200 Millionen von GE und SO erhalten. Dieselbe Summe mussten je von SNELL/English Petroleum, Alstom/ Sosal und einem Konglomerat diverser Firmen primär aus der ehemaligen Kolonie Deutschland aufgebracht werden. Die $ 1.000 Millionen hatte Gabriel dann in einen Fonds eingebracht und einen Teil der Krone überschrieben, mit dem lebenslänglichen Vorsitz im Verwaltungsrat sowie weiterer organisatorischer Vorkehrungen, um zumindestens Missbrauch und Korruption zu erschweren.

Damit war das Vereinigte Königreich auf einen Schlag saniert und hatte den besten König aller Zeiten, mindestens theoretisch. Wenn das kein Festtag für die Krone war, wann sonst? Außerdem $ 1 Million an den Kennedy-Fonds für Energie und Forschung mit Medienspektakel und offizieller Überreichung des Schecks an die Familie. Co-Kläger beim Regressprozeß gegen GE/SO/SNELL/Sosal/English Petroleum waren London, Paris, Washington, Moskau. Es gab die höchsten Anwaltshonorare aller Zeiten, Live-Übertragung der Verhandlungen im Netz (Lord Snowden) mit Bildern vom Attentat am 15. März 2011, vom Lager und Olamas Ermordung.

KAPITEL 36

Das Telefon schrillte. Es war der persönliche Nebenanschluss von Selleck Olama, dem US-Präsidenten. Die Nummer war wenigen zugänglich. Das Display zeigte Jeff Immelman, CEO von General Electricity, dem Chef-Ausrüster der US-Army und persönlicher Berater des US-Präsidenten.

“Was will er schon wieder?” dachte er, eigentlich von berufswegen B-Schauspieler und in seiner momentanen Lebensrolle als Präsident, zusammen mit zwei anderen Präsidenten-Klonen.

Den richtigen Selleck Olama hatte die Loge, in anderen Ländern hätte man von Militär-Junta geredet, kurz nach den gewonnenen Wahlen, als erster schwarzer Präsident, verschwinden lassen, mit tatkräftiger Unterstützung der Logenagenten aus den Agenturen.

“Geht bestimmt wieder um diesen verdammten Jäger aus Germany,” seufzte er. Aber als Schauspieler war er in wirtschaftlichen und technologischen Fragen auf die Hilfe und den Rat von Jeff Immelman angewiesen. Ohne ihn war er aufgeschmissen. Widerstrebend nahm er den Hörer ab.

“Jeff?”

“Bob,” sein wahrer Vorname im wirklichen Leben, der allerdings tabu war, was ihm viel über die angespannten Nerven seines Gesprächspartners sagte

“Der Jäger oder Gabriel, wie sie ihn nennen, muss weg. Er spielt Katz und Maus mit den Trottel-Agenturisten, den Psychopathen aus Stuttgart, ist verschiedenen Anschlägen entkommen. Hat übernatürliche Fähigkeiten und ist gefährlich wie ein Sack voll mit Kobras. Sein Hund muss auch weg, dieser Höllenhund. Selbst unser Ehefrau-Klon, eine NSA-Agentin der Loge, kommt nicht an ihn ran. Auf Gift ist er immun oder er verweigert die Mahlzeit. Anstattdessen hat er Sex mit ihr auf dem Küchentisch. Ein Monster, der Typ wird mir langsam unheimlich!”

“Jeff, warum stört er denn?” versuchte der falsche Selleck Olama zu beschwichtigen. Als Berufs-Harlekin und Mitglied der NSA kannte er keine Skrupel oder moralische Bedenken wie normale Menschen, aber Mord war auch für ihn nicht alltäglich. "Ich hatte Dir doch bereits von seinem Erfolg in West-Afrika erzählt. Allein in Cote d'Ivoire und den Anrainerstaaten ein Projektvolumen von $ 2 Milliarden, konservativ geschätzt, Potential in Afrika $ 10 Milliarden plus, und wir reden nicht von seinem Gas/Treibstoff. Indien, Russland, China, Südamerika ähnlich. Und alles macht der Kerl alleine. Die Russen wollen finanzieren und auf eine militärische Basis in Süd-Jemen soll er auch. Wenn sich das bei der Army rumspricht, sind wir unsere Turbinen los, General Electricity kann Konkurs anmelden. Er war in Moskau wegen der Low-Speed-Engines, auch mit Rückendeckung der CIA und in St. Petersburg wegen der Generatoren, weil Alstom, wir und Caterpillar ihn geblockt haben. Fliegt der einfach nach Russland und wird mit den Russen handelseinig. 10 Jahre sind wir schon hinter dem Mistkerl her, nichts kann ihn stoppen. Über 100 Patentanmeldungen weltweit, die wir zwar über Taiwan auf uns "umgepolt" haben, was aber natürlich nicht geheim bleiben konnte. Außerdem sind die diversen deutschen Gestapovereine auf eigene Faust unterwegs, wie gewohnt dilettantisch, aber es sorgt für Unruhe. Wollen wir Arbeitsplätze ausgerechnet an die Krauts verlieren?"

"Nein," seufzte Bob, "ich werde gleich mit Prekarius reden. Soll sich die Armee was überlegen, sofort - Dead or Alive - einschließlich Hund."

Ohne Gruss legte er auf. GE war für ihn ein Serienmörder.

Immerman hatte dem Schauspieler verschwiegen, dass der Jäger Enkel des britischen Königs war, incognito, und was viel wichtiger war, das 3. Zeichen, nach Jesus von Nazareth, JF Kennedy symbolisierte und insofern nicht sterben durfte. Schon sein Vater und später seine Mutter waren von der Nazi-Loge ermordet worden, wie Kennedy. Er, Gabriel, hatte die Loge in die Falle gelockt, um Kennedy's und seines Vaters Tod zu rächen. Das erklärte die Panik der Loge vor ihm, Prekarius, Chef der Armee und der CIA war sein nächstes Opfer. Er sollte Memogate nicht überleben. Kopfzerbrechen bereitete ihm Sara, der Kopf der Ultras, einer Untersegmentierung der Loge und Agentin der NSA, da er sie kannte und schätzte. Er würde ihr hartes Auge im Lager wiedersehen, in das ihn der Abschaum verschleppen würde. Das wusste er. Er wunderte sich immer wieder, wie schlecht die Agenturisten ausgebildet waren. Kaum jemand beherrschte die Körpersprache oder das Gedankenlesen, noch konnten sie ihre Gedanken kontrollieren.

Zudem waren sie auffällig wie eine Büffelherde, laut, trugen merkwürdige Hemdchen sowie die obligaten Turnschuhe und schickten ihren Nachwuchs im Vorschulalter auf die Straße, wo er jedenfalls nicht hingehörte. Da waren die Chinesen, Franzosen, Israelis oder Russen aus anderem Holz geschnitzt. Genauso katastrophal waren die diversen Ämter aus der Kolonie Deutschland und natürlich das Militär, NASA und Rechtsnachfolger Spacex des Wahl-Texaners Mask hatten zusammen mit GE und Standard Benzin sowie anderen Logenmitgliedern eine unheimliche Allianz des Bösen in seiner Sache gebildet.

Schon bei Kennedy's Ermordung. Streng genommen hatte die Loge ihn schon zu Internatszeiten, die er auf einer der besten und teuersten Privatschulen Europas in der Schweiz verbracht hatte, drangsaliert und verfolgt. Er wusste nicht wie, aber es musste Unterlagen über seine wahre Identität geben, die in die Hände der Cretins gelangt waren. Satan nahm ihn offensichtlich ernst, sehr ernst, wie er bitter mit einem Grunzen gutierte. Jetzt war die Zeit der Abrechnung gekommen. Die Rechnung war zu lang, die rote Linie längst überschritten.

KAPITEL 36

Ann-Kristin Wasa beschleunigte ihren Sportwagen, als sie den Fehmarnsund überquert und deutsches Territorium unter den Rädern hatte. Das ewige Schleichen mit 100 km/h auf schwedischen und dänischen Autobahnen war nichts für ihren Porsche 911 Carrera und auch nichts für sie. Sie hatte fast das Gefühl, als würde sich ihr roter Flitzer bei ihr beschweren, wenn sie zu lange Touren in Skandinavien unternahmen.

Sie war unterwegs nach Warendorf in Niedersachsen, um sich den 5-jährigen Hanoveraner Wallach anzuschauen, da sie in absehbarer Zukunft ein frisches überdurchschnittlich talentiertes Springpferd benötigte. Ihre Stute kam langsam in die Jahre. In der Freisprechanlage aus Zuffenhausen ertönte das Signal für einen Anruf und Ludwig van Beethovens Klavierkonzert No. 5 verstummte. Auf dem Display erkannte sie, dass es der erwartete Rückruf aus Oslo war. Ihr Anrufer war Eric Taureng, Mitglied des königlichen Nobelpreiskommitees, dem sie eine ausführliche E-Mail mit entsprechender Dokumentation hatte zukommen lassen.

“Ann-Kristin, Guten Morgen, ich hoffe, ich komme nicht ungelegen.”

“Nein Eric, ich danke Ihnen für den Rückruf. Bin gerade mit dem Wagen auf einer deutschen Autobahn unterwegs, eine echte Wohltat ohne Geschwindigkeitsbegrenzung.”

“Na ja, die Deutschen sind auch nicht mehr so freizügig mit ihren Autobahnen. Ihre Empfehlung liest sich ja wie ein Spionagethriller, dafür reicht fast ein einzelner Nobelpreis nicht aus. Und dann der Mordanschlag und die Folter im Lager.”

“Stimmt genau, streng genommen hat er zwei Nobelpreise verdient. Zudem hat er Deutschland befreit, die Nazi-Loge in die Schranken gewiesen und die Machtübernahme in Militär und Diensten durch uns Frauen zumindestens forciert. Er hat die Welt wesentlich verändert, zum Besseren.”

“Was würden Sie aus technischer Sicht als seinen “Selling Point” betrachten?”

“Es ist ein Bündel von Maßnahmen: Aus übergeordneter Sicht hat er das Diktat der Ölindustrie gebrochen. Er hat als Erster, aus prozesstechnischer Sicht, Agrar, Chemie, Bio-Chemie, Maschinenbau im Energiebereich miteinander verbunden, wo bis dato eine Equipment orientierte Sicht der Dinge vorherrschte, also der Apparat oder die Maschine im Mittelpunkt standen und nicht der Prozess.”

“Das müssen Sie mir erklären.”

“Ein Prozessmann wie er denkt anders. Nehmen Sie das Auto als Maschine von doofen Ingenieuren alter Schule optimiert, zuviel Motor, zuviel Elektronik, zuviel Sicherheit mit Airbags, zuviel Schnickschnack wie Design. Auch mir gefällt mein Porsche, aber er würde fragen: Welchen Apparat braucht man, um von A nach B wieoft womit und wann zu gelangen (mit wievielen? Im Kraftwerksbereich ist dieser Denkansatz noch revolutionärer, da die Einfaltspinsel nur daran denken, ihre Kessel aufzuheizen. Eine prozessorientierte Sicht existiert nicht.

Aus der problematischen Windenergie mit ihrer schwachen Effizienz von maximal 30%, an guten Standorten, wurde der einzige Vorteil, den sie unstreitig hat, den der Dezentralität, von der Energiebranche zunichte gemacht, indem rudelweise die Spargel in die Landschaft gestellt wurden.

Mit der Solarenergie verhält es sich ähnlich. Seine weltweiten Veröffentlichungen zu diesem Dilemma haben sogar in China für Aufsehen gesorgt. Deswegen hat er seine Low-Speed-Engines, modular von 7,5 über 15 bis 40 MW je Motor, mit einer Effizienz von knapp 60% propagiert, zu sensationellen Kosten, ungefähr 1/10 der herkömmlichen Energiekosten.

Das war seine zweite Schiene, um das Synthesegas mit hohem Wasserstoffanteil zu verbrennen. Kein Kraftwerk kann mit diesen

Motoren konkurrieren. Deswegen haben ihn die Turbinenhersteller wie GE, Alstom und Liemens bekämpft.

Der absolute Knaller war sein Patent über die Synthese seines Gases zu synthetischem Treibstoff (DME). Nicht, dass es DME nicht gab, aber es wurde auf anderem Wege hergestellt. Nebenbei hat er auf diesem Wege Polyethylen (Wonder Gum) produziert und eine neue Form der Abfallverwertung entwickelt, einer Kombination aus Pyrolyse und Vergasung. Sein Patent No. 6 ist unbezahlbar, da niemand vor ihm diese Verfahren für diese Produkte in der Form erfunden hatte. Deswegen hat die Loge versucht, ihn zu töten und zu berauben. Aber sein Patent ist öffentlich.'"

"Wo ist er momentan?"

"Immer noch im Lager, aber kurz vor der Freilassung. Die Queen will mit ihm frühstücken und die korrupten Agenturisten hat er bzw. haben wir eliminiert. Wir haben übernommen, die verantwortlichen Politiker und Militärs stehen in der Zeitung. Wir müssen jetzt sein Buch schnellstmöglich beenden. Es muss im Laden liegen, wenn er freikommt."

"Dann werde ich ihn besuchen und ein paar Bilder machen, vielleicht sogar mit einem Filmteam, wenn ich die Drehgenehmigung erhalte. Ich schreibe gleich heute meine Empfehlung an die Akademie. Er wird den Nobelpreis erhalten, für Energie. Ich melde mich dann bei Ihnen. Gute Fahrt und viel Glück mit dem Wallach."

Zufrieden beschleunigte sie wieder ihren Porsche. Genial von ihm, dachte sie, öffentliches Eigentum kann man nicht klauen, schon überhaupt nicht, wenn die halbe Welt zusieht.

KAPITEL 37

Die Augen der Queen funkelten böse, was in ihrem vorgerückten Alter nicht mehr häufig vorkam, aber die Geschichte über den Jäger, ihren Enkel, regte sich wirklich auf, die ihr soeben ihr langjähriger Chefberater und Vertrauter in einem einstündigen Monolog vorgetragen hatte. Sie war jetzt alleine und rührte missmutig in ihrem handverlesenen grünen Tee aus China.

Diese verdammten Cretins von GE/USA, wegen ihrer blöden Turbinen hatten sie die doofen Militärs und die korrupte Gestapo in den Mordauftrag für ihren Enkel geschickt. Reiner Neid und das Eingeständnis der eigenen Unfähigkeit. Eine Geldfrage war es nie gewesen.

Alle Beteiligten waren selbstverständlich Mitglieder in der braunen NWO-Loge mit zahlreichen Untergruppierungen ala "Skulls", Bilderberg, Freimaurer, Vatikan, othodoxe Juden und Islamisten, diverser Königshäuser wesentlicher Teile des Hochadels und träumten wie ihre Vorgänger von der Weltherrschaft. Was glücklicherweise bisher immer an der Dämlichkeit der Akteure gescheitert ist. Genauso Illusion wie die Batterie-Autos des Milliardärs Mask, eine Privat-NASA (Spacex) muss an der Macht des Faktischen scheitern, da Weltraumforschung unter der Mitsprache doofer Nazis zur Erfolglosigkeit verdammt ist. Standard Benzin wie die anderen Ölgesellschaften SNELL, English Petroleum, Sosal u.a. spielten ihr Spiel mit dem Öl, bis zum letzten Tropfen, und fühlten sich durch die Technolgie ihres Enkels bedroht und hatten in guter alter Tradition seine Beseitigung beschlossen.

Genauso wie vor 150 Jahren, als der namhafte deutsche Maschinenbauingenieur von ihnen ermordet wurde, als sich Diesel auf dem Schiffswege zu einer Konferenz nach London befand und aus unerklärlichen Gründen über Bord ging. Die Psychopathen von Militär und Gestapo waren der zutreffenden Auffassung, H20 (Wasser) enthalte H2 (Wasserstoff). Damit könne man dann

Bomben bauen, was grundsätzlich jedem Bastler möglich ist, der über einen Wasseranschluss verfügt und entsprechende Ausrüstung sowie elektrische Energie mitbringt. Bei näherer Betrachtung der pure Schwachsinn. GE hatte ein noch verwerflicheres Motiv. Immelman sah seine Turbinen gefährdet, die er für teures Geld dem Militär andrehte, da die Low-Speed-Engines des Jägers konkurrenzlos waren. Das lohnende Afrikageschäft (Budget von $ 10 Milliarden) sollte gestohlen werden. Die Verträge von Gabriel mit Cote d'Ivoire und 4 weiteren Staaten aus West-Afrika waren nach äußerst erfolgreichen Gesprächen mit Regierungsvertretern in Abidjan im November 2010, mit aktiver Unterstützung der USA, unter Dach und Fach, geschätztes Volumen von Dritten $ 2 Milliarden für West-Afrika, lediglich auf Basis der Motoren ohne Syngas. Die Kalkulation basierte auf unverhandelten Angeboten aus Korea und ermöglichte Investitionen von unter $ 300.000/MW (RWA Alpha Fonds Offshore North Sea Windkraft Euro 4 Millionen/MW).

Die Generatoren aus Russland waren nach dem Besuch in St. Petersburg verhandelt und die Finanzierung stand (USA). Diese Tatsache und die Überlegenheit der Motoren gegenüber den Turbinen waren das Motiv für den Mordauftrag von GE an korrupte Militärs/Gestapo. Wäre Diesel nicht ermordet worden, hätte sich der Kraftwerksbereich grundlegend anders entwickelt. Ein Motor als geschlossenes System ist immer effizienter als ein Kraftwerk, das unabhängig vom Einsatzstoff über Pyrolyse (Energiezufuhr) in einem Kessel Wasser erhitzt, um über Generatoren Strom zu erzeugen. Das musste ihr Enkel, der Fuchs und Prozessfachmann gewusst haben.

Deshalb auch sein Weg über synthetischen Treibstoff, um ohne Rohöl Energie zu erzeugen. Und dann ist auch noch sein Wonder Gum dabei entstanden. Schlicht genial. Und die dämlichen Landser haben ihn nicht daran hindern können. Ein Glück, dass die

Amis solche Idioten im Militär/Gestapo haben, schmunzelte die Queen, mit den Briten oder den Frenchis hätte er nicht so leichtes Spiel gehabt. Aber es war auch an der Zeit, dass der kriminelle Sauhaufen, insbesondere in Stuttgart, mal aufgemischt wurde. Und das von einem Lord der Krone.

Die Queen schlürfte vergnügt ihre zweite Tasse Tee. Sie musste Paris kontaktieren, dachte sie, zur Not müssten die Agenturisten ausgeschaltet werden, befanden sich eh auf fremdem Territorium, und dann auch noch mit eigenem KZ. Das Territorium gehörte jetzt ihrem Enkel, also der Krone. Ein wahrer König, kehrt heim mit einem Schatz von $ 843 Millionen. Und er sah ihrem verstorbenen Mann, seinem Großvater, auch noch ähnlich. Die Öffentlichkeit musste ja nicht erfahren, dass Prinz Philipp eigentlich ein Spion der Deutschen gewesen ist. Ein bisschen Gerüchtemunkelei tat der verstaubten Monarchie ganz gut. Welches Königshaus konnte schon einen echten Spion aufweisen? Mit einem solchen Enkel?

Sie betrachtete das Foto aus dem Internet. Die Ähnlichkeit war da. Die Vorstellung, mit ihm zu frühstücken, gefiel ihr. Geradezu paradox.

Sie wusste nicht, dass beide Großmütter, Gräfin Bonhoff und die Ziehmutter der kleinen Tochter, die spätere Mutter von Gabriel, dasselbe behauptet haben, nur redeten sie immer von der Ähnlichkeit zu im Krieg gefallenen Söhnen. Ihr gefiel die Vorstellung einer "Auferstehung" sogar ausgesprochen gut.

Es klopfte. Ihr Butler kündigte ihren Besuch an, es war Jane Austen, die Leiterin des militärischen Geheimdienstes der Royal Navy. Die Queen brannte vor Neugier und sprudelte los.

"Sie kennen ihn gut?"

"Kann man wohl sagen, ich war seine Lehrerin, Deutsch, Kunstgeschichte, zeitweise Französisch auf dem Eliteinternat. Und er war mit 17 Jahren schon total verliebt in mich. Er muss das gespürt haben, hat nachts das Internat verlassen, ein Motorrad an der Hochschule von St. Gallen geknackt (später wieder abgestellt) und mich besucht, in meiner Wohnung in einem Vorort. Er war schon damals außergewöhnlich. Ich war ebenfalls jung, gerade mal ein paar Jahre älter, umso erstaunlicher als meine damalige Identität eher einer unattraktiven 45-jährigen Jungfer entsprach. Verkleidungen haben schon damals bei ihm nichts geholfen.

Er schaut den Menschen in die Seele. Er war übrigens sein Leben lang ausnahmslos mit Topspioninen liiert, US, UK, France, D, RU. Andere Frauen scheinen ihn nicht zu interessieren, was für uns spricht, wenn ich das so sagen darf, Madam. Wir glauben auch, dass er ein Zeichen ist, unvergleichlich, insofern muss die Barbarei der Militärs gestoppt werden. Mit Gewalt ist bei ihm nichts zu machen, er ist viel zu stark für die Einfaltspinsel."

"Und dann?"

Die Augen der Queen blitzten schelmisch.

"Ich war auch verwirrt über mich selbst. Auf dem Internat war es schwierig, als Lehrerin. Ich hab ihn mir dann bei einem Sprachurlaub mit seinen drei Kumpels an der Cote d'Azur in Juan-les-Pins in Frankreich geschnappt. Beim Wiedersehen im Winter hatten wir nachts in einer Nebenstraße vor seinem Elternhaus in meinem alten Käfer das erste Mal Sex, bei Schnee, die Scheiben waren total beschlagen.

Später bin ich dann immer in verschiedene Rollen von Schülerinnen geschlüpft. Es war unglaublich, während seines Studiums in Fribourg und Freiburg genauso."

"Was ist auf dem Internat passiert? Er war doch einer der Besten?"

"Er war der Beste, streng genommen war er zu stark für diese Lehrer. Ab 17 hat er die Schule kontrolliert. Nach der Übernahme durch die Loge und dem Rückzug der Amerikaner hat man zwar versucht, ihn rauszuwerfen, Gademann Junior, aber es hat nicht funktioniert. Er ist ein Abkömmling einer der 5 Stämme, christlich getauft. Einer unserer Leute hat ihn mal nachts vor dem Erfrieren gerettet, aus dem Schnee. Er hat definitiv einen Schutzengel."

“Und dann bei SPOT? Wieso erfroren?”

“Er und sein Freund hatten nach einer Osterzecherei in der Natur vollkommen betrunken einen Motorradunfall, bei dem der Fahrer verletzt ins Krankenhaus kam und er mal wieder unverletzt die letzten 100 m zum Internat nicht mehr geschafft hat. Unser Mann fand ihn ohne Schuhe, halb eingeschneit mit einer Frühlingsblume in der erstarrten Hand.”

“Vielleicht war die für Sie,” entgegnete die Queen eine Sequenz zu spitz.

“Jeder andere Mensch wäre längst im Jenseits, bei den unzähligen Unfällen, Attentaten, Kämpfen, die er erleben musste - und überlebt hat. Er hat sich später revanchiert, als er eine Gruppe von 9 im Berg versprengten Mitschülern vor dem Erfrieren bewahrt hat.” Her Majesty schaute fragend über ihre Heerendt-Tasse, ungarische Wertarbeit aus K&K-Zeiten.

“Ach, die neue, nicht sonderlich professionelle Internatsleitung, der Sohn des Schulgründers. Ein ziemlich einfältiger Nichtsnutz, wie sie heutzutage in den Agenturen, in Deutschland und den USA, häufig anzutreffen und der Grund für unser heutiges Treffen sind, hatte vollständig die Kontrolle über die geplante Nachtabfahrt mit Fackeln im Säntisgebiet (Kanton Appenzell) verloren, da Ihr Enkel und sein Freund Max auf der Skihütte Schnaps besorgt und beim Abendessen die beiden Lehrer, einer war besagter Sohn, damit abgefüllt hatten, indem sie den Wein der beiden mit Hochprozentigem veredelten.

Der orkanartige Sturm mit heftigem Schneefall, simple Pechfackeln, ungeeignete leichte Skikleidung oder schlicht Jeans hätte leicht zu einer Katastrophe führen können. 14 toten Schülern, da von den 20 besten Skifahrern, alle weltcuptauglich, lediglich 6 im Tal ankamen. Seine ehemalige Freundin, als einziges Mädchen dabei, eine süße Israelin, die heute in New York lebt, hatte er mit seinem bajuwarischen Kraftprotz und Klassenkamerad Kuno mit dem Rettungsschlitten losgeschickt. Wie eine Prinzessin wurde

Tami sicher und warm, eingepackt in Decken, von Kuno zu Tal gebracht. Einige waren so betrunken, dass sie ihre Skischuhe oder Ski nur mit fremder Hilfe anlegen konnten. Er übernahm die Führung von mittlerweile nur noch 9 Schülern. Der Sportlehrer war mit zwei anderen Schülern in ein still gelegtes Bergrestaurant geflüchtet. Teilweise im Schritttempo, da einige zusammenbrachen, zwei hatten im Tiefschnee, es ging quer durch den Berg, ihre Skier verloren, führte er die Gruppe zu einer verlassenen Almhütte, brach die Tür auf und verfeuerte das halbe antike Mobiliar, was am nächsten morgen bei Erscheinen der Bergwacht nicht ganz stressfrei war.

15 Minuten lang hat er mit erfrorenen Fingern und nassem Cricket (Feuerzeug) versucht, Feuer zu machen. Die längsten 15 Minuten seines Lebens, wie er mir später erzählt hat. Einer seiner Freunde war kollabiert und er hat ihn alleine ins Schlafzimmer der Hütte auf der Tenne, über eine Leiter, getragen. Ohne ihn hätte es ein Desaster gegeben. Aber alle haben überlebt, ein Wunder! Der unfähige Leiter, der Sohn, saß warm und trocken mit einer Handvoll Schüler im Bus und wunderte sich, wo der Rest blieb. Dafür hat ihr Enkel ihn in den verbliebenen 1,5 Jahren seiner Schulzeit tyrannisiert.

Es war Krieg zwischen den beiden. Nach der Nacht der Abiturfeier hat Ihr Enkel Schulverbot auf Lebenszeit von ihm erhalten. Ich erspare Ihnen nähere Details. Es soll unter anderem kein Möbelstück auf seinem Stockwerk mehr existiert haben. Ein großes Stockwerk mit 15 Zimmern. Die Aufräumarbeiten haben zwei Tage gedauert, die Straße war übersäht mit Trümmern, wie nach einem Bombenangriff. Nur er. Die Presse war übrigens voll mit wilden Geschichten über die Fackelabfahrt, in der gesamten Schweiz.

Trotzdem haben die beiden Pfeifen überlebt - in der Position. Das antike Mobiliar, das er verfeuert hat, hat die Schule ein kleines Vermögen gekostet. Erstmalig wurden nicht die Eltern belastet, äußerst ungewöhnlich. Den betroffenen Schülern wurde nahegelegt, zu Hause über die Angelegenheit nicht zu reden. Die meisten Väter waren ja mächtige, wohlhabende Männer mit viel Einfluss."

"Überlebt wegen seines Instinktes?"

"Ja, vermutlich, er spürt Gefahr - und andere Dinge auch," die Lady der Royal Navy musste lächeln, was die Queen leicht irritierte.

"Das Skigebiet und der Berg waren ihnen vollkommen fremd, bewusst so ausgewählt, dass sich niemand auskannte, mit Ausnahme der beiden Leiter, den Cretins."

"Und später, beruflich meine ich?"

"Na, dasselbe, bei Price, als wir noch schön britisch waren, er ist ja auch bei der Fusion mit Coopers weg, ein sehr deutscher Haufen übrigens, wenn Sie verstehen was ich meine, hab ich ihn mir manchmal geschnappt, zeitweilig war ich sogar seine Vorgesetzte, in unterschiedlichen Rollen. Er machte sehr schnell Karriere und war eines unserer besten Pferdchen im Stall. Die US-Boys hatten ihm auch noch eine NSA-Agentin als Ehefrau verpasst, was ihn nicht sonderlich störte, da es nicht relevant war, bis zum Tode seines Vaters am 16. Mai 1992.

Einen Nachtrag muss ich noch machen. Einer der Schüler aus der Hütte, gut befreundet mit Ihrem Enkel, tätig für die Krone, hat ihn zusammen mit seiner chinesischen Freundin, tätig für Uncle Sam, mit der er auch schon eine Affäre hatte, übelst verraten, was ihn sehr getroffen hat. Ausgerechnet er hat in Kooperation mit seiner falschen Ehefrau, der US-Spionin, in der Affäre Memogate ihn auch noch beklaut, Wonder Gum, neben Syngas, DME, Low-Speed-Engines seine 4. Erfindung, die die Welt verändert hat. Was für Kanalratten, alle drei. Wir überlegen noch, ob wir dem Regressverfahren gegen Washington/Berlin beitreten, die Firma heisst Caruba, der Typ Schmieri. Die Proleten-Liga hat ihm im Doppelpack Hausmädchen, Putzfrauen und ähnliche geschickt, natürlich ohne Erfolg bei Ihrem Enkel. Er hat eben Geschmack."

Die Queen musste lächeln. “Wegen Ihnen vermute ich.”

Sie überhörte die Spitze. “Die Frenchis und Israelis haben auch anderes Kaliber von der Kette gelassen.”

“Die haben auch keine Agenturen,” entgegnete schlau die Queen.

“Und wir schon überhaupt nicht. Immer diese Strauss-Kahn-Nummer, dafür hat es die Retourkutsche mit Lord Snowden gegeben,” ergänzte die ehemallige Deutschlehrerin von Gabriel, mittlerweile fast 40 Jahre zurückliegend.

“Die Agenturisten haben sogar Gabriels Ehefrau ausgetauscht, was ihn nur noch mistrauischer gemacht hat, die nicht nur für die Securitate, sondern auch für die Amis gearbeitet hat. Alle sind sich auf den Füßen rumgetrampelt, Dilettantisch, was ihm natürlich diebisches Vergnügen bereitet hat. Der Austausch hat die Rumänen erst richtig heiß gemacht, weil jeder gemerkt hat, was läuft.”

“Nicht dass er meint, alle Agenten sind Vollidioten,” warf stirnrunzelnd die Queen ein.

“Bei aller Bescheidenheit, aber er hat ja mich,” entgegnete die britische Spionagechefin, was die Queen mit einem Lächeln quittierte, obwohl ihr nicht danach war.

“Agentur hin oder her, Tatsache ist, dass er ohne Rückendeckung der CIA seine sehr erfolgreichen Gespräche weder in Moskau und St. Petersburg, noch in Abidjan, immerhin mit der halben Regierung, geführt hätte.

Streng genommen hat er die Agenturisten manipuliert und benutzt, Fantastisch.”

“Wie war das mit Condi ?”

“In 2003, als Gabriel noch in den Anfängen zu DME war, also “auf Methanol” gewissermaßen, Patent No. 6 hat er in 2009 geschrieben, hat er auf Veranlassung aus Langley sich mit der Bitte um Unterstützung an Condoleezza Rice, damalige US-Aussenministerin der Bush Jun. Administration mit einem Schreiben gewandt. Geplant war ein Joint Venture zwischen Berlin und Washington, aber sein sinnvoller Vorschlag wurde von korrupten Agenturisten und dämlichen Soldaten sowie GE torpediert, was diese Scharlatane aber nicht daran gehindert hat, seine Methanol-Synthese als eigenes Patent (über TCI) abzukupfern. SNELL hat denselben Unsinn in Brasilien betrieben. Aus heutiger Sicht unwichtig, aber ein guter Beweis.

Wird es zuviel your Majesty?"

"Nein, fahren Sie fort."

"Also dieser Schmieri, dessen Leben er vermutlich wegen dieser blöden Schule gerettet hat, hat ihn auch verraten. Was für ein Schmutz."

"In der Tat, was war mit seinem Vater?"

"Klar ausgesprochen, das waren wir. Er hat wegen Geld die Krone verraten. Nach 5 Jahren in der Kriegsmarine, U-Boot, haben wir ihn in der Gefangenschaft aufgebaut, aber das liebe Geld ... "

"Wonder Gum?"

"Ihr Enkel hat bei seinen Versuchen mit der Anlage Amoniak und eine Vorstufe zu Polyethylen entdeckt, geklaut von RWTH in Aachen, Schmieri und seine Doppelspionin haben es dann auch versucht zu entwenden, Militär mit H2, Sosal/SO/SNELL mit Fuel, A.ON mit Strom, RWTH mit Polyethylen, GE mit Low-Speed-Engines und Afrika Mega Deal!"

"Er hat die Welt gedreht!"

"Wir treten bei und kassieren eine schöne Summe ($ 843 Millionen)."

"Zwei der Hüttenleute haben ihn verraten, ungeheuerlich."

"Caruba kommt auf die Liste."

"Was ist seine Ex für ein Mensch?"

"Grundsätzlich nicht schlechter als der Rest, sie ist schwach und feige und eine notorische Lügnerin sowie Diebin. Vermutlich ein Relikt aus rumänischen Zeiten, sie hat ihn immer beklaut, aber sie liebt ihn. Wenn die Loge sie leben lässt, wird Ihr Enkel sie finanziell unterstützen müssen."

“Verdient hat sie es aber nicht.”

“In der Tat.”

“Das Attentat und das Kidnapping von GE & Konsorten ist ein klarer Beweis, dass die Technologie von Sir Gabriel die Bessere ist. Sollen die anderen Idioten bei Turbine und Erdöl/Kohle/Uran bleiben, das Vereinigte Königreich geht den Weg von ihm.”

“Die Loge hat auch Putin, Kim und Schröder geklont bzw. mit Logen-Kaschpies besetzt, Maschmeyer übrigens auch.”

Die Queen hatte genug gehört. Für sie stand fest, was zu tun war. Schon an der Tür wandte sich Jane nochmals an die Königin.

“Die Lemminge von der Schmarotzerloge sind ganz schön abgekocht worden von ihm, sein Sieg ist historisch. Leider waren wir etwas zu nahe an Uncle Sam dran, aber das muss er ja nicht erfahren.”

“Er hat mit Memogate nicht nur die Abhängigkeit vom Erdöl aufgehoben, sondern die Welt gerettet, Ibrahim’s Logengekaschper eliminiert. Viele stramme Republikaner werden ihm dankbar sein, Amerika’s Wehretat lag zuletzt bei $ 1.000 Milliarden per annum (im Vergleich zu $ 300 Milliarden der NATO und $ 100 Milliarden der Russen).

Das kann niemand finanzieren, wie bei Hitler, der hatte den Krieg schon verloren bevor er ihn begonnen hatte.”

“Das logische Ende einer jeden Militärdiktatur, Rom, Byzanz und andere berühmte Vorbilder.”

“Schade um English Petroleum, war so bequem für uns. Aber jede Piraterie hat mal ihr Ende - ist nicht nachhaltig.”

Beide trennten sich lachend.

Nachdenklich betrachtete die Queen ihre Teetasse, das Meisterstück aus Ungarn. Frühstücken wollte sie mit ihm, vielleicht hatte er ja dieselben Vorlieben wie sein Großvater, ihr verstorbener Mann. Angeln, Jagen, Spielen, Literatur lagen jedenfalls im Trend, die Hunde nicht zu vergessen. Sie hatte schon von dem Lager gehört, in dem ihr Enkel gequält wurde. Korrupte MI5 Agenten waren auch involviert, nur noch getoppt von den Amis, die das ganze

Treiben forcierten, um zu beobachten, wer sich an ihren Enkel ranmachte oder ihn töten wollte. Das hätte Uncle Sam auch einfacher haben können, räsonierte Her Majesty.

Jedenfalls ging die Verbindung von SNELL/English Petroleum über MI5 nach Moskau zur russischen Mafia. Sie konnte bei dem Gedanken an seinen Schatz, den $ 843 Millionen, ein Schmunzeln nicht verbergen, zwar zusammen mit Paris, aber dieser Wermutstropfen war zu verschmerzen, für die Krone. Die Zeiten der Ölgesellschaften waren definitiv vorbei.

Gabriel war gewissermaßen mit seinem virtuellen Patent der Vorbote der digitalen Zeit gewesen. Er hatte im Alleingang diese mächtigen Konzerne einfach weggefegt. Ihr Enkel war der reichste Mann auf diesem Planeten - und alles ganz legal.

Europa war mit seiner Währungsunion verloren, die Amis mit ihrer Militärjunta und ihren debilen Agenturisten beschäftigt und das Vereinigte Königreich würde mit Gabriel's Schatz zu alter Größe finden.

Kuba würde sie ihm noch ausreden, anstattdessen eine der Kanalinseln und das urige Castle im schottischen Hochland. Englische Hunde waren auch nicht schlecht und Moorhühner gab es immer noch mehr als genug, jedenfalls mehr als Rebhühner. Lediglich hinsichtlich des Geschmacks musste man Zugeständnisse machen, aber mit seinen herausragenden Koch- und Räucherkünsten würde er auch das Problem in den Griff bekommen. Wie alle anderen auch. Jetzt musste er erst mal aus den Fängen der Barbaren befreit werden.

Wenn die Queen genauer über seine Geschichte nachdachte, konnte einem schon unheimlich werden. Sie fröstelte und bekam eine königliche Gänsehaut auf ihren Unterarmen. Ihr Enkel stammte aus der Verbindung ihres wegen Spionage hingerichteten Ehemanns und der Gräfin Bonhoff, langjähriger Kopf der intellektuellen Wochenzeitschrift "DIE ZEIT", die Queen war immer noch eifersüchtig auf die Gräfin, ausgestattet mit außergewöhnlichen Fähigkeiten und väterlicherseits um 3 Ecken verwandt mit einem der fünf biblischen Stämme, aber protestantisch getauft, genialer Erfinder des wichtigsten Patents der letzten 100 Jahre, sein Leben lang liiert mit Top-Spioninen, angefangen bei seiner damaligen Lehrerin, immer beneidet und da war sie sich einig mit den Mata Haris, nach Jesus von Nazareth und Präsident Kennedy das dritte Zeichen. Sollte auch er sterben, dann kam das Amagedon. Was für ein Glück für das Haus Windsor, mitten drin. Oder eben doch kein Glück, sondern Vorsehung.

Und Gabriel hatte das Territorium befreit und die Trottel der Agenturen/Amt abgeschafft, mit dem sensationellen Ergebnis, dass die Süßen in Militär/Diensten/Verwaltung alle entscheidungsrelevanten Positionen übernommen haben - weltweit. Seine Lehrerin hatte mit ihm einen Bombenjob geleistet. Ihm gebührte mehr als ein Nobelpreis. Und die Brüder Kennedy hatte er auch gerächt, 50 Jahre später als Enkel der Krone.

Was für ein Fest für die Monarchie. Und das Territorium als neue Kolonie der Krone. Streng genommen gehörte das Territorium jetzt ihrem Enkel, der aber kein Interesse mehr hatte. War auf dem Kuba-Trip, einschließlich einem Castle in den Highlands und der Normandie. Man würde sehen.

Zur Not ginge auch Kuba, besser zum Fischen. Paris würde einen Abschlag von $ 400 Millionen erhalten und die Krone könnte mit Patent No. 6 die Memogate-Technologie weltweit kontrollieren. SNELL und English Petroleum würden Federn lassen müssen, sowie GE und SO bei Uncle Sam.

Und die Trottel vom Militär und den Agenturen würden dem Steuerzahler nicht zur Last fallen, kontrolliert von den Süßen. Keine Gulags mehr (für Zivilisten), keine hypomanen Allmachtsphantasien in technologischen Fragen mehr, Schließung von Los Alamos, die Unfähigkeit dieser und ähnlicher Institutionen liegt mit No. 6 auf der Hand.

KAPITEL 38

Wladimir Grilenko, Mitarbeiter des russischen Innenministeriums und Ex-KGB Offizier, Agraringenieur mit Abschluss in Moskau nach 6-monatigem Austausch an der Uni Stanford / USA, blickte zufrieden auf die schwingende Pendeltür am Flughafen Schemjonow von St. Petersburg, durch die er gerade Gabriel auf dem Wege zu seinem Gate für den Heimflug nach Frankfurt/Main verabschiedet hatte.

Es war bombig gelaufen mit dem Deutschen. Gestern hatten sie in Moskau die Gespräche erfolgreich mit dem Motorenhersteller für die 15 MW Low-Speed-Engines abgeschlossen und die russische Seite hatte begeistert die Ausführungen von Gabriel über die Notwendigkeit einer industriellen Fertigung dieser Motoren aufgenommen. Die 40 MW Motoren wollte Gabriel vorerst in Korea fertigen lassen, was aus russischer Sicht in Ordnung war, Hauptsache weg aus der Produktion für Russian Railway, einem Joint Venture mit dem französichen Staatskonzern Alstom, auch einem alten Bekannten des Deutschen.

Die Franzosen hatten in Zusammenarbeit mit den Amerikanern des Rüstungskonzerns General Electricity alle Verträge der alten SPOT für die erste Anlage auf sich gezogen. Das Know-How wäre ihnen sicher gewesen. Sie hatten nur die Rechnung ohne den Deutschen gemacht. Der hatte nämlich mit dem sicheren Gespür eines Jägers nach Kauf der insolventen SPOT nicht nur zahlreiche Taugenichtse aus der Agenturszene, die sich bei der Gesellschaft oder deren Umfeld eingenistet hatten, nach Hause geschickt, sondern auch die Verträge mit Alstom und GE bzw. deren österreichischer Tochter Lenbacher für die wertlosen und nebenbei überteuerten Gasmotoren gekündigt.

Das gesamte Projekt der Amis und Frenchis war aus technologischer und wirtschaftlicher Sicht der reine Schwachsinn gewesen, da in erster Linie Fernwärme und Energie für schlappe 4,5 MW hätten produziert werden sollen. Auch noch im Osten (Sachsen) des Territoriums, auf der Basis von Fördermittelbetrug in Höhe von DM 38 Millionen und auf dem Grundstück des korrupten Energiekonzerns A.ON.

Grilenko musste schmunzeln, wie ein Bulldozer hatte der Deutsche das Heer der Schaumschläger platt gemacht und vom Spielfeld gejagt. Da war das russische Vorgehen eindeutig raffinierter gewesen. Sie hatten Gabriel immer dezent beschattet, im Gegensatz zu den anderen, und hatten verschiedene Konzepte mit ihm erarbeitet. Die Turbinen der Luftwaffe hatten leider nicht geklappt, da der Jäger auf seine Low-Speed-Diesel fixiert gewesen war, die "Kleinen" (15 MW) würden ja jetzt auch in Russland gebaut werden. Also egal. Er zuckte die Schultern. Noch wichtiger war das Pet-Koke-Konzept in Sachen synthetischer Treibstoff, das der Deutsche für die größte indische Raffinerie, immerhin No. 3 auf der Welt, auf Anraten von Moskau über die alten Kontakte erstellt hatte. Sein Meisterstück war jedoch seine Idee mit dem russischen Torf gewesen, der sehr zum Leidwesen der Moskowiter für die verheerenden Brände und Smoggefahr verantwortlich war.

Und dann waren sie gestern abend mit dem Nachtzug nach St. Petersburg gereist, um heute die Gespräche mit dem Generator-Produzenten zu führen, der dankbar für die Zusatzaufträge war, da seine Auslastung alles andere als erfreulich war. Und das nur, weil die Idioten von GE/Alstom bockig waren und dem Deutschen kein Angebot über die speziellen Generatoren unterbreitet hatten. Es gab weltweit nur eine Handvoll Firmen, die für diese Generatoren in Frage kamen, Marktführer war Alstom. Aber sie hatten mal wieder Gabriel unterschätzt. Der hatte nicht lange gefackelt und sich an die Russen wegen ihres Know-How in der Wasserkraft gewandt.

Ursprünglich hatte er einen Besuch des Kreml eigenen Schachtvergasers in einem stillen Vorort von St. Petersburg von Gabriel und seinem US-Verfahrenstechniker eingeplant, aber jemand aus dem Ministerium hatte in letzter Minute quergeschossen. Anstattdessen hatten sie die beiden Deutschen, wenn man den Techniker so nennen wollte, 4 Stunden in der "Ermitage" beschäftigt, dem weltberühmten Museum. Jedenfalls waren sie dort sicher gewesen.

Von Ex-Stasi Mitarbeitern hatten die Russen früh, vor Gabriels Patent No. 6, detaillierte Pläne über den Schachtvergaser am ehemaligen Chemiestandort "Schwarze Pumpe" der Ex-DDR erhalten und hatten zusammen mit Unterlagen von Prof. Heim, TU München / Weihenstephan / Straubing, der selbstverständlich korrupt war und nicht nur exklusiv für Liemens arbeitete, eine kleine Testanlage, mit einem Bruchteil (1/30) der Kapazität von Gabriels Anlage in Brandenburg, in St. Petersburg gebaut.

Grilenko hätte gerne Gabriels Meinung über die Anlage gehört, zumal diese wie schon ihre große "DDR-Schwester" nicht störungsfrei lief, da die Plastikabfälle vor der eigentlichen Vergasungsstufe schmolzen und die Zuführung im Schacht verstopften. Aber das hätte man Gabriel ja nicht auf die Nase binden müssen.

Grilenko gab dem Fahrer ein Zeichen und der schwarze Mercedes fädelte sich in den dichten Berufsverkehr ein.

KAPITEL 39

"Sandy, stellen Sie mich bitte zu Jeff Immelman, CEO von General Electricity, durch," kam es vom Schreibtisch von Major Wes Roland, DIA, Washington D.C ..

"Jeff, wir haben Ihren Gabriel auf eine der Terroristenlisten gesetzt. Leider ein IT-Fehler, wenn es auffliegt. Er ist jetzt offiziell auf dem Radar der Psychopathen-Truppe aus Stuttgart/Germany. Zusätzlich haben wir uns noch seinen debilen Geschäftspartner Rektor vorgeknöpft, an dem die Tommies jedoch schon dran waren."

"Wie kommt das?" kam es aus der GE-Leitung.

"Rektors Vater, vor 10 Jahren verstorben, hat als Auschwitz-Überlebender für den Schin Beth gearbeitet und in den Anfängen von Israel wohl auch für den ehemaligen Kolonialherrn aus dem Vereinigten Königreich. London hat irgendwie die alten Kontakte, schon vor den Patenten von Gabriel, wieder aufgefrischt, mit Zuckerbrot und Peitsche. Haben ihm auch einen Aston Martin für BPS 200.000 geschenkt, Personally Made for Robert Rektor. Bond war er dadurch noch lange nicht. Die Fäden hat English Petroleum gezogen, sie hatten Schiss vor Gabriels DME und seinen Motoren," wie GE, dachte Major Roland.

"Rektor sollte die SPOT-Technologie verhindern. Wie wir heute wissen, ist genau das Gegenteil eingetreten und Gabriel hat die negative Energie seines Umfelds in positive Kraft umgewandelt, das größte Marketing einer Privatperson aller Zeiten."

Immelman konnte ein Grunzen nicht unterdrücken. Major Roland ertappte sich dabei, dass es ihm einen Heidenspaß bereitete, den CEO von GE in Verlegenheit zu bringen.

"BAE-Systems, der britsche Rüstungskonzern, neben GE Hauptlieferant der US-Army, hat seine klebrigen Finger übrigens auch im Memogate-Spiel, zu unseren Konditionen natürlich. On Top steht seine Ehefrau, auch auf unserer Payroll, eine notorische

Kleptomanin und Lügnerin, die gegen Bares für alle Agenturen, Brits, Amis, Rumänen, Rektor gearbeitet hat. Pferdeflüsterer waren ihr immer willkommen.

Die Unprofessionalität der Agentur-Schaumschläger lässt sich leicht an der Wahl ihrer Informanden, Rektor und SHE, zwei extrem dünne Bretter, messen. Auch SHE, ursprünglich von den Brits angeheuert und in den USA ausgebildet, stammt ihr Vater von einem rumänischen Adelsgeschlecht ab, keinem Geringeren als Graf Dracul, die historische Vorlage für Graf Dracula. Das war der Anknüpfungspunkt für die Securitate, dem rumänischen Geheimdienst, die früh von der Sache Wind bekommen hatten.

Gabriel hatte vor dem Bau der Anlage in Brandenburg eine internationale Ausschreibung für den zweiten Kessel (Reformer) veranlasst, die die Rumänen trotz der hohen Transportkosten für den Weg durch die Karpaten gewonnen haben. Gabriel ist sogar mit zwei Technikern nach Plostij, eine Autostunde von Bukarest entfernt, gereist, um sich die Bedingungen des rumänischen Anlagenbauers vor Ort anzuschauen. Die Kosten für den Kessel lagen unter 1/10 der US-Anschaffungskosten, verglichen mit den amerikanischen Mondpreisen von TCI in Baltimore.

Ion Popescou, der CEO dieser Firma, ein bemerkenswerter Mann, Europa Vize-Meister im Bridge, tauchte Jahre später bei Gabriel in Frankfurt/ Main auf, da es ja bekanntlich zu dem zweiten Auftrag für den Bau einer Anlage nicht gekommen war. Bei einem gemeinsamen Abendessen im Pferdestall fiel Gabriel sein ungemein starkes Interesse für die Person und den Mädchennamen (Ghika) seiner Frau auf. Es war nicht sonderlich schwierig, das Andocken der rumänischen Fakultät zu erkennen.

Diese Truppen dürften auf SHE als Infobeschafferin gesetzt haben, was aus heutiger Sicht eine fatale Fehleinschätzung der Sachlage war. Das betrifft auch die Person Rektor, beide Personen Täter und Opfer in einem."

Major Roland zögerte, konnte sich aber seinen Schlusssatz nicht verkneifen.

"Die Rumänen wollten lediglich stehlen, in Verbindung mit einem üppigen Milliarden schweren Förderprogramm der EU, GE und SO sowie andere wollten Gabriels Erfindungen verhindern. Alle sind jämmerlich gescheitert. Rückgängig machen lassen sich seine Ideen nicht mehr."

KAPITEL 40

Das entscheidende konspirative Treffen fand in Langley statt, Thema war das Vorgehen gegen Gabriel, den Jäger. Teilnehmer waren der Hausherr, Jim Prekarius, CIA-Direktor, Chief der Army und Groß-Wesir der Nazi-Loge US, John Mainard, Stabschef Weisses Haus Washington D.C., Jeff Immerman, CEO GE Inc. USA, Gerald Mask, CEO Spacex Inc., Nachfolgeorganisation der NASA,und Tezla Motors Inc. Texas, Major Wes Roland, Direktor DIA (Defence Intelligence Agency) Pentagon Washington D.C .. Zugeschaltet über eine vermeintlich abhörsichere Leitung waren via Satellit Mel Croachie, European HQ “NATO”/NSA Stuttgart/Germany und Dieter Meyers, Admiral Marine Bundeswehr (Deutsche Armee) Berlin, beide Deutschland.

Jim Prekarius begrüßte die beiden Mithörer in Europa und bot seinen 4 Gästen Kaffee und Donuts an. Was er nicht wissen konnte und seine naiven Vorstellungen über die Datensicherheit durch die US-Dienste mit einem Schlage zunichte gemacht hätte, war die Tatsache, dass zeitgleich sich über die angezapfte Satelliten-Leitung automatisch Aufzeichnungsgeräte in Gang setzten, in Paris, London, Moskau, Peking, Rom, Tel Aviv, Tokio und Berlin. In manchen Städten mehrfach gleichzeitig, da nicht nur Dienste und Sub-Dienste, die sich untereinander nicht grün waren, zu dem Interessentenkreis zählten, sondern ebenso diverse Gruppierungen aus der organisierten Kriminalität, Wikileaks mit Lord Snowden sowie Alice und ihre Partnerinnen betroffen waren.

Prekarius, der Vier-Sterne-General eröffnete mit einer Frage an den Stabschef des Weissen Hauses den Reigen.

“In wieweit ist unsere politische Führung im Bilde?”

Er musste schmunzeln bei dieser Wortwahl.

“Präsident Olama und Hillary Printon vom Foreign Office werden das tun, was ich Ihnen vorschlage, was wir heute beschließen werden. Sie will doch die erste Frau im Weissen Haus werden.”

Alle gluckslen vor Vergnügen bei der Vorstellung.

"Wir müssen schnell handeln," lenkte Jeff Immerman ein. Mit seinen Afrika-Verträgen und seinen kritischen Veröffentlichungen über Atom-, Solar-, Windkraft, nicht zuletzt über unsere Turbinen, hat er eine Menge Porzellan zerschlagen. Wenn das so weitergeht, können wir bald zumachen."

Genau dasselbe bei uns," entgegnete Gerald Mask von den Batterieautos und dem NASA-Nachfolger, "weiß nicht, woher der das Alles weiß, aber der macht mit seinem Wasserstoff selbst meine Techniker kirre. Und mit seiner verdammten Prozesssicht stellt er uns als Idioten dar. Er gefährdet das Elektroauto. Hatte ausdrücklich nur eine Genehmigung für die Verwertung von Sondermüll aus der Papierindustrie. Und was macht er draus? Ein Monster, er muss schnellstens weg."

"Wieso Sondermüll?" wollte Major Roland wissen.

"Bei dem Technologie-Konzept von TCI aus Baltimore hatten wir es ausdrücklich auf Black Liqueur, einem Pulpe ähnlichen giftigen Reststoff aus der Zelluloseverarbeitung beschränkt. Nachdem er die Papierherstellung durch den Wolf gedreht hatte, verwarf er unsere Strategie und machte weltweit die größte Bio-Energie-Veranstaltung daraus, einschließlich der Erfindung von synthetischem Treibstoff," erläuterte der General und Spion-Chef.

"Clever, und zwar extrem," pflichtete der Major bei, "aber ich habe noch einen neuen Aspekt, der vielleicht noch nicht allen bekannt ist. Bei unserer Operation bleibt auf jeden Fall zu berücksichtigen, dass das britische Königshaus involviert ist. Die Queen ist faktisch seine Großmutter und er ähnelt ihrem ehemaligen Mann, dem früheren König. Aber es wird noch komplizierter, sein Vater spielt dabei die tragende Rolle. Nach dem Kriege war er von den Tommies "umgedreht" worden, als Mitglied der kaiserlichen Marine hatte er ohnehin nichts mit den Nazis am Hut und ganz arisch war er auch nicht, ein Abkömmling einer der fünf Stämme."

"Wird ja immer illustrer," bemerkte der CEO von GE, "ein Lord der Krone mit biblischen Ahnen und einer Vormerkung für den Nobelpreis."

"Ganz recht," konterte der Major, der als einziger der Runde seine Sympathie für Gabriel nicht verhehlen konnte.

"Irgendwie kam sein Vater über sein jüdisches Netzwerk, er begann seine Karriere als Anwalt der jüdischen Loge mit einer spektakulären Wiedergutmachung eines Fleischfabrikanten aus dem Elsass, dem ewigen Zankapfel zwischen der Grande Nation und Deutschland, an das Original der alten Bundeslade von Moses, in Buchform, aus dem Mittelalter stammend.

Die Quelle ist nicht eindeutig geklärt, unter Historikern gilt es als das Buch mit den 7 Siegeln. Jedenfalls hatte sein Vater mutmaßlich das einzige Original in seiner antiquarischen Bibliothek in seinem Besitz. Deswegen wurde er von der Loge am 16. Mai 1992 in seinem Landhaus ermordet, als er mit Gabriel zur Rehbockjagd war. Nach seines Vaters Tod blieb das Buch verschwunden, obwohl Himmel und Hölle in Bewegung gesetzt wurden, auch vom Mossad. Im Rahmen der Treibjagd auf Gabriel kam die alte Geschichte wieder hoch und es gibt ernst zu nehmende Stimmen, die der festen Auffassung sind, der Fuchs Gabriel habe noch ein weiteres Geheimnis. Die Bibel müsste dann neu geschrieben werden."

"Das Attentat auf ihn können wir dann den Itzicks in die Schuhe schieben," folgerte durchtrieben der Logenchef mit Generalspatent.

"Wir müssen nur die Israelis im Auge behalten, denn der Mossad wird nicht zulassen, dass das Attentat bei den Juden hängenbleibt," wandte der Major ein.

"Dann muss unser hochgeschätzter Präsident dem Ministerpräsidenten von Israel unmissverständlich klar machen, wer seit Jahren die Zeche bezahlt," knurrte Prekarius.

"Ein kleiner Lieferstopp für die neuen Radarsysteme der israelischen Luftwaffe aus den USA könnte das eine oder andere bockige Regierungsmitglied gefügig machen."

Alle lachten hämisch.

"Mel, wie ist die Lage?" Kam es über den Äther im European Headquarter der NATO am Schreibtisch von Mel Croachie, der vorrangig mit der Koordination der Aktivitäten seiner Agenturisten in der Kolonie Old Germany beschäftigt war.

"Der Auftrag lautet "Dead or Alive", also werden wir ihn nachts in seinem Büro mit 100 Soldaten, einer gemischten Truppe aus NSA, Amt Köln/Wiesbaden und andere sowie Military Police (72nd Nevada) angreifen und ihn und seinen Höllenhund festsetzen. Wir hatten ihn bereits auf die Terroristenliste setzen lassen, wie Sie wissen.

Sollte er wider Erwarten überleben, kommt er in unser Psycho-Camp in einem unserer Lager in der hessischen Countryside. Dort spielen unsere Psychos dann Kukucksnest mit ihm, spätestens dann wird er Gaga. Seinen korrupten Partner haben die Brits im Griff, beide Ehefrauen arbeiten für uns. Dann wird seine Firma liquidiert, das wichtige Patent No. 6 haben wir bereits in Taiwan angemeldet. 100 Soldaten sollten für einen kaum bewaffneten Zivilisten reichen, oder?"

Die Frage ging im dröhnenden Lachen der Gesprächsteilnehmer unter. Eine folgenschwere Fehleinschätzung, wie sich später herausstellen sollte.

"Gentlemen, es war mir wie immer ein Vergnügen," schloss der General die Runde.

Mehr als ein Dutzend Verbindungen weltweit wurden ebenfalls gekappt und unzählige Helfershelfer waren mit der Analyse dieses Gesprächs beschäftigt und verschickten hundertfach ihre Zusammenfassungen an die jeweiligen Adressaten. Das Gesprächsprotokoll sollte als nachhaltiger Beleg für Korruption und grenzenloses Unvermögen in die Geschichte eingehen und diente ebenfalls als Basis für Gabriels Regressverfahren.

KAPITEL 41

Manolo war zufrieden mit dem Fortschritt in der Sache seines Bruders. Die Dons hatten in stiller Eintracht alles abgesegnet und jeder begann in aller Ruhe mit den Vorbereitungen in seinem Aufgabenbereich. Es schien, als hätte die Organisation nur auf dieses Projekt gewartet. Das Feedback aus den unterschiedlichen Regierungsstellen war überraschend positiv, Kohle- und Atomlobby waren aus dem Spiel. Die Abfall-Mafia zickte noch, hatte aber keine Wahl, da das Kartell ihnen bei unkooperativem Verhalten einfach die Abfälle wegnehmen würde. Die unfähigen Schmarotzer hatten ja jahrelang Zeit gehabt, eine umweltverträgliche Lösung des Müllproblems zu entwickeln, aber leider Fehlanzeige. Den Vogel abgeschossen hatte Don Felippe, der bereits mithilfe der jeweiligen Landwirtschaftsministerien Verträge über pelletierte Biomassen wie Kaffee- oder Kakaoschalen in der Größenordnung einer Million Tonnen (atro) jährlich mit den Großagrariern in Kuba, Ecuador, Kolumbien, Mexiko, Venezuela, Costa Rica abgeschlossen hatte. Brasilien und Argentinien waren in Vorbereitung.

Das reichte für 20 Anlagen mit je 15 MW Leistung. Dann hatte er sich mit Il Ricurvo getroffen, der die Todesschwadron des Kartells als Vorturner beaufsichtigte und selbstverständlich aus Lust an der Freude ihr fleißigster Vollstrecker war. Don Manolo hatte ihm eine Aufstellung mit 300 Namen gegeben, die entweder seinen Bruder malträtiert hatten oder dem Projekt des Kartells im Wege standen. Es waren überwiegend korrupte und kriminelle Militärs, Agenturisten, Politiker und Mitarbeiter der öffentlichen Hand mit dem Schwerpunkt Europa / USA. Il Ricurvo hatte bereits begonnen, die Aufträge abzuarbeiten.

Dann hatte er sich mit Don Pedro el Basque, dem Anwalt des Kartells, getroffen, um in der Sache Gabriel tätig zu werden. Er würde über seine Kooperationspartner in Deutschland die verantwortlichen Militärs in Lagerleitung, Ministerien und Justiz schmieren und ein weiteres externes Gutachten beauftragen, das den Namen auch verdient. Sollten diese Maßnahmen nicht kurzfristig zum Erfolg führen, würden sie Gabriel einfach kidnappen. Möglichkeiten gab es genügend. Zur Not würden sie in dieser Angelegenheit mit den Russen oder den Israelis kooperieren, da sie in Deutschland besser vernetzt waren.

Schlicht eine Frage des Geldes und davon hatte das Kartell mehr als genug. Dieses Vorgehen hätte auch den Vorteil, dass Gabriel aus Kuba nur schwerlich wieder weg könnte. Er wäre dann “Gast” des Kartells.

Don Pedro el Basque hatte bereits über seinen Mittelsmann in Berlin, ein korrupter Staatssekretär im Wirtschaftsministerium der Regierung Merkle und Mitglied der CDU, die entsprechenden Stellen in Berlin und der Landesregierung in Wiesbaden/Hessen mit Euro 2 Millionen geschmiert. Es fehlte noch die Lagerleitung, ein unprofessionelles Konglomerat aus korrupten Agenturisten der National SA, der größten Nazi-Vereinigung der USA, dem deutschen Amt in Köln, dem größten Karnevalsverein der Welt mit zahlreichen Ex-Stasi Mitarbeitern, die im Rahmen der Wiedervereinigung mit den Kommunisten einfach zwangseingemeindet wurden, und dem MAD, dem militärischen Dienst der sogenannten Bundeswehr, der mangels Geschäftsgrundlage schon vor Jahren hätte aufgelöst werden sollen. Das Handeln aller Protagonisten war geprägt von bodenloser Unprofessionalität gepaart mit Korruption. Wie immer bei solchen verkommenen staatlichen Strukturen traute keiner dem anderen, das Verhalten wurde von Neid und Missgunst bestimmt. Insofern würde es dem Anwalt des Kartells nicht schwer fallen, den Hebel mit ein paar Geldscheinen anzusetzen. Er musste nur noch entscheiden wo und bei wem.

Über seinen Kontaktmann in Langley hatte Don Pedro erfahren, dass die CIA über diese Entwicklung auch nicht glücklich war, aber zur Zeit nicht die entsprechende Lobby in Washington besaß, gegen die Nazis und die Kindersoldaten von der NSA vorzugehen.

Man munkelte bereits hinter vorgehaltener Hand, dass in Zusammenhang mit Gabriels Veröffentlichungen über Lord Snowden das FBI Ermittlungen gegen NSA und Army aufgenommen hatte. Aber das konnte noch einige Zeit dauern und offiziell konnte das Kartell schlecht mit dem FBI kooperieren. Dann wohl schon eher mit den Israelis, denen das Nazi-Getue mit technologischer Tarnung gehörig gegen den Strich gehen dürfte.

Don Pedro bereitete eine entsprechende E-Mail an seinen Kontaktmann beim Mossad in Tel Aviv vor. Genau genommen war seine Kontaktperson eine Frau, die Leiterin des Auslandsgeheimdienstes, Tamara Lefrat, von Freunden "Tami" genannt. Don Pedro konnte nicht wissen, dass Tami aus der Zeit des Eliteinternats in der Schweiz eine enge Jugendfreundin Gabriels war. Sie hatten sogar ein bisschen rumgeknutscht, vor 40 Jahren.

Don Pedro konnte erkennen, dass seine Mail sofort geöffnet wurde. "Hilfe bei der Befreiung aus Lagerhaft von NSA/Amt," dachte sie. Das Kartell hat Humor, ohne politische Verwicklungen, versteht sich. Gänzlich unvorbereitet traf sie dieses Anliegen jedoch nicht, da der Mossad bereits zwei Agentinnen in das Lager eingeschleust hatte und Tami über alles im Bilde war.

Der Kolumbianer konnte natürlich nicht wissen, dass sich Major Tamara Lefrat auch schon mit dieser Idee der Befreiung befasst hatte. Er wunderte sich nur über die postwendende Antwort.

"Gabriel wird über die Schweiz abgeschoben. Er ist staatenlos und besitzt seit 8 Jahren keinen deutschen Pass mehr. Seine Familie sitzt in Zürich/CH, das Haus in Offenbach wird gerade verkauft und er kann über seine Ehefrau, die auch die Schweizer Staatsbürgerschaft besitzt, jederzeit die Permis C (uneingeschränkte Aufenthaltserlaubnis) von den Eidgenossen erhalten.

Ein bisschen Backschisch von Ihrer Seite dürfte nichts schaden. Lasse Ihnen noch Details zukommen. Wenn es zu langwierig wird, entführen wir ihn einfach. Die Kindersoldaten aus den Agenturen und diverse Amtstrottel (Köln und Landesverfassungsschutz Wiesbaden ...) stellen keine Gegner für uns dar. Von Zürich kann er jederzeit nach Kuba reisen - verdeckt. Gezeichnet Tamara Lefrat”

... Und nach Israel, dachte sie im Stillen bei sich und klappte den Laptop zu.

KAPITEL 42

Urs Schläpfer, Amtsleiter der Fremdenpolizei Zürich, der Schwyzer Ausdruck für Einwanderungsbehörde, schaute angenehm überrascht seiner Besucherin nach und war noch ganz benommen vom Charme und Aussehen der aparten Vierzigerin. Ihr Parfum hing immer noch in der Luft seines Büros, als er in seinen PC die Daten von Gabriel eingab und über Google fündig wurde. Kein Wunder, dachte er, dieser Gabriel war eine echte Nummer, mit Resonanz sogar in China.

Da waren die ihm offerierten SFR 50.000 für ein bisschen Entgegenkommen bei der Bearbeitung der Permis C eher ein Klacks. Der Mann musste mächtige Freunde haben und seine Wohltäterin war auch nicht zu verachten, eine eingebürgerte Kolumbianerin, den Papieren nach. Urs Schläpfer war Pragmatiker und es sprach nichts gegen das Anliegen. Abgesehen davon baute er gerade sein kleines Einfamilienhaus mit Wärme dämmenden und Schall isolierenden Fenstern und Türen um, das er von seinen Eltern geerbt hatte, und konnte das Geld gut gebrauchen, da sein Gehalt als Staatsbediensteter des Kantons Zürich nicht sehr üppig bemessen war. Er würde den Vorgang mit höchster Priorität bearbeiten. Don Manolo hatte von seiner Agentin positives Feedback aus Zürich erhalten, die Sache mit der Abschiebung war perfekt. Don Felippe hatte ihm eine Nachricht zukommen lassen, dass der Wasserstoff-Reaktor, den sein Bruder in Brandenburg in Ost-Deutschland errichtet hatte, zusammen mit den beiden Brennern aus dem NASA-Programm, gerade im Hamburger Hafen nach Kuba verschifft wurde.

Für den Transport hatte eine Spezialfirma den 28 Meter hohen und 150 Tonnen schweren Reaktor mit einer monströsen Bandsäge in drei Teile zerlegen müssen. Vier Tage und Nächte hatte sich die Säge mit ohrenbetäubendem Kreischen durch die 40 cm starke Ausmauerung, einem feuerfesten Beton aus Alu-Oxid, gefressen. Der hochwertige Beton hatte die vielfache Festigkeit von Stahlbeton garantieren müssen und war zum Zerschneiden denkbar ungeeignet, da der Reaktor für die Ewigkeit konzipiert worden war.

Hilfreich für diese Arbeiten waren die Verbindungen des Kartells zur Abfall-Mafia in Deutschland, in dem Fall zu A.ON und RWA, den beiden korrumpierten Energiekonzernen der Loge. Don Felippe hatte ihnen 15% an dem späteren Südamerika Geschäft zugesagt.

Um Mel Croachie vom European HQ in Stuttgart und Agentur-Koordinator der Amerikaner in der Kolonie Deutschland hatte sich Don Manolo selbst gekümmert, Il Ricurvo hatte John Dillinger ausgeschaltet. Der Don genoss gerade die zweite Tasse des kubanischen Premium-Kaffees in seinem Büro an diesem Morgen und ging gedanklich seine Checkliste in Sachen Gabriel durch. Mel Croachie war feige und korrupt, wie die meisten Agenturisten, und hatte die Hosen voll wegen des unerwarteten Ablebens seines texanischen Agenten.

Manolo hatte ihm Geld für seine Psychopathen-Truppe einschließlich diverser Amtstrottel von deutschen Ämtern im Lager angeboten, die immer noch ihren Verkleidungskomplex auslebten. Kleingeld sollte reichen. Die Farce waren die Ämter in der Kolonie, ungefähr 80 an der Zahl, der Ausbund an Unprofessionalität und in der Sache seines Bruders mehr als Insignum für den Beweis eines unfähigen, korrupten Staatswesens. Involviert waren der sogenannte Landesverfassungsschutz, begrifflich schon ein Widerspruch, da es weder ein Land oder eine Verfassung gab, die ohnehin von diesen Kriminellen, einschließlich V-Leuten, nicht geschützt werden würde. Vertreten in 16 Bundesländern, plus 16 x LKA plus diversen Bundesbehörden wie Amt Köln, BKA, Zoll, BND, Ministerien Inneres/Verteidigung, MAD plus diversen militärischen Einrichtungen plus Generalbundesanwalt einschließlich untergeordneter Staatsanwaltschaften plus zwei Dutzend Polizeidirektionen plus 16 Landesinnenministerien plus zwei Dutzend OFD's plus diverse Ordnungsämter, Feuerwehren, Regierungspräsidien, Landesumweltamt Brandenburg. Die Aufstellung macht deutlich, dass die Zahl von 80 Behörden eher untertrieben ist und den Massenauflauf der Scharlatane erklärt. Dazu müssen jedenfalls nochmals 3 Dutzend Vertreter fremder Dienste und der organisierten Kriminalität hinzugerechnet werden, vorsichtig geschätzt.

Aber der Kubaner hatte mit Belustigung zur Kenntnis genommen, dass der Amerikaner seine Truppen nicht mehr im Griff hatte. Die Psychopathen machten was sie wollten. Insofern mussten sie von Uncle Sam sowieso entsorgt werden, und der Don konnte Geld sparen. Er musste nur warten. Zur Sicherheit schickte er zwei eigene Leute ins Lager. Sie kannten die Agenturisten ja schon aus Giessen, grenzdebile primitive Psychos, fast überwiegend Männer, die in den neuen Strukturen der Dienste und Militärs ohnehin keinen Job mehr hatten. Auch hatten die Süßen noch einige Rechnungen mit dem Abschaum offen.

Manolo entschied sich zu warten. Warum sollte er sich die Finger schmutzig machen. Uncle Sam sollte seinen Dreck selber entsorgen. Und das Paradoxe an der Affäre war die Tatsache, dass das Kartell eigentlich eine Medaille von den Amis erhalten müsste, denn als Spione oder Soldaten taugten die Psychos keinen Pfifferling. Das sahen die Chinesen, Russen, Franzosen und Israelis genauso, und ein Großteil der betroffenen Mafia ebenfalls.

KAPITEL 43

Es fing leicht an zu nieseln und es ärgerte Il Ricurvo, dass er die Waffe würde putzen müssen. Das Fenster wollte er nicht schließen, da es möglicherweise schnell gehen würde. Noch dazu ein Prunkstück, eine handwerkliche Meisterleistung seines alten Büchsenmachers alter Schule in Brügge, zerlegbar, trotz des 55 cm Matchlaufes unter 1 m Gesamtlänge und hervorragend zu transportieren, in seinem Lieblingskaliber .223 Remington und mit dem kleinen 3,2 Gramm Geschoss konnte er bis auf 350 m eine Fliege treffen.

Es durfte nur nicht stark regnen, das mochte das kleine Kaliber nicht. Der Schalldämpfer war auch vom Belgier in derselben Qualität gefertigt worden, sodass der Schuss im allgemeinen Großstadtlärm unterging, der Geräuschpegel ähnlich dem Auftreffen eines Tennisballs auf die Seiten eines professionell bespannten Schlägers. Der Belgier verstand sein Handwerk, sinierte er anerkennend, hatte alle seine Vorgaben detailgetreu umgesetzt. Zu früheren Zeiten hatte er für die IRA gearbeitet.

Sein Augenmerk galt dem Eingang einer Apotheke in 120 m Entfernung auf der gegenüberliegenden Straßenseite. Dort erwartete er sein Wild. Und er ging davon aus, dass es innerhalb der nächsten 2-3 Stunden dort erscheinen würde. Es war eines der Schweine, die Gabriel im Lager gefoltert hatten, ein Psychopath und verkappter Verkleidungsfetischist, aber er erkannte ihn immer an der Stimme, seiner Motorik und Körpersprache. Zudem litt der Folterknecht an einer astmathischen Allergie einschließlich Sinusitis, was nicht nur seine Stimme unverwechselbar machte, sondern ihn auch zur regelmäßigen Einnahme von Alupent Dosieraerosol, einem kortisonhaltigen Inhalationsmittel, zwang.

Als er das Hotelzimmer seines Opfers durchsucht hatte, fand er das zur Wiedervorlage auf diese Apotheke ausgestellte Rezept. Anfangs wollte er das Spray vergiften, verwarf aber dann diese Idee, weil ihm diese Variante für das Schwein zu milde war. Er leerte lediglich die Ampulle soweit, dass der Besuch der Apotheke absehbar war.

Er stopfte genüsslich seine Pfeife mit seinem exzellenten schottischen Tabak, paffte seine Wolken in den Abendhimmel und stellte zufrieden fest, dass es aufgehört zu regnen hatte. Das Schwein hatte den Tod verdient, war korrupt wie die meisten Soldaten und hatte für diverse Nachrichtendienste gearbeitet. Streng genommen war er mehrfacher Landesverräter und sah jetzt seiner gerechten Strafe entgegen.

Er legte die Pfeife beiseite und zog die Waffe in die Schulter, da der Bewegungsablauf der sich in der Dunkelheit nähernden Person ihm bekannt vorkam. Das 50er Leupoldglas bestätigte seine Vermutung und das Absehen No. 4 saugte sich am Halsansatz fest. Er ließ ihn die Eingangstür passieren, die bereits am Kassentisch hinterlegte Bestellung in Empfang nehmen, sich eine Zigarette anzuzünden, als mit lautem Getöse hinter ihm der schwere metallene Rollladen den Feierabend verkündete.

Dies war sein Zeichen, das Absehen stand auf der Höhe des unteren Handwurzelknochens am Handgelenk der rechten Hand, und er berührte den haarfein eingestellten Abzug. Der Knall wurde vom Scheppern des Rollladens komplett geschluckt. Selbst eine alte Dame führte ihren Gassi-Gang mit ihrem Yorkshire Terrier auf der anderen Straßenseite unverändert fort, nur das Hundchen kläffte, was aber offensichtlich der Normalfall war. Er betätigte den Verschluss des Einzelladers und schob eine neue Patrone in die Kammer. Leicht geblendet durch das Mündungsfeuer konnte er nicht ohne Vergnügen die Panik in den Augen des Schweins erkennen. Die Zigarette war zu Boden gefallen und er starrte voller Entsetzen auf seine zerfetzte Hand, die nur noch von Hautlappen gehalten am Unterarm baumelte. Das kleine weiche Teilmantelgeschoss hatte ganze Arbeit geleistet, das Blut schoss stoßweise auf den Gehsteig.

Wie er vermutet hatte, war das Schwein durch den Schock nicht fähig zu sprechen. Das zweite Geschoss riss das Schwein von den Beinen, da die Kugel die Kniescheibe und das Kniegelenk "gesprengt" hatte und der Unterschenkel nur noch von Haut und Sehnen gehalten wurde. Aus der grauenvollen handtelllergroßen Wunde pulste das Blut. Er repetierte, schob die dritte Patrone in die Kammer und fast zeitgleich riss die

kleine Kugel das rechte Ohr des Schweins vom Schädel und hinterließ eine hässliche, fingerdicke Scharte auf der Wange seines Gegenübers. Das Schwein war die kleine Treppe heruntergerollt und wand sich auf dem Bürgersteig in seinem Blut, immer noch sprachlos.

Was nicht ungewöhnlich war, da der Schock für das vegetative Nervensystem der über 1.000 m/Sek. schnellen Kugel immens, manchmal sogar tödlich, war. Aber die Schmerzen würde das Schwein spüren. Als er die vierte Patrone in die Kammer geladen hatte, wartete er einen Moment der Stille während der langsamer werdenden Zuckungen ab und traf den Körper eine Handbreit unterhalb des Bauchnabels. Das kleine Kügelchen wütete in den Gedärmen des Schweins, der Gehsteig war im Umkreis von 3 m mit Blut und Fäkalien getränkt.

Er zerlegte fachmännisch mit zwei Handgriffen das feine Gewehr und verstaute es in der dafür vorgesehenen Sporttasche. Er angelte seine erloschene Pfeife aus dem Aschenbecher und feuerte nach, bewusst so, dass sein Gesicht gut beleuchtet wurde. Das Schwein hatte sich sterbend in Schussrichtung gedreht und hatte schon vorher gewusst, wer es war. Seine letzten Gedanken wichen einer gewissen Zufriedenheit, das ewige Fliehen hatte ein Ende. Gabriel hatte ihn erlöst.

Er verließ eilig das Hotel, gerade zu dem Zeitpunkt, als der erste Streifenwagen erschien. Er musste den Nachtzug nach Berlin für sein nächstes Rendez-Vous erreichen. Selbst einem geschulten Beobachter wäre die in ihre Einzelteile zerlegte Waffe in der Sporttasche nicht aufgefallen, lediglich das Gewicht der Spielzeugeisenbahn war etwas hoch. Aber wer kümmerte sich schon um Kindergeschenke.

Seine Laune war auf dem Tiefpunkt, als er an der Station Berlin-Zoo ein Taxi zum Adlon suchte. Wehmütig dachte er für einen Moment an seine Schnellzüge in der Schweiz und die Qualität der dortigen Küche einschließlich der Weine. Der nächste Kandidat war urdeutsch, was ihn besonders freute. Er begab sich in die "Lobby" des Adlon, bestellte zu einem sündhaft teuren Preis einen "Latte Macchiato" und wartete mit Blick auf den Zugang zur Brasserie "Wintergarten". Er würde kommen, da er in 20 Minuten verabredet war, möglicherweise könnte der zwei Fliegen mit einer Klappe erledigen, das wäre dann die No. 237 auf seiner Liste der "erledigten Fälle".

Sein Opfer hiess Paul Dahlhoff, CEO von Eurosolar und Initiator des WCRE (World Council for Renewable Energy) und aktiver Nazi, 61 Jahre und ein bösartiges Schwein. Dahlhoff pflegte engste Kontakte zur kroatischen Mafia, die im wesentlichen von Mitgliedern des ehemaligen Militärs und dem Geheimdienst gesteuert wurde. Der ganze Solarzirkus hatte natürlich nichts mit Sonnenenergie zu tun, sondern war eine fiktive Gegenveranstaltung der

Ölindustrie, angeführt von den Amerikanern, den Saudis und den Briten. Genau genommen war diese Klientel identisch mit der Atomlobby, lediglich der Etikettenschwindel mit dem Schild "Bio" war neu.

Über den Waffenhandel waren korrupte Militärs involviert, über den Handel mit Uran und Atommüll die Mafia sowieso. So konnte es schon mal vorkommen, dass ein korrupter Militär aus Texas und Anhänger der Republikaner auf einmal für Solarenergie plädierte. Verrückte Welt. Er musste schmunzeln, als er daran zurückdachte, wie Gabriel vor einigen Jahren mit wenigen Schaubildern im weltweiten Netz den Lug und Trug um die Solarenergie bloßgestellt hatte. Er konnte nachweisen, dass die Effizienz aufgrund der technischen und tatsächlichen Rahmenbedingungen bestenfalls bei 25% lag, und damit die Nutzung von Sonnenenergie schlicht unwirtschaftlich war. Hinzu kam, dass der Steuerzahler als "Universal Soldier" für die wahnwitzig überhöhten Investitionen kräftig für dieses Mafia-Subventionsprogramm zur Kasse gebeten wurde. Seine Berechnungen, die im Rahmen eines Benchmarking zu seinen Patenten veröffentlicht wurden, empfand er als trivial und wunderte sich noch heute über den Wirbel, die sie sogar in China verursacht hatten. Die Veröffentlichungen waren Auslöser für den Mordanschlag auf Gabriel mit anschileßender Verschleppung, initiiert vom braunen Abschaum aus korrupten Militärs und Gestapo, der Mafia (insbesondere der jüdischen) und einigen Spitzenvertretern aus der Industrie.

Nun war der erwartete Gast von Dahlhoff nicht ein solcher, aber dafür ein ebenso großes Schwein. Manfred Krüger war Chef der Sparkassenvereinigung Deutschland e.V. und arbeitet nebenbei für das Amt für Verfassungsschutz, ähnlich wie der lCE die deutsche Variante des Inlandsgeheimdienstes, wobei man das Adjektiv "geheim" streichen muss, wie die meisten in seiner Behörde mit großer Bewunderung für das 3. Reich und die "Errungenschaften" der Nazis. In seiner Doppelfunktion konnte Krüger seiner kriminellen Veranlagung freien Lauf lassen.

Auch die Sparkasse, so eine Art Bank, war eine Erfindung der Nazis, die ja bekanntlich wie die Kommunisten Verfechter der Staatswirtschaft waren. Kein anderes Land auf diesem Planeten leistete sich diesen NaziSchwachsinn, neben den "normalen" Geschäftsbanken, wenn man die Deutsche Bank als "normal" bezeichnen will, sogenannte "Landesbanken", die im wesentlichen der Finanzierung krimineller Geschäfte durch die regionalen Warlords aus SPD und CDU dienen, die sogenannten "Sparkassen", eine Art Geldeinsammler für Spargroschen einfacher Leute, ohne übliche Bankfunktion. Aufgrund der starken Vertretung mit über 60 Hauptfilialen auf dem Gebiet der ehemaligen Republik Deutschland konnte Krüger kräftig mit der Mafia, vorzugsweise der jüdischen, im Immobiliengeschäft mitmischen, die Grenzen zwischen Mafia und Geheimdienst waren ohnehin fließend.

Beide betraten nahezu gleichzeitig die Lobby, begrüßten sich auffallend herzlich und steuerten gleich die Bar im "Wintergarten" an. Er frohlockte, ein Doppelschlag, wen als Ersten? Er hielt beide für ungefährlich und entschied sich für die Toilette, die Blasenkapazität würde über die Rangfolge entscheiden. Er wechselte den Standort Richtung "Wintergarten", um die beiden Kandidaten besser beobachten zu können, bestellte ein kleines Bier und wartete. Krüger und Dahlhoff schwammen erkennbar auf derselben braunen Welle, plapperten wie Pennäler und kippten die Biere nach alter Verbindungstradition im Eiltempo. Er musste nicht lange warten, als Krüger nach 40 Minuten mit der üblichen Kaffee-Entschuldigung sich in Richtung Toilette aufmachte. Er schob den Skinner, seine Lieblingswaffe für Schweine, vorsichtig in die rechte Hosentasche, lockerte das Lederfutteral und betrat den

Waschraum der Toilette. Vor Jahren hatte ihm ein kanadischer Jagdfreund dieses praktische, rasiermesserscharfe Einhandwerkzeug mitgebracht, zu einem Zeitpunkt, als diese in Europa noch vollkommen unbekannt waren.

Seitdem hatte er sicher 1.000 Nazis gehäutet, vorzugsweise korrupte Agenturisten und Soldaten. Manchen hatte er nur die Gesichtshaut abgezogen und sie wieder Laufen gelassen. Als er den Waschraum betrat, war Krüger gerade fertig mit dem Händewaschen und dreht sich in die Richtung des Handtuchhalters, als ihn die Klinge im Oberschenkel unterhalb der Leiste mit einem schmatzenden Geräusch traf und mit einem Schnitt bis zum Knochen die Aorta durchtrennte. Mit derselben Bewegung setzte er den Haken des Skinners in Bauchnabelhöhe an und zog ihn bis zum Brustbein durch, mit dem Ergebnis, dass sich Krügers Eingeweide, jedenfalls Darm und Magen, zum überwiegenden Teil auf die teuren italienischen Fliesen der Adlon-Gästetoilette verteilten oder in Kniehöhe zuckend und pulsierend baumelten.

Aus der Wunde in der Leistengegend schoss das Blut wie aus einer geplatzten Wasserleitung und die schönen Fliesen waren zum Teil nicht mehr zu erkennen. Krüger war stumm, seine Augen panisch geweitet starrten auf seine ehemaligen Eingeweide, fing an zu wanken.”Warum?“stammelte er kaum vernehmbar. Er wischte den Skinner am Handtuch ab, trat einen halben Schritt vor dem Blutsturz zurück, blickte in Krügers zunehmend ausdruckslose Augen und flüsterte ebenso leise: “Für den Hund!” Ein kurzes Flackern in den Augen signalisierte, dass er verstanden hatte, wen er vor sich hatte, bis sie für immer erloschen. Als Krüger zu Boden ging, war er schon auf dem Wege zu Dahlhoff.

Die Bar war zu der frühen Stunde so gut wie leer, der Barmann war noch mit den Vorbereitungen für das kommende Abendgeschäft beschäftigt und hatte wenig Zeit für seinen einzigen Gast, der mittlerweile Besuch erhalten hatte, von John Dillinger einem ebenso korrupten wie braunen NSAAgenten aus Texas, der in Stuttgart für die Waffengeschäfte mit der russischen Mafia bis hin zu streng sanktionierten Lieferungen von Kernenergie an Staaten wie dem Iran, Nordvietnam und anderen gefährlichen Chaoten zuständig war, alles unter der Regie des "European Headquarter", also mal wieder zum Nachteil des Steuerzahlers.

Er hasste diese trüben Tassen, die unter dem Deckmantel des öffentlichen Dienstes, häufig Dienst oder Militär, ihr ohnehin nichtsnutziges Tagesgeschäft zulasten des Staates als Westentaschen-Mafiosi ergaunerten.

Nicht die wirkliche Mafia oder der Terrorismus waren das Problem der zivilisierten Menschheit, sondern dieses Pack. Er grinste verstohlen, denn der Texaner stand auch auf seiner Liste, korrupte Militärs waren ihm zuwider, zudem war der Nazi-Ring der Agenturen, eine Geheimbund ähnliche Sekte wie die "Skulls" an dem Mordkomplott gegen Gabriel beteiligt gewesen.

Er wusste es aus zuverlässiger Quelle, da er den letzten "Skull" gehäutet hatte und dieser, nachdem er ihm die Gesichtshaut abgezogen hatte, sehr gesprächig geworden war. Zudem waren die Kameraaufnahmen und die aufgezeichneten Gespräche aus der Tatnacht und den Tagen davor eindeutig. Er mochte den Texaner überhaupt nicht, wie er so mit seinem obligaten riesigen Stetson viel zu laut Scotch in sich hineinschüttete, aber er überwand sich und schielte nach dem Barmann, der immer noch in der kleinen Küche mit dem Schneiden von Limonenschnitzern beschäftigt war.

"Hallo John, was führt Dich nach Berlin?"

Eine Servirhilfe, sehr kokett, war gerade eingetroffen und zog sich um. Es wurde Zeit. Er musste langsam zu Potte kommen, jeden Moment konnte jemand die Leiche auf der Toilette finden.

"Texas, HQ im Schwabenland und unser Sponsor, wenn ich so sagen darf, Edwin Mask, der Milliardär aus Australien, der nicht nur mit Elektroautos die Welt erobern will, sondern jetzt Euer Wehrmacht, Pardon Luftwaffe, Elektro-Drohnen verkaufen will. Geht um einen ordentlichen Batzen Cash und wir vom HQ Europe bekommen eine saftige Commission."

Angewidert zischte Dahlhoff: "Ist nicht meine Wehrmacht."

"Dieser Mask ist unglaublich, er will sogar die NASA komplett in eigener Regie ersetzen, Uncle Sam geht das Geld langsam aus, deswegen, wenn dieser Typ pfeift, springen alle im Militär und Intelligence. Klar, oder? Mein alter Body Paul soll mir helfen, den einen oder anderen von Euren Preussen im Bendlerblock zu schmieren oder zu erschrecken. Stuttgart ist extrem tensed, nach der Scheisse mit dem Bahnhof, kein Wunder."

Der Barmann mühte sich gerade, mit der Sackkarre drei volle Kisten Chardonnay in den Kühlraum auf dem gegenüber liegenden Flur zu bugsieren und war somit für einige Minuten außer Sicht. Das war sein Einsatz.

Der Amerikaner kam als erster an die Reihe, er hielt ihn für gefährlicher. Er beugte sich über den Bartresen, tat so als suche er nach Feuer, fischte den massiven Eispickel aus dem Eiskübel, was für ein nostalgischer Quatsch, nahm den Schwung aus der Rückwärtsbewegung mit und rammte den Pickel mit voller Wucht dem Texaner ins linke Auge. Durch die Wucht des Schlages drang das ehemalige Kücheninstrument durch die Augenhöhle, durchtrennte mit schrillem Knirschen die Nebenhöhlen und zerstörte wesentliche Teile des Stammhirns, was zum sofortigen Exitus führte.

Das linke Auge war ausgelaufen und befand sich im wesentlichen im Kinnbart des Texaners. Wie üblich bei Hirnverletzungen strampelten die Beine wild auf Il Ricurvo starrend, es waren die letzten Bilder, die er in seinem Bewusstsein aufnehmen konnte, bevor ihm die wütend geführte Klinge des Skinners die Kehle fast bis zum Atlas aufriss. Trotz eines letzten Bemühens des Deutschen versagten die Stimmbänder in dem Schwall von herausspritzendem Blut und er sank gurgelnd neben den Texaner auf den Boden. Er wischte den Skinner trocken, packte beide Werkzeuge in die Jackentasche und bevor der Barmann auf dem Flur auftauchte, hatte er das Adlon Richtung Friedrichstraße verlassen. An der Spree entsorgte er beide Werkzeuge.

KAPITEL 44

Der Wecker klingelte um viertel nach fünf und er stand auf. Er hatte es geschafft, er war auf die Entlassungsstation verlegt worden. Sobald ein Bett im Wohnheim, das sich in einem Nachbarort befand, frei werden würde, würde man Gabriel, voraussichtlich im Frühjahr, entlassen. Er machte sein Bett, was ihm einige Mühe bereitete, da er von VITOS mit Strahlung beschallt wurde, die sich in eingeschränkter Motorik bemerkbar machte. Er wusste nicht wie die Strahlung funktionierte, aber sie war erheblich behindernd. Danach ging es in die Dusche, mit denselben Behinderungen, wo das Einseifen (mit Duschdas) einem ritualisierten Ablauf folgte. Er duschte 30 Minuten und wusch sie sehr gründlich. Da der Abfluss seines Waschbeckens in seinem Zimmer verstopft war, putzte er sich die Zähne am Waschbecken im Bad. Auch hier war manipuliert worden, der Abfluss war undicht und er legte ein Handtuch aus dem Wäschekorb für Schmutzwäsche auf den Boden, um zu verhindern, dass er in einer Wasserlache stand.

Danach ging es zurück ins Zimmer und Gabriel zog sich an. Auch dies folgte einem allmorgendlichen Ritual. Daraufhin ging es in die Küche und er machte Kaffee. Er holte aus dem ersten Stock die Brötchen und er schmierte sich ein Brötchen mit Butter und Erdbeermarmelade. Sobald der Kaffee durchgelaufen war, bereitete er zwei Tassen mit Zucker und Kondensmilch vor. Er setzte sich nicht in den Essensraum, sondern frühstückte im Stehen in der Küche. Daraufhin ging er in sein Zimmer, wusch die Tasse aus und zog die Windjacke an. Er ging in den ersten Stock und holte Zigaretten und Feuerzeug aus seinem Fach und begab sich, nach dem die Tür vom Pflegepersonal geöffnet worden war, in den Hof. Dort rauchte er eine Zigarette, die er mit wenigen Zügen inhalierte. Da die Zigaretten Marke Gaulloises unterschiedlich stark waren, hatte er VITOS im Verdacht, für diese Manipulationen verantwortlich zu sein. Danach ging er in sein Zimmer zurück und wartete 20 Minuten, bis er sich zur Turnhalle begab. Auf dem Weg dorthin wartete er nochmals 5 Minuten an der Schleuse bis die übrigen Mithäftlinge dazugestoßen waren. Er begab sich direkt in den Geräteraum, nachdem er seine Jacke ausgezogen hatte und begann mit seinen Übungen, wie immer mit den Butterflys und den Geräten für Bauch und Rücken. Er machte bei nahezu allen Geräten 4 Wiederholungen je 25 Übungen. Nach 50 Minuten begab er sich zurück zur Station und machte sich einen löslichen Nes-Kaffee. Nachdem er den Kaffee getrunken hatte, machte er er sich kurz vor Neun auf den Weg zur Physiostation, wo ihn die Therapeutin schon erwartete. Dort bekam er eine Fangopackung und musste 20 Minuten zugedeckt ruhen bis er am Rücken massiert wurde.

Dann machte er sich auf den Rückweg zur Station und rauchte seine zweite Zigarette an diesem Tag. Auf seinem Zimmer machte er 350 Liegestütze an seinem Stuhl, ungefähr 50 Minuten lang. Gegen 11.20 Uhr meldete er sich vom Essen ab, das er nicht mehr einnahm, da die Küche unglaublich schlecht war. Er zog seine Arbeitskleidung an und begab sich, nachdem er seine Arbeitsschuhe im Treppenhaus angezogen hatte, auf den Weg zur Gärtnerei. Auf dem Weg dorthin rauchte er eine Zigarette. In der Gärtnerei wartete er im Aufenthaltsraum 30 Minuten bis er eingeteilt wurde. Er würde heute topfen. Für diesen Zweck füllte er 12er Töpfe mit Blumenerde und stellte die Kästen ins Gewächshaus. Er wusste nicht wie das funktionierte, aber er hatte wie auf der Station enorme Schwierigkeiten mit der Motorik. Die Blumenerde war mit Dünger vorbereitet worden. Er war heute zum Entendienst eingeteilt worden. Die 5 Laufenten, die als Schneckenvernichter gehalten wurden, werden mit Brot gefüttert, das von den Stationen eingesammelt wurde. Er zerkleinerte das Brot, weichte es in Wasser ein und trug den Eimer zum Entengehege. Die Fuchsfalle war unberührt. Es war 14.00 Uhr und somit Pause, für 15 Minuten. Er rauchte seine vierte Zigarette an diesem Tag. Frau Winkler, die

Frau des Chefs, die für die Floristik verantwortlich war, ging mit einer Schale Süßigkeiten herum. Gegen 15.30 Uhr ging es zurück zur Station. Dort zog sich Gabriel um, holte seine Tageszeitung FAZ und las die Leitkommentare. Nach 15 Minuten Lesen ging er in den Billardraum, in dem die Gewichte lagen. Er begann mit den Schulterübungen, bei denen er 3 kg am ausgestreckten Arm vom Körper weg bewegte, er absolvierte 7 Übungen a 15 Einheiten. Zwischen jeder Übung machte er 25 Beugeübungen für jeden Arm. Also kam er auf insgesamt 455 Übungen. Nach ungefähr einer Stunde ging es zurück aufs Zimmer, wo er bis zum Abendessen die Zeitung las, vor allen Dingen den politischen Teil. Zum Abendessen aß er, wenn es frisches Brot gab, zwei Scheiben mit Scheibletten Käse und Aufschnitt oder mit der eigenen Wurst. Wenn es kein frisches Brot gab, blieb es bei einer Schnitte. Dazu trank er zwei Becher Saft, wenn es keinen gab, machte er sich Tee.

Danach ging es für eine Verdauungszigarette in den Hof. Im Zimmer zurück kamen die Vorbereitungen für die Nacht. Es wurden die Socken, die lange Unterhose und das T-Shirt ausgezogen, gefaltet und in den Schrank gelegt. Anstattdessen wurde eine kurze Unterhose und das Pyjamaoberteil einschließlich Pullover angelegt. Dann kam das Sportprogramm. Drei Übungen a 120 zweimal und 100 Taschenmesser mit einer Brett-Übung von 1,5 Minuten für den Rücken. Auch hier wird manipuliert, was die Übungen schwierig macht, aber nicht unmöglich. Es bleiben noch 15 Minuten bis zum Fernsehen, die mit Zeitungslesen von Feuilleton und Finanzteil der FAZ verbracht werden. Dann geht es um 19.30 Uhr in den Essensraum, in dem der Fernseher steht, und es wird Hessenschau und Tagesschau geguckt. Gabriel war dabei im wesentlichen alleine, was wiederum Bände über die Kaschpies spricht.

Danach geht es für die letzte und sechste Zigarette in den Hof. Im Zimmer zurück wird die Jeans gefaltet, in den Schrank gelegt und die Pyjamahose angezogen. Dann ging es mit dem Wirtschaftsteil der FAZ zurück in den Essensraum und dann passierte das Unfassbare. Er hörte den Pfleger im Bad rufen, das er soeben aufgeschlossen hatte. Als Gabriel um die Ecke kam, sah er den Pfleger wie er den Körper stützte, da sich Jürgen Heisinger am Oberlicht mit seinem Gürtel aufgehängt hatte. Ein Mithäftling schnitt den Körper ab. Gabriel sah sofort an den gebrochenen Augen, dass Heisinger, den er für einen Kaschpie gehalten hatte, tot war. Er hatte noch mit Heisinger vor einer Stunde ein Rosinenbrot gegessen. Es kamen mehrere Pfleger und es wurde der Notarzt gerufen. Er las seine Zeitung fertig und ließ sich ein Schlafmittel geben. Die Bilder von Heisinger wollten nicht aus seinem Kopf. Er ging auf die Toilette und anschließend zu Bett. Er konnte nicht gut einschlafen.

KAPITEL 45

Der starke Bock stand breit wie eine Statue auf der Spitze des Kars und der scharfe Novemberwind zauste sein dichtes Winterhaar. Es wurde Zeit für den Schuss. Gabriel und sein Berufsjäger hatten 2 1/2 Stunden den Umweg über die Westwand mit einem Gewaltmarsch bewerkstelligt, in Sichtschutz und damit die Gemsen keinen Wind von ihnen bekamen. Schon kurz hinter der Hütte hatten sie mit dem Spektiv das Rudel ausgemacht, zu dem der Bock selbst dann zurückkehren würde, wenn er einen auftauchenden Rivalen in die Flucht jagen müsste.

Ihr Plan war aufgegangen. Beide lagen sie auf dem Bauch hinter einem Felsvorsprung mit freier Schussbahn in die gegenüber liegende Wand. Michel zischte "Schiass" und Gabriel drückte die Filterlose im Schnee aus. Sein Puls hatte sich etwas beruhigt, nach dem langen Anstieg und er schätzte die Entfernung auf 280 m. Er schob den Rucksack ein Stück nach vorne und platzierte seine Leib- und Magenwaffe, seine Sauer & Sohn Bockbüchsflinte im Kaliber 7x65 R mit eingezogenem 8x57 IRS Büchsenlauf im 16er Schrotlauf und edelsten Schaftverschneidungen.

Immer wenn er diese Waffe in den Händen hielt, musste er voller Wehmut an den ursprünglichen Eigentümer Hans Beilenkirchen denken, ein väterlicher Freund, der sie ihm kurz vor seinem Krebstod vermacht hatte, mit der Bemerkung, dass das Flintchen in den Händen seines Alkohol abhängigen Sohnes nichts zu suchen hatte. Den ersten Hasen in seinem Leben hatte Gabriel im Alter von 13 Jahren auf einer großen Treibjagd geschossen, als sie in einem Feldtreiben von einem Hasen angelaufen wurden und als der Mümmelmann auf Schussentfernung herangekommen war, sein Freund Hans dem überraschten Gabriel seine Flinte in die Hand drückte, mit dem harschen Hinweis "Jung, Schiess!"

Er nahm die Schutzkappe vom Zielfernrohr und linste durch das 6-fache Zeissglas. Verdammt klein auf die Entfernung, dachte er. Wie bei den unzähligen Karnickeln, die er als Kind mit der .22 Magnum und 4-fachem Glas bejagd hatte. Der Bock stand immer noch wie ein Denkmal. Die Kugel würde auf die Entfernung 35 cm fallen und er beschloss, auf der Rückenlinie des Bockes abzukommen. Den Rest würde das 11,2 Gramm H-Mantelgeschoss mit Kupferhohlspitze erledigen. Er schob den Sicherungsschieber zurück, betätigte den Rückstecher, atmete aus und als der Zielstachel sich auf der Rückenlinie oberhalb des Schulterblattes festgesaugt hatte, berührte er leicht mit dem Zeigefinger den Abzug. Der Schuss brach und peitschte durch das Tal, im leichten Moll Ton, da der Schnee den Knall dämpfte. Gabriels Lieblingswaffe wischte den Bock von seinem Podest.

Der Novemberwind, der mit dem Bart des starken 8-jährigen Gamsbockes spielte und aus dem Kar in die Mulde pfiff, an deren Westseite eine urige sowie gemütliche Jagdhütte sich an die Felswand schmiegte, ließ ihn frösteln. Die Hütte hatte schon den letzten Kaiser und andere blaublütige Waidmänner beherbergt. Im verschwiegenen Pusztatal an der österreichisch italienischen Grenze zogen immer noch kapitale Berghirsche, zahlreiche Gemsen und Rehe, einige Wölfe und Auerwild ihre Fährte. Hier jagte Gabriel auf knapp 1.500 Hektar prlmär in den Brunftmonaten Oktober/November und im Frühjahr wegen der Auerhähne. Er paffte zufrieden an seiner Pfeife und strich dem Bock durch sein dichtes Winterhaar und trank einen Mirabellenschnaps zu seinen Ehren. Als er den Bock so an der Hüttenwand betrachtete, überkam ihn wie jedes Mal nach dem Schuss, wenn er auf starkes Wild erfolgreich gejagt hatte, Reue.

Es war ein weiter Schuss von knapp 300 m gewesen, der den Bock von den Läufen und ihn auf die Stelle gebannt hatte. Zum

Glück, wäre er aus der Wand zu Tal gestürzt, hätten Michel und er den ganzen Tag mit der Bergung verbringen müssen. Er hatte Michel ins Tal geschickt, um das Fahrzeug für die Bergung zu holen. Sie würden für die gute Strecke der letzten 3 Tage einen Hänger benötigen, da in der Wildkammer bereits ein geringer Gamsbock, eine alte Gais, ein Schmaltier und der alte Eissprossenzehner, der zur Brunft spurlos verschwunden blieb, hingen. Er schenkte sich einen zweiten Baracz ein, er hatte etwas Muße bis Michel wieder da wäre.

Politisch waren die Köpfe gerollt. Die deutsche Bundeskanzlerin Merkle war gekippt, mit ihr der verlogene Rollstuhlfahrer und nahezu das gesamte Kabinett, überwiegend die CDU-Minister. Landesverrat war unter anderem der Vorwurf. Die SPD hatte ihre Chance erkannt und ein Untersuchungsausschuss jagte den anderen. Memogate war zum größten Skandal aller Zeiten mutiert, nachdem Gabriels Name auf den NSA-Listen aufgetaucht war. Auch beim BND blieb kein Stein auf dem anderen, hatten sie doch im Auftrag der Amerikaner ihr Land verraten und Gabriels Technologie an die NSA weitergegeben. Der MAD wurde vollständig aufgelöst und das Amt auf Gademaß gestutzt, die diversen Medienclowns wurden entlassen. Wesentliche Positionen in Amt/BND wurden von den Süßen besetzt.

Jenseits des Atlantiks kam es ebenfalls zum Kahlschlag. Die NSA wurde komplett restrukturiert, das Verbot der Kinderarbeit galt verbindlich für die Zukunft. Wegen des Attentats auf Gabriel wurden Hillary Printon (US-Aussenministerin), James Leiden (US Vize) und Selleck Olama (US Präsident) bzw. sein Klon unter Mordanklage gestellt, Merkle später auch. Die CIA wurde für den Mord an den Kennedy-Brüdern zur Verantwortung gezogen. Die NATO wurde aufgelöst.

Das Militär bekam unabhängige Kontrollgremien und hatte keine Mitsprache mehr bei der Beschaffung von Waffensystemen bzw. von Technologie. 51% der Generalität lag bei den Süßen. Durch Memogate gewannen die Republikaner die Präsidentschaftswahlen. In Deutschland gelang der SPD ein Erdrutschsieg. Gabriel erhielt den Nobelpreis für Energie (neu geschaffen). Die Kollaborateure vom Amt, BND, LVS, BKA, MAD, LKA wurden wegen Beihilfe zum Mord und Landesverrat angeklagt und bekamen langjährige Haftstrafen, die Mitläufer aus der Verwaltung (Justiz, Bundesanwaltschaft, Bundesministerium Verteidigung/Inneres, Landesregierungen Hessen, Bayern, NRW ...) ebenfalls. Der Jäger jagte jedes Schwein bis er sie hatte. Die Machtübernahme durch die Süßen erfolgte zügig und leise.

Das mit dem Fonds hatte geklappt. Die Erlöse aus dem Buch Memogate), dem gleichnamigen Film sowie der Dokusoap in Höhe von knapp $ 1.000 Millionen hatte er im wesentlichen an die Süßen abgetreten, wodurch zahlreiche "Memogate-Projekte" finanziert wurden. Memogate war gleichzeitig die Werbung, zum Nulltarif, für den Schauprozess ($ 843 Millionen) gegen die Ratten. Es kam zu einem Vergleich in Höhe von $ 201 Millionen, davon je $ 50 Millionen an London, Paris, Tel Aviv, Washington (entgangener Gewinn) und $ 100 Millionen an Gabriel.

Er und Alice hatten sich eine kleine Insel im chinesischen Meer ausgebaut, mit Zweit-Wohnsitzen im Puszta-Tal (Alice nur zum Skifahren), London (Queen) und Kuba (Yacht, Halbinsel). Schottland hatte er streichen müssen, da Alice hinsichtlich der Lage und des Wetters keinen Kompromiss eingehen wollte. Unter keinen Umständen.

FINIS